KB248393

한 국 붕 괴

김광호 장편소설

한국붕괴

초판 1쇄 발행/2009년 3월 2일

지은이 김광호
펴낸곳 도서출판 아담
발행인 김화성

편집 김종은
디자인 김란

주소 서울 은평구 갈현동 515-11 예일빌라 104호
전화 382 2724
이메일 3822724@hanmail.net
등록 제 311-2009-000002호

ISBN 978-89-962233-0-6

작가의 말.

이 소설의 마지막은 천국에서 가장 가까운 섬으로 불리는 남태평양의 일데팡 섬에서 주인공이 천국을 향한 첫 계단에 걸음을 내딛는 것 같은 환희 속에 끝난다. 나는 내가 어느 때인가 느꼈던 감정을 옮기고 싶었다. 물론 무언가를 깨닫는다고 삶이 갑자기 달라지지는 않는다. 단지 매 순간 순간 옳은 길을 선택하려는 의지가 개입될 뿐이다.

본문에도 간략하게 인용했지만 과연 신은 어느 쪽 편일까? 하는 의문이 이 소설의 출발점이었다. 내 소설과 전혀 다른 관점을 지닌 사람도 있을 것이다. 나는 그들과 논쟁을 하려고 이 소설을 쓴 것은 아니다. 다만 다양한 것 같으면서도 협소하고 자유로운 것 같으면서도 갇힌 틀 안에서 맴도는 세대에게 어떤 식의 정보를 제공하고 싶었을 뿐이다. 자, 이런 관점도 있다, 당신들은 어떻게 생각하느냐? 나는 이런 질문을 던지고 싶었던 것이리라.

2009. 봄. 김광호

한국붕괴 목차

1. 피의 월요일

2008년 가을부터 시작된 한국 경제의 암흑기는 2011년 여름까지 계속되었다. 장기간의 디플레이션으로 실업률은 최저치를 기록했고 기업들이 연쇄적으로 도산했다. 금리가 최저치를 기록하자 은행은 경영의 압박감을 느껴 대출을 제한했고, 은행의 대출이 정지되자 기업들은 신규 채용 축소와 정리 해고를 단행 했다.

정부는 곧 나아질 것이라는 말로 국민들을 안심 시키려 했으나, 정부의 발표는 신뢰를 잃었고, 언론도 중요한 사실을 숨긴다는 의혹을 받았다.

확인되지 않은 루머들이 인터넷을 타고 떠돌아다녔다. 그중 가장 민감하게 국민들을 자극했던 건 시중 은행의 연쇄 부도설이었다. 유력한 은행들이 자금 부족으로 곧 망할 것이며, 정부는 혼란을 우려해서 사실을 숨기고 있다는 루머가 광범위하게 퍼졌다.

정부는 총리까지 나서서 사실이 아니라는 발표를 거듭 했으나, 예금한 돈을 돌려받지 못 할지 모른다는 국민들의 두려움을 일소시키지는 못했다.

재야와 시민 단체는 '국민 운동 본부'를 결성하고 2011년 7월 9일 서울에서 국민 대회를 개최했다.

서울 시청 앞에 30만 군중이 모였다. 이 자리에서 주최 측은 곧 은행이 파산을 선언할 것이며, 그 근거로 1998년 IMF때 일부 은행이 파산한 예를 들었다.

그 이후 상황은 급격하게 돌아갔다. 군중 가운데 수천의 사람들이 은행으로 몰려가 예금 인출을 요구 했던 것이다. 업무가 마비된 은행 측이 셔터를 내리자 군중들은 폭동화 하기 시작했다.

폭동을 선두에서 지휘한 단체는 인터넷 모임인'그라쿠스'였다. 그라쿠스는 기원전 133년 로마의 빈부격차 해소를 주장했다가 처형당한 형제의 이름이었다. 그러나 백 명 남짓의 그라쿠스 멤버들 대다수는 그라쿠스라는 명칭의 유래를 몰랐다. 대부분 20대인 이들은 가진 자에 대한 적개심으로 단결해 있었다.

그들은 신나와 쇠파이프, 철제 쇠총을 준비하고 시위에 참여했다. 그들 가운데 일부가 국민은행 본점에 신나를 뿌리고 불을 붙였다. 경비원에 의해 불은 곧 꺼졌지만 군중들은 해산 하지 않고 시위를 계속했다.

경찰청장은 은행 방화 소식을 전해 듣고 진압 경찰에게 긴급 지시를 내려서 강경 진압을 지시했다.

서울 시내 곳곳에서 경찰과 군중이 충돌했다. 인터넷 방송 매체들은 경찰에게 구타당하는 군중의 모습을 반복해서 보여주었다.

시위와 진압 모두 감정적으로 변해서 시위대에게 붙잡힌 경찰은 알몸이 되어 두들겨 맞았고, 체포된 시위대 역시 뭇매를 맞으며 경찰 버스에 실렸다.

도로를 차단한 경찰 버스 3대가 불에 탔다. 시커먼 연기가 치솟자 군중들은 환호했다. 성난 시위대는 조선일보를 에워싸고 돌멩이를 던져서 유리창을 깼다. 그 틈을 타서 그라쿠스 멤버들이 로비에 신나를 뿌리고 불을 붙였다. 불길은 순식간에 로비를 전소시키고 긴급 출동한 소방차에 의해 꺼졌다.

정보통신부에 의해 일시적인 언론 통제가 시작됐다. 주요 인터넷 매체의 서버가 차단되었고 주요 포털 사이트의 시위 관련 동영상이 삭제되었다. 그러나 모든 인터넷을 통제 하는 건 불가능 했다. 네티즌들은 끊임없이 경찰과 시위대의 충돌 동영상을 퍼날랐고, 시위 상황을 인터넷으로 생중계 했다.

서울 시내 곳곳에서 폭동 형태의 시위가 벌어지는 가운데, 광화문 네거리에서 시위대들 간의 시국 토론회가 벌어졌다. 일부는 감정 자제를 호소했으나 정권을 붕괴 시켜야 한다는 강경파가 주도권을 잡았다.

세종문화회관 앞 도로는 시위대와 경찰 간의 밀고 밀리는 실갱이가 계속되고 있었다. 차도가 경찰의 차단으로 진입이 불가능해지자 일부 시위대가 세종문화회관 앞 보도를 공략하기 시작했다.

그라쿠스 멤버들이 쇠파이프를 휘두르며 돌진 하자 경찰의 주춤거렸고, 그 사이 수 백 명의 군중이 돌진했다. 방어막이 뚫리자 경찰은 곤봉과 방패를 휘두르며 시위대를 공격했다. 30여 분 간 육박전 같은 싸움이 계속되었다.

그 와중에 누군가 소리를 질렀다.

"사람이 죽었다!"

한 남자가 피를 흘리며 보도위에 누워 있었다. 시위대와 경찰 간의 공방전이 중단되었다. 기자들은 시위대 한복판으로 몰려들어서 죽은 남자를 카메라에 담기위해 부지런히 셔터를 눌렀다.

2. 은밀한 거래

한예희는 올리브 스튜디오의 휴게실에서 레몬주스를 마시고 있었다. 벽 한쪽 면이 통유리로 만들어진 탓에 밖이 환하게 내다보였다.

거리를 걷는 사람들은 무더위에 지친 듯 보였다. 예희는 자신에게도 한여름의 열기가 전해지는 것 같아서 레몬주스 잔을 양 손바닥으로 꽉 쥐어보았다.

“잘 지냈어?”

올리브 스튜디오의 사장인 강준일이 휴게실 안으로 들어오며 예희에게 물었다. 40대 후반이었지만 옷을 잘 입는 사람이어서 나이보다 젊어보였다.

“그럼요.”

예희는 방긋 웃는 것과 동시에 어깨를 으슥해 보였다. 강준일은 천천히 걸어와서 예희 앞의 의자에 앉았다. 그의 등 뒤로 존 레논의 커다란 사진이 벽에 걸려 있었다.

강준일이 말했다.

"곡은 괜찮아. 하지만……"

강준일이 머뭇거렸지만 예희는 어떤 말이 나올지 뻔히 짐작이 되었다. 강준일은 예희의 예단을 벗어나지 않았다.

"요새 음반 시장 잘 알잖아. 엄살이 아니라고. 다섯 손가락 안에 드는 뮤지션들도 만 장 팔기 어려운데, 오랫동안 활동을 안 했던 예희의 음반을 덥석 내기는 좀 그래."

예희는 천천히 고개를 끄덕였다.

강준일의 이야기는 충분히 나올 수 있는 말이었다. 어느 음반 제작자가 손해 볼 줄 알면서 음반을 발매하겠는가. 그럼에도 마음속 한구석에서 서운함이 느껴지는 건 예희가 한참 각광을 받을 때인 6년 전에 이 회사에서 음반을 발매해 수 십 만장을 팔아준 과거를 송두리째 잊은 듯 해서였다.

예희는 레몬주스 잔을 내려놓으며 말했다.

"저도 큰 기대를 했던 건 아니에요. 기왕 이 스튜디오에서 시작했으니 재출발도 여기서 하는 게 좋겠다는 생각에서 가장 먼저 찾아왔던 거죠."

그러자 잠시 고개를 끄덕이던 강준일이 어렵게 입을 열었다.

"우리 이러면 어떨까?:

"어떻게요?"

"최악의 경우 서로 손해를 조금씩 감수 한다는 의미에서 음반 제작비를 절반씩 내는 거야. 어때?"

예희는 자신의 곡을 놓치고 싶지 않아 하는 강준일의 계산을 눈치 챘다. 단지 강준일은 예희의 현실적인 어려움을 이용해서 더 나은 조건의 계약을 하고 싶을 뿐이었던 것이다.

예희는 핸드백을 챙기며 대답했다.

"그런 제의를 해 주셔서 감사합니다. 하지만 당장 대답을 드릴 수는 없으니 시간을 좀 주십시오."

"그러자고."

올리브 스튜디오를 나온 예희는 자신의 차를 운전하며 여러 가지 복잡한 생각을 했다. 지금까지 곡을 받고 음반 제작을 위한 준비를 하는데 들어간 돈만도 수 천 만 원이었다. 은행의 잔고는 점점 줄어들었고 수입이 생길만한 일을 하는 것도 아니었다. 밤무대를 뛰라는 제의는 수없이 있었지만, 거기까지 내려가고 싶지는 않았다.

음반 제작에 필요한 실비용보다는 홍보비가 더 큰 문제였다. 아직 새 매니저도 구하지 못한 입장에서 홍보도 없이 덜컥 음반을 내는 것은 자살 행위나 다름없었다. 적어도 몇 억대의 현금이 필요했다.

머릿속으로 여러 사람의 얼굴이 지나갔으나 그들 가운데 선뜻 도움의 손길을 내밀 것 같은 사람은 없었다.

결론은 아파트를 팔아서 음반 제작비의 절반을 대거나 다른 스튜디오를 찾아다니는 일이었다. 어느 쪽도 감당하기 벅찼다.

그때 차창 밖으로 전투 경찰 한 무리가 열을 맞추어 뛰어가는 게 보였다. 스무 살을 갓 넘은 전투 경찰들의 얼굴은 긴장감과 두려움이 뒤섞여 있었다. 그들 너머로 거대한 만장과 깃발이 펄럭거렸다.

고영욱을 살려내라!

깃발에는 그런 구호가 적혀 있었다. 정치나 시사에 관심이 전혀 없는 예희였지만 시위도중 고영욱이라는 남자가 죽었다는 사실은 알고 있었다. 모든 뉴스에서 고영욱이라는 남자의 죽음에 관한 걸 헤드라인으로 다루었다.

시위가 일상화된 나라에서 살고 있기는 했지만, 이번만은 심상치 않다는 예감에 예희는 사로잡혔다. 정부에서 벌써 몇 차례나 담화문을 발표 했지만 시위는 사그라지지 않았다. 관공서가 공격당하고 은행이 벌써 몇 개나 불에 탔다.

CEO출신의 대통령은 완강했다. 전면적인 개각을 요구 하는 야당의 주장을 묵살하고 불법 시위 가담자에 대한 단호한 조치만을 계속 강조 하고 있었다.

어느 쪽이 옳고 그른지는 알 수 없었지만, 서로를 향해 마주 달려가는 기차를 바라보고 있는 것 같은 긴장감만은 예희도 느낄 수 있었다.

시위로 인해 20분이면 통과할 시내를 2시간이 걸려서 자신의 아파트로 돌아온 예희는 우선 자신의 목소리로 녹음한 릴 테이프를 녹음기에 걸고 들어보았다. 자화자찬 같지만 좋은 곡이었고, 가사도 좋았으며, 예희 자신도 곡을 잘 소화 해 냈다는 생각이 들었다. 테이프를 들을 때 마다 어서 대중과 만나고 싶다는 간절한 열망이 고개를 들었다.

소파에 앉은 채로 깜박 잠이 들었던 예희는 핸드폰 벨 소리에 놀라 눈을 떴다. 재빨리 코트 속의 핸드폰을 꺼내 번호를 확인해 보니 모르는 번호였다. 그냥 받지 말까 하다가 극성팬이면 수신거부를 내 놓으면 된다, 라는 생각으로 폴더를 열었다.

"여보세요?"

"한예희씨?"

이쪽을 잘 알고 있다는 말투의 남자 목소리였다.

"누구시죠?"

"제 이름은 이윤기입니다."

기억에 없는 이름이었기 때문에 예희는 재차 물었다.

"누구시죠?"

"당신과 자고 싶습니다."

남자는 분명 그렇게 말했다. 마치 오래 알고 지내던 친구가 테니스를 함께 치자는 제의를 하는 것처럼 당당하고 일상적인 말투였다. 예희는 폴더를 덮을까 하다가 장난전화 때문에 단잠을 방해 받은 것이 화가 나서 한 마디 쏘아붙였다.

"이런 식의 장난 전화는 법에 의해 처벌 받는 다는 거 알고 있죠?"

남자의 목소리가 다시 건너왔다.

"장난 전화 아닙니다. 나는 단지 한예희 씨와 거래를 하고 싶을 뿐입니다."

예희는 무슨 대꾸를 해야좋을지 생각이 안나서 잠자코 있었다.

"당신과 자고 싶을 뿐입니다. 당신을 사랑한다거나 하는 사적인 감정은 전혀 없습니다. 단지 자고 싶을 뿐입니다. 그래서 거래를 하자는 겁니다. 그 대가로 1억을 드리겠습니다."

만일 1억이라는 말이 없었다면 예희는 바로 전화를 끊었을 것이다. 그렇다고 1억이라는 돈에 유혹된 게 아니라, 단지 1억이라는 돈이 반사적으로 예희를 그의 말에 집중하게 만들었을 뿐이었다.

"만일 저의 제안에 동의 한다면 먼저 5천만원을 입금 시키겠습니다. 그리고 나머지 5천만원은 자고 난 후 지불하겠습니다."

마치 어린 시절 아버지가 심부름을 해 주면 용돈을 주겠노라는 제의처럼 가벼운 목소리로 남자는 말하고 있었다.

남자의 목소리가 다시 건너왔다.

"나는 성격이 급해서 오래 못 기다립니다. 어떻게 하시겠습니까?"

예희는 간신히 물었다.

"만일 5천만 원을 받고 당신과 자지 않는다면 어쩔 거죠?"

"할 수 없죠. 내가 잘못된 투자를 한 거니까."

기묘하게도 그 순간, 예희는 그의 말에서 신뢰를 느꼈다. 사적인 감정의 신뢰가 아니라, 그가 지금 하고 있는 말 자체는 거짓말이 아니라는 생각이 들었던 것이다.

남자가 말했다.

"잠깐만……지금 텔레비전에 꼭 봐야할 내용이 시작돼서 전화를 끊어야 할 것 같습니다."

그리고 전화는 끊어졌다.

예희는 핸드폰을 든 채로 가만히 서 있었다. 이것은 일종의 성희롱이 될 수도 있었다. 그러나 일반적인 성희롱의 불쾌감이 전혀 느껴지지 않는 게 기이했다. 예희 자신의 의지와는 상관없이 머릿속에서는 단순한 계산이 이루어졌다. 그의 제안에 오케이하면 일단 오천만원이 들어온다. 그리고 자지 않으면 그것으로 끝이다. 그 스스로 잘못된 투자를 했을 뿐이라고 하지 않았던가. 게다가 이런 식의 제의를 하는 남자라면 오천만원 때문에 집요함을 드러낼 만큼 가난하지는 않을 것이었다.

예희는 머리를 흔들었다. 말도 안 되는 이야기라고 생각하고 털어버리고 싶었다. 그러나 오케이 한마디면 당장 오천만원이 생긴다는 유혹은 쉽게 떨쳐지지 않았다.

예희는 핸드폰을 들고 그 남자의 번호를 눌렀다. 오랜 신호 끝에 남자의 목소리가 건너왔다.

"여보세요?"

"한예희예요."

"아, 예희씨. 제가 지금 중요한 텔레비전 프로그램을 보느라, 조금 이따가 내가 전화 할게요."

"아니요. 간단하게 대답할게요. 먼저 오천만원을 보내주세요. 당신 제안을 수락할지 안 할지는 그 후에 결정 하죠."

잠시 머뭇거리던 남자가 담백하게 대답했다.

"좋습니다."

3. 동창생

청와대 국내 안보 수석실의 벽면에는 <어려울수록 여유를!> 이라는 글귀가 적힌 종이가 걸려 있었다. 프린트를 한 후 코팅을 해서 걸어 놓은 글귀였다. 이틀 전 대통령이 보좌관 회의에서 강조한 내용이었는데, 비서실장의 지시로 청와대의 모든 사무실에 일제히 내걸렸다.

청와대 국내 안보 수석실의 대외 전략 팀장인 윤정태는 상당히 적절한 글귀라고 생각했다. 악성 루머에 의해 서울 시내에서 폭동 형태의 시위가 발생했고, 진압 과정에서 사람이 죽는 사고가 발생한 게 일주일 전이었다. 정태는 최악의 경우 대통령이 하야 하게 되는 게 아닌가 싶은 생각을 했다.

그러나 대통령은 침착하게 대응했다. 불행한 사고에 유감을 표명 한다는 한 마디 외에는 혼란스러운 시국을 외면하듯이 일절 언급이 없었다. 변명을 해봐야 소용없는 상황이라는 걸 잘 알고 있는 대응이었다.

대통령 이하의 보좌진들은 소리 없이 상황 반전을 위해 움직였다. 가장 큰 적은 언론, 그중에서도 KBS, MBC, SBS 방송 3사였다. 그들은 이 기회를 확대 시키면 정권 교체가 가능하리라는 희망을 끈질기게 물고 늘어졌다.

진압 과정에서 사망한 고영욱이라는 남자의 일대기가 그럴듯하게 미화 되어 연일 뉴스의 첫 머리를 장식했다. 평소 정의감이 투철했다, 외할아버지가 독립 투사였다, 어려운 환경에서 가족을 위해 일했다 등등.

그러나 국정원이 파악한 고영욱의 실체는 전혀 달랐다. 고교 시절, 급우를 연필 칼로 찔러서 중상을 입힌 후 제적당했으며 부모를 상습 구타한 패륜아였다.

그럼에도 언론과 시위 주도 세력은 그가 정의를 위해 순국한 민주 열사로 만드는 작업을 열심히 하고 있었다.

고영욱의 실체를 청와대와 국정원에서 공개 하는 건 현 상황에서 바람직하지 않았다. 그렇다고 수수방관 할 수도 없었다. 정태는 국정원과 긴밀히 협의 하며 '사이버 팀'을 가동 시켰다. 일반 시민으로 가장한 국정원 요원들이 주요 포털 사이트에 고영욱의 실제 모습을 알리는 일이었다. 이 작업은 정밀도를 요구했다. 자칫 하면 정부의 개입이 드러날 수 있기 때문이었다. 요원들은 고영욱의 고교 동창이라고 자신을 소개 하고, 하나 둘씩 고영욱의 비행을 인터넷에 올렸다. 아직 큰 반향을 일으키지는 않고 있었지만 조금씩 힘을 발휘할 것이라는 게 청와대와 국정원의 판단이었다.

전화벨이 울렸다. 정태가 받자 민원실의 미스 최가 용건을 전달했다.

"윤정태 팀장님, 오명진이라는 분에게 걸려온 전화입니다. 어떻게 할까요?"

"연결해줘요."

곧이어 오명진의 목소리가 건너왔다.

"정태니?"

"명진아, 반갑다."

"하하하, 너처럼 출세한 놈이 무슨 볼일이 있어서 나를 찾아?"

정태는 오전에 고교 동창인 오명진의 연락처를 수소문해서 그의 회사에 자신의 연락처를 남겨 놓았었다. 정태는 오명진과 간단히 안부를 주고받은 후 본론으로 들어갔다.

"고2때 우리 반에 이찬호라고 있었잖아? 기억나?"

"알지. 아버지가 교수였지."

"난 그것까지는 모르고."

"그 친구라면 잘 알고 있지. 그런데 왜?"

"내가 좀 만났으면 좋겠는데, 가능할까?"

"음……"

오명진은 잠시 경계 하는 듯한 태도를 보였다. 이쪽이 청와대 보좌진이라는 걸 알고 있는 오명진이 고교 동창의 단순한 부탁쯤으로 여기진 않을 것이었다.

오명진이 물었다.

"지금 시국 때문이냐?"

"미안. 그건 대답 못해. 내 입장 이해해줘. 대신 고마움 잊지 않을게."

"찬호 의향도 알아봐야 하니까 내가 확인하고 연락 다시 할게."

"오케이."

오명진이 바보가 아니라면 대강의 이유는 눈치 챌 수 있을 것이었다. 시위를 주도한 '국민 운동 본부'의 기획 실장이 이찬호였다. 대학에서도 운동권 활동을 했던 그는 그 이후 시민 단체에서 활동을 해 왔다. 정태는 그가 자신의 고교 동창이라는 사실을 확인하고 시위 주도 세력과 타협 가능성을 엿보고 싶었던 것이다.

현 정부의 최대 맹점 가운데 하나가 운동권 세력과 연결 고리가 없다는 것이었다. 지난 정권 때만 하더라도 청와대 비서실에는 운동권과 호형호제 하는 인물들이 많았다. 그랬으므로 대부분의 시위는 청와대와 운동권 사이의 거래를 통해 수위가 조절 되었다. 물론 노골적으로 돈을 주고받는 거래는 아니었고, 차후 시위가 잠잠해지면 그 대가로 시민 단체가 정부의 지원을 받는 식이었다.

사실 정부의 공식적인 지원을 담보로 하는 이러한 거래는 노골적인 뇌물보다 더 나쁜 상황을 초래했다. 정부의 지원으로 성장한 시민 단체는 더 큰 수혜를 목적으로 빈번히 시위를 주도 했고, 그 때마다 정부의 지원 규모는 커졌다. 이들이 현 정부의 퇴진에 사활을 걸고 있는 본질적인 이유가 바로 돈줄이 끊어질 위험에 처했기 때문이었다.

정태가 청와대 구내식당에서 내장탕으로 점심을 먹고 사무실로 올라온지 10분쯤 지났을 때 오명진으로부터 전화가 걸려왔다.

"찬호는 흔쾌히 오케이 했어. 대신 그냥 고교 동창으로 만나자고 하네. 오랜만에 얼굴이나 보자는 의미로 말이야."

"물론이지."

"오늘 저녁 괜찮아?"

"괜찮아."

"그럼 청담동에 있는 '마루'라는 카페에서 8시. M 케이블 방송국 바로 뒷골목에 있대."

"알 것 같아."

"그래, 굿 럭!"

이찬호가 단순히 고교 동창으로 만나자는 건 물론 거짓말이다. 저쪽도 사정이 다급한 것이다. 대규모의 시위는 외부에서 보는 것처럼 쉬운 일이 아니다. 인원 동원을 위해서는 조직을 풀가동해야 하고, 비용도 만만치 않았다. 가뜩이나 현 정부 집권 이후 지원이 대폭 축소된 상황에서 장기간의 시위는 대단한 부담이 되는 일 일 것이었다.

카페 '마루'가 있는 청담동으로 향하는 차 안에서 정태는 이찬호를 기억해보려고 애썼다. 서울의 유수한 대학에 입학 했으므로 상위권 레벨의 급우였을 것이다. 몇몇 얼굴이 떠올랐으나 확신은 할 수 없었다. 설령 얼굴이 기억난다고 하더라도 15년도 더 지난 지금은 전혀 다른 모습일 것이었다.

정태는 운동권 출신에 대해 잘 몰랐고, 조금 아는 것도 긍정적인 것이 아니었다.

정태가 다니던 대학의 같은 과 출신이 어느 날 갑자기 운동권이 되었다. 그가 왜 운동권에 몸담게 되었는지는 아무도 몰랐다. 평소 그의 행실과 정치는 거리가 너무 멀어서였다. 그는 학내 운동권 모임 멤버이기도 하면서 서대문에 있는 민중 단체의 간부이기도 했다. 그런데 그는 친구들을 만나면 늘 여자 이야기만 했다. MT를 가서 여자를 '먹었다'라거나, 혼숙을 하면서 여자의 몸을 더듬었다거나 하는 식의.

그의 집이 경제적으로 넉넉하지 못하다는 건 모두가 알고 있었다. 그럼에도 그는 해 마다 5월이면 광주에 성지 순례를 가야한다면서 시장에서 생선 장사를 하는 그의 어머니에게 손을 벌렸다.

어느 날 그는 강의실의 단상에 서서 무겁고 진지한 얼굴로 학우들에게 말했다. 자신의 동료가 운동권 전력으로 수배중이니 돈을 조금씩 모아서 도와주자는 것이었다. 그때만 해도 정치에 관한 무관심이 급속도로 퍼지던 시기여서 모금에 동의하는 학우는 한 사람도 없었다. 세상이 모두 비겁자뿐이라고 욕이라도 해 주고 싶은 얼굴로 그는 강의실을 나갔다. 그 후 그는 학우들과의 술자리에서 모두가 '민중의 아픔을 외면하고 있다'라고 거칠게 비난을 했다.

그것이 정태가 알고 있는 운동권에 대한 유일한 기억이었다. 물론 이찬호가 그런 유형이라는 것은 아니다. 다만 정태는 그들을 모르고, 굳이 알고 싶지도 않을 뿐이었다. 너무나 당연하게도 시국의 혼란스러움이 아니라면 이찬호를 수소문 하지도 않았을 것이다.

약속 시간보다 5분 먼저 도착한 카페 '마루'에는 예닐곱 쌍의 젊은 커플들이 자리를 차지하고 있었다. 정태는 창가 쪽에 자리를 잡고 앉아서 커피를 주문했다. 이런 장소에서 흔하게 들었던 기억이 있는 가벼운 피아노 소품이 연주되고 있었다. 서울 중심가의 혼란이 믿어지지 않을 만큼 고요한 분위기였다.

이찬호는 8시 정각에 나타났다. 낯선 얼굴이었지만 동년배였으므로 정태는 손을 들어보였다. 이찬호는 다소 살이 찐 모습에 20대들이 즐겨 입을 법한 원색의 티셔츠 차림이어서 정장을 한 정태와 비교가 되었다.

이찬호는 정태의 맞은편에 앉자마자 다소 호들갑스럽게 서두를 열었다.

"이야! 오랜만이다! 예전 얼굴 그대로인데?"

정태가 의아한 얼굴로 물었다.

"날 기억해?"

"물론이지. 전형적인 모범생 타입이었잖아. 너 같은 스타일이 정치에 입문 할 줄은 꿈에도 생각 못했다고."

그가 정말로 자신을 기억하고 있는지, 그냥 인사 치레로 하는 말인지 정태는 구분하기 어려웠다. 하지만 정치 입문을 꿈에도 생각 못했다는 그의 말은 신빙성이 있었다. 고교 시절 정태는 나서는 걸 퍽이나 싫어했다. 담임들 마다 학급 간부를 권유 했지만, 정태는 부모님까지 동원해서 필사적으로 거부 했었다.

냉 녹차를 주문한 이찬호는 갑자기 눈을 가늘게 뜨고 정태를 노려보았다.

"혹시 어딘가에 경찰이 잠복해 있는 거 아냐? 만일 그랬다가는 우리도 가만히 있지 않을 거라고."

"걱정 마. 오늘 만남은 순전히 개인적인 거야."

이찬호는 시선을 창밖으로 돌리며 말했다.

"난 열려 있다고. 가능하면 대화로 해결 하고 싶어. 사태가 왜 이 지경까지 왔는 줄 알아? 현 정부에 여러 가지 문제가 있지만 가장 큰 건 소통의 부재야."

"소통의 부재라...."

정태는 작게 읊조려 보았다. 그 말은 맞기도 하고 틀리기도 하다. 지난 정권에는 운동권 세력의 의사가 정책에 많이 반영된 건 사실이었다. 소통의 부재라는 말은 청와대를 포함한 정치권에 영향력을 행사 하지 못하는 운동권 세력의 불만을 우회적으로 표현 한 것이리라.

이찬호는 다시 정태 쪽으로 시선을 돌렸다.

"네가 대통령과 가까운 거리에 있으니까 조언을 좀 해 주라고. 이 사태는 대통령이 생각하는 것만큼 쉽게 해결되지 않을 거야. 왜냐고? 이미 국민들은 민주주의의 맛을 알았거든. 역사를 거꾸로 되돌릴 수는 없어."

정태는 즉각 고개를 저었다.

"모든 게 루머 때문이야. 은행이 곧 파산한다는 식의 밑도 끝도 없는 악성 루머가 인터넷을 타고 돌아다니는 통에 정부의 정직한 호소가 통하지를 않고 있어."

순간 이찬호의 입가에 싸늘한 미소가 흘렀다.

"순진하군. 그런 사고로는 이 사태를 풀기 어렵다고."

"물론 우리도 너희들의 현실적인 힘은 인정해. 그래서 이런 자리를 마련한 거고. 하지만 실천 가능한 요구 사항을 제시해야 대화를 할 수 있잖아."

그러자 이찬호는 몇 초간 생각해보다가 입을 열었다.

"그렇다면 우리'국민 운동 본부'와 청와대 사이에 비상 대책위원회를 구성 하자고."

"구체적으로?"

"우리 측 대표와 청와대측 대표가 나란히 대책위원회의 공동 대표를 맡고, 당분간 이 위원회에서 정치 경제 등 전반의 문제를 결정 하는 거야. 어때?"

운동권이 상용 하는 것이 위원회의 조직이었다. 결국은 정권을 나누어달라는 것과 동의어였다. 말도 안 되는 제안이었지만 정태는 본심을 바로 드러내지는 않았다.

"그전에 시위 종결을 선언 하는 게 순서겠지?"

이찬호는 즉각 고개를 저었다.

"그건 안 돼."

이찬호의 얼굴은 굳어져 있었다. 결국 이쪽도 저쪽도 상대방의 무장 해제만을 요구 하고 있을 뿐이었다. 더 이상 대화는 불필요했다. 그럼에도 곧장 일어서기가 어색해서 정태는 고교 시절을 화제로 몇 마디를 더 나누고 선약을 핑계로 일어섰다.

정태가 찻값을 계산하고 마루를 나서는데, 등 뒤에서 쫓아오던 이찬호가 불쑥 한 마디를 던졌다.

"그때 일 잊었어?"

"무슨……?"

"학교 앞 공사장에서 말이야."

"그게 무슨 말이야?"

"관둬."

이찬호는 손을 내저으며 처음 들어왔을 때의 환한 미소를 짓고 반대편 골목으로 사라졌다.

정태가 이찬호가 헤어질 때 던졌던 말의 의미를 기억했던 건 청와대 인근의 도로에 접어들었을 때였다. 도로를 점거한 군중들을 피해 겨우 안국동 골목으로 들어섰을 때 고교시절 어느 날 저녁의 일이 생각났다.

학교 앞에는 난간이 하나 있었고, 그 아래는 인근 건축 현장의 모래 더미가 있었다. 그런데 학교에서 좀 논다하는 아이들 한 패거리가 모래 쪽으로 뛰어내리기 시합을 하고 있었다. 바닥에 모래가 완충 작용을 한다고는 하지만, 2층 건물 높이의 그곳에서 뛰어내리는 일은 상당한 배짱을 필요로 했다. 몸을 날려서 바닥에 안착한 아이들은 두 팔을 흔들며 구경하는 아이들의 환호에 답했다.

그런데 무슨 이유에서인지 정태도 그곳에서 뛰어내리고 싶은 욕구가 생겼다. 아마 단조로운 주입식 수업에 질려 있던 때라서 기분 전환이 필요했던 것이리라.

정태는 일부러 운동장에서 시간을 보낸 후 아이들이 모두 돌아간 것을 확인하고는 난간의 끝에 서 보았다. 발밑을 내려다보니 속이 울렁거릴 정도의 아득함이 느껴졌다. 괜한 만용을 부리는 것이라는 생각에 포기할까도 생각했으나, 어째서인지 그때는 그곳에서 뛰어내리는 일이 인생의 중요한 과정이라도 되는 듯이 여겨졌다. 이러지도 저러지도 못하는 사이에 날은 저물어서 주위엔 인적이 없었다.

결국 정태는 시장기가 느껴질 정도로 늦은 저녁이 되어서야 그곳에서 몸을 날렸다. 짧은 순간 눈앞에 여러 영상들이 흔들리며 지나가고 모래의 촉감이 온몸에 전해졌다.

정태는 모래를 털어내고 난간으로 다시 올라와서 가방을 챙겨 들었다. 그런데 그 순간 웃음소리가 어둠속에서 들려왔다.

"하하하, 결국 해 냈구나!"

웃음소리의 주인공은 학교 정문 쪽에 기대고 서 있었다. 정태는 몇 초 뒤에야 그가 같은 반 급우라는 걸 알았다. 학교 안에서인지, 정문 쪽에서인지는 모르겠지만 그는 정태의 행동을 모두 지켜보았던 것이다. 그때 정태는 마치 자신의 모든 것을 드러낸 수치심에 휩싸여 가방을 끌어안고 도망치듯 그곳을 벗어났었다. 그가 바로 이찬호였다.

오늘 시종 나라는 사람을 잘 알고 있다는 태도를 보인 그는 그날의 내 모습에서 모든 것을 알았다고 생각하는 걸까, 정태는 안국동 샛길을 통해 청와대 쪽으로 진입 하며 머리를 흔들었다. 지금은 개인적인 관계에 얽매일 때가 아니었다. 그럼에도 15년 전 어둠 속에서 들려오던 웃음소리가 귓가를 맴도는 것 같은 기분은 쉽게 떨쳐내기 어려웠다.

4. 모택동을 좋아해

'그라쿠스'멤버인 '얼짱 토마'는 21살에 동거를 시작했다. 동거 상대는 동갑이었고 '슈가'라는 닉네임으로 통했다. 이름은 기억에 없다.

몇 번인가 말 해 줬지만 기억이 안 나서 그냥 슈가라고만 불렀다.

인터넷 채팅 사이트에서 만난 둘은 사귄지 한 달 만에 동거를 시작했다. 얼짱 토마는 아버지가 새로 사온 40인치 HDTV를 팔았고, 슈가는 포토샵 학원을 다닌다고 부모에게 거짓말을 해서 돈을 타냈다.

그리고 그 돈으로 둘은 역촌동의 허름한 건물 옥탑 방에 살림을 차렸다.

"날 사랑해?"

슈가는 가끔 그렇게 물었다. 얼짱 토마는 늘 그렇다고 대답했지만 사랑이 무언지를 몰랐다.

생활비를 벌어오기 위해 얼짱 토마는 연기자 보조 학원에 등록을 하고 영화나 드라마의 엑스트라 일을 했다.

촬영장에서 기다리는 일이 힘들었지만 막노동보다는 쉬웠다. 보조 출연을 했다가 운 좋게 스타급 연기자가 된 사람들도 있었지만, 얼짱 토마는 그런 행운이 자신의 차지가 될 리 없다는 걸 잘 알고 있었다.

얼짱 토마에게는 함께 가출을 했고 줄리아90과 동거중인 라디오 헤드라는 중학교 동창이 있었다.

얼짱 토마가 방송 엑스트라를 하게 된 것도 라디오 헤드의 소개에 의해서였다.

라디오 헤드는 줄리아90이 결별을 선언 하고 집을 나가자 린스를 한 통 다 마시고 자살을 기도 했다. 인터넷 어딘가에서 린스를 먹으면 죽을 수 있다는 내용을 보았다고 나중에 말했다.

그러나 병원 응급실에서 의사는 린스를 마시면 위장에 탈이 생길 뿐이지 죽지는 않는다고 설명해 주었다.

의사는 여러 가지 어려운 설명을 하면서 안전을 위해 8가지의 검사가 필요하다고 말했다. 그래서 치료비가 100만원 가량 나왔다.

얼짱 토마는 수중의 돈을 모두 털어서 라디오 헤드의 병원비와 치료를 내 주었다.

생활비의 압박을 받자 슈가는 다니던 24시간 체인점 아르바이트를 그만 두고 노래방에서 도우미로 일하기 시작했다.

슈가는 노래방 도우미로 일한지 8일 만에 노래방에서 만난 남자와 눈이 맞아 집을 나갔다.

슈가는 짧은 편지를 남겼다.

> **슬퍼하지 마. 난 아직도 널 사랑해. 다만 더 좋은 사람을 만났을 뿐이야. 샤워 하고 난 다음에 너만큼 귀여운 남자는 처음이었어. 물에 젖은 너의 머리카락을 영원히 잊지 못할 거야.**

며칠 동안 슈가를 찾으려고 서울 시내의 노래방을 뒤졌지만 찾을 수 있을 리가 없었고, 시간이 지나면서 슈가에 대한 집착이 없어졌다. 다만 슈가가 다른 남자의 배 아래서 <날 사랑해?>라고 물어보는 상황을 생각하면 질투심에 휩싸였다.

밤새 노래방을 뒤지고 돌아오는 새벽 전철 안에서 난생 처음으로 얼짱 토마는 미래를 생각해 보았다. 아버지는 중소기업 직원이고, 겨우 중산층이라고 부를 정도의 집안이었기 때문에 집에 의지하는 건 불가능 했다. 학력은 전문대학 중퇴였다. 배운거 라고는 막노동과 중국집 배달원, 드라마 보조 출연 등 누구나 할 수 있는 일이었다.

누구 책임인가? 내가 이렇게 보잘 것 없는 인간이 된 건 누구 책임인가?

얼짱 토마는 몇 번이나 자문해 보았으나 정답은 떠오르지 않왔다.

그 무렵 얼짱 토마는 인터넷 카페 모임인 '그라쿠스'에 가입했다. 아르바이트 카페를 뒤지다가 그곳에 <혁명 전사 모집>이라는 제목으로 링크된 카페를 방문 해 보니 '그라쿠스'라는 이름의 반정부 카페였다. 처음에는 준회원이었으나 정모에 참석한 후 곧장 특별 회원으로 승급되었다.

정모에는 총 7명이 나왔다. 모두가 고아원 출신이 아닐까 싶을 정도로 어두운 얼굴의 남자들뿐이었다. 운영자는 '거리 목사'라는 닉네임의 30대 중반 남자였다. 모두들 그를 목사라고 불렀다.

"우리는 이 세계의 음모와 폭력으로부터 우리들 자신을 지키고, 나아가서 이웃을 해방 시킬 필요가 있다. 그러자면 먼저 공부를 해야 해."

목사는 첫 모임에서 공부를 유달리 강조 했다. 어려서부터 공부와는 담을 쌓고 살아온 얼짱 토마는 반발심이 생겼으나 학창시절의 공부와는 다를 것이라는 기대로 잠자코 있었다.

"인간의 역사는 투쟁의 역사다. 피를 흘리며 쟁취한 것만이 가치가 있다."

목사는 지치지 않고 투쟁의 역사를 멤버들에게 설명해 주었다. 그는 마르크스, 레닌, 체게라바, 모택동 같은 인물들의 생애를 설명해 주며 자신의 가치관을 합리화 시키려고 노력했다.

얼짱 토마는 목사가 열거한 인물 가운데 모택동이 가장 마음에 들었다. 수적 열세를 극복하고 대역전극을 펼쳤기 때문이다. 그날 저녁 얼짱 토마는 PC방에서 모택동의 사진을 프린트해서 방 안에 걸어두었다. 얼짱 토마는 흡족한 기분으로 잠들었다. 모택동의 사상은 모른다. 단지 목표가 생겨서 기뻤다.

2011년부터 시국이 불안해졌다. 경제가 어려워지자 정부와 대통령에 대한 지지율이 급락했고, 자연발생적으로 루머들이 떠돌았다. 얼짱 토마는 이것이 목사가 설명한 '자본주의의 필연적인 종말'의 시작이라고 생각했다.

그라쿠스 멤버들은 우선 온라인에서 투쟁을 본격화 했다. 루머들 가운데서 가장 민감하고 자극적인 '시중 은행 파산설'을 각종 게시판에 퍼날랐다. 얼짱 토마는 밤을 꼬박 새우면서 자신이 올린 글의 조회수를 확인했다. 어떤 건 1,000회를 넘는 기록적인 조회수를 보였다.

"수적으로 소수이고 단결력이 강한 우리에게는 게릴라 전술이 가장 유리하다. 적의 급소에 강한 타격을 줄 수 있는 방법을 찾아야 한다."

목사는 그 즈음 정모에서 그렇게 앞으로의 투쟁 방법을 설명했다. 얼짱 토마의 머릿속으로 여러 가지 상황들이 떠올랐다. 은행을 불태우거나 고위층 혹은 기업가들을 테러 하는 모습이었다. 물론 테러를 실행에 옮기면 감옥에 갈 것이었다. 그러나 상관없었다. 어차피 모택동도 처음에는 범죄자였다.

그라쿠스 멤버들은 10회 이상 정모를 했지만 서로를 몰랐다. 단지 행색으로 미루어 자신과 같은 아웃사이더일 것이라고 얼짱 토마는 추정 했다.

술자리에서도 별 말이 없었고, 모두가 약속이나 한 듯이 술을 거의 입에도 대지 않았다. 목사만이 혼자 3병의 소주를 비우고 시종 혁명을 이야기 할 뿐이었다.

좀 튀는 인물이 있었다면 닉네임 '던힐'이었다. 던힐이라는 닉네임이 그가 즐겨 피우는 던힐 담배에서 딴 온 것이라는 건 설명 안 해도 알 수 있었다. 그는 시종 얌전하다가 갑자기 다른 멤버가 자신을 뚫어지게 쳐다본다고 화를 냈다.

"날 우습게 보는 거지? 말해봐, 내가 고등학교 중퇴했다고 우습게 보여?"

그 순간 눈빛에서 까닭 모를 증오가 이글거렸다. 물론 그것은 그의 오해였다. 그를 쳐다 본 멤버는 원래 시력이 좋지 않아서 상대를 자세히 쳐다보는 습관이 있을 뿐이었다. 게다가 그가 고교 중퇴자라는 걸아는 멤버는 아무도 없었다. 그 사실을 충분히 설명 했음에도 던힐은 화를 계속 냈다. 결국 목사가 등을 두드려주며 달래주었을 때야 원래의 모습으로 돌아갔다.

시국은 점점 얼짱 토마가 꿈꾸는 대로 흘러갔다. 시민단체의 연석회의에서 국민 운동 본부가 결성되었고, 7월 27일 시청 앞에서 국민대회를 열기로 합의 했다. 목사의 주도면밀한 지시에 의해 신나와 쇠파이프, 철제 쇠총 같은 도구들이 준비되었다.

그라쿠스 멤버들에게 주어진 과제는 이날의 집회를 폭동화 시키는 것이었다. 아무리 평범한 시민이라고 하더라도 눈앞에서 물리적인 충돌이 발생하면 흥분하기 마련이었다. 군중과 경찰이 극단적으로 충돌하면 예기치 못한 인명 사고가 발생할 가능성이 높아지고, 그렇게 되면 한국은 혁명이 가능한 국가로 변할 수 있었다.

얼짱 토마는 집회 1시간 전에 시청역에서 내렸다. 벌써 시청 앞은 어수선했다. 차도는 시민들에게 점거 되었고, 여러 단체들이 깃발을 들고 여기저기 모여 있었다. 바닥에는 인쇄물이 수북이 쌓여 있었고, 새로운 인쇄물이 공중으로 뿌려졌다.

얼짱 토마는 사람들 사이를 걸어서 그라쿠스 멤버들의 집합 장소인 덕수궁 정문 앞으로 이동했다. 그곳에는 50여명의 그라쿠스 멤버들이 먼저 도착해 있었다. 물론 그라쿠스의 내부 사정을 아는 멤버는 10명 내외였고, 그 외에는 최근의 시국 분위기 때문에 참여한 일반 멤버였다.

운영자인 목사는 나타나지 않았다. 그는 어딘가에서 주요 멤버들에게 그때그때 지시를 내리겠다고 이미 통보 했었다. 일반 멤버들에게 간략하게나마 폭력 사태 유발의 필요성을 언급하고 부담이 되는 사람은 집으로 돌아갈 것을 권유했다. 하지만 돌아가는 사람은 한 사람도 없었다.

시청 광장을 장악하고 있는 것은 각종 단체였다. 아마도 이날을 위해 시민단체의 모든 조직이 풀가동 되었을 것이다. 그렇다고 보통 시민들의 참여가 저조한 것은 아니었다. 주변의 도로와 보도 위에는 퇴근길의 시민들이 가득 했고, 시간이 갈수록 숫자는 기하급수적으로 증가했다.

얼짱 토마는 태어나서 이렇게 많은 사람들 사이에 있어 본 것은 처음이었다. 그것은 기묘한 안정감을 느끼게 했다. 가진 자에 대한 맹목적인 적개심이 혼자만 느끼는 감정이 아니라는 것을 확인하는 데서 오는 안정감이었다. 그라쿠스의 주요 멤버들 모두 얼짱 토마와 비슷하게 상기된 얼굴이었다. 그들은 흉기가 들어 있는 가방을 꽉 움켜쥐고 있었다.

예정된 시간이 되자 집회가 시작되었다. 여러 명의 연사들이 등장해서 정부와 대통령을 비난 했는데, 개중에는 얼짱 토마가 매스컴에서 본 얼굴도 있었다. 그러나 구체적으로 어떤 사람인지는 알 길이 없었다.

집회가 종료될 즈음 목사로부터 연락이 왔다.

"은행으로 가자고 선동하라."

이미 계획된 내용이었다.

그라쿠스 멤버들이 이구동성으로 외치기 시작했다.

"은행이 곧 파산한다!"

"은행으로 가서 항의 하자!"

"은행이 서민들 돈을 떼어 먹으려고 한다!"

최근 나도는 루머 중에 가장 파급력이 큰 루머였다. 정부의 해명이 여러 차례 있었으나, 시민들은 루머에 더 심취했다.

집회가 끝난 후 주요 단체들은 청와대로 행진했지만, 성난 시민들은 그라쿠스 멤버들의 유도로 종로의 국민은행 본점을 향해 행진 했다.

미처 예측하지 못한 일이었기 때문에 경찰의 방어도 없었다. 수천의 시민들이 은행 앞에 모여 소란을 피웠다. 쌍욕을 하는 사람도 있었고 돌멩이를 던지는 사람도 있었다.

"불을 질러라."

목사로부터 얼짱 토마에게 방화 지시가 내려졌다. 얼짱 토마는 구석으로 가서 신나통을 꺼내 은행 로비에 뿌리고 불을 붙였다. 순식간에 로비가 불바다로 변했다. 군중들이 환호성을 지르기 시작했다. 그들의 열띤 반응에 고무된 얼짱 토마는 비상 통로에도 불을 질렀다.

목사로부터 이동 명령이 내려졌다.

얼짱 토마는 그라쿠스 멤버들을 이끌고 광화문으로 이동했다. 은행에 신나를 뿌리고 불을 붙인 얼짱 토마는 그라쿠스의 리더가 되어 있었다.

광화문 네거리는 해방구였다. 차들이 지나다니던 드넓은 광화문 네거리는 수십만의 인파가 서성이고 있었다. 한 번도 들어본 적이 없는 노래를 부르는 그룹도 있었고 술판을 벌이는 그룹도 있었고, 그냥 이곳저곳을 기웃거리는 사람들도 있었다.

얼짱 토마는 그들을 뚫고 경찰 방어막까지 접근해 보았다. 경찰 버스가 차도를 가로로 막아서 방어를 했고 그 뒤로 경찰이 몇 겹의 방어막을 형성했다. 군중들이 힘을 합쳐서 경찰 버스를 밀어붙이고 있었지만 방어막은 좀처럼 뚫리지 않았다.

얼짱 토마는 눈앞의 상황을 목사에게 보고했다. 목사는 간략하게 지시를 내렸다.

"가장 방어가 허술한 지점을 집중적으로 공략하라."

얼짱 토마를 비롯한 그라쿠스 멤버들은 일제히 가방에서 쇠파이프를 꺼냈다. 조직이 아닌 것으로 위장하기 위해 일반 그라쿠스 멤버들과 섞여서 행동했다.

그라쿠스 멤버들은 경찰 버스가 없는 보도 쪽을 공략했다.

그라쿠스 멤버들이 일제히 쇠파이프로 공격해오자 경찰은 잠시 주춤거렸다. 그 순간 군중 수 백 명이 함성을 지르며 돌진했다. 후미에서 대기 중이던 경찰이 몰려와서 몇 명의 시위대가 체포되었다. 쇠파이프가 등장하자 경찰의 진압도 과격해졌다. 경찰은 군중 쪽으로 밀고 들어오면서 방패와 곤봉을 휘둘렀다.

쇠파이프를 두 손으로 쥐고 잠시 숨을 돌리던 얼짱 토마는 그 순간 던힐이 쇠파이프가 아닌 무기를 휘두르는 광경을 목격했다. 던힐은 얼음을 부술 때 사용하는 날카로운 쇠꼬챙이를 오른손에 쥐고 경찰을 향해 달려들고 있었다. 그의 눈은 금방이라도 핏물을 쏟아낼 것처럼 붉게 충혈 되어 있었다. 그라쿠스 주요 멤버들이 과격시위를 주도 하고는 있었지만, 그것은 목사의 지시에 의한 조직적인 행동이었다. 그에 반해서 던힐은 개인적인 적대감을 품고 싸우는 것 같았다.

던힐이 휘두르는 쇠꼬챙이에 찔린 경찰 한 명이 비명을 지르며 쓰러졌다. 그의 허벅다리에서 붉은 피가 솟구치고 있었다. 던힐은 먹이를 덮치는 맹수처럼 포효하며 쓰러진 경찰을 덮쳤다. 쇠꼬챙이가 허공에서부터 경찰의 어깨를 향해 내리꽂혔다. 아예 죽일 작정인지, 던힐은 다시 한 번 쇠꼬챙이를 치켜들고 경찰의 목을 조준했다. 그 순간 경찰 한 명이 몸을 날려 던힐을 밀어냈다. 그것과 동시에 수 십 명의 경찰들이 던힐을 에워싸고 곤봉을 휘둘렀다.

다음순간 거대한 해일처럼 수천의 군중들이 경찰을 향해 달려들었고, 경찰은 대열을 만들어서 방패로 몸을 가리며 후퇴했다. 미처 후퇴 하지 못한 경찰과 군중 사이에서 육박전이 벌어졌다.

그 사이 누군가의 고함 소리가 시작되었다.

"사람이 죽었다!"

얼짱 토마는 던힐이 쓰러졌던 지점으로 달려가 보았다. 몇 명의 사람들이 던힐 주위에 앉아 있었다. 던힐은 한 눈에도 이미 숨이 끊어졌다는 걸 알 수 있는 모습으로 바닥에 누워 있었다. 눈은 뜬 채 초점이 없었고, 코와 입에서는 피가 흘러나왔다.

얼짱 토마는 쇠파이프를 떨어뜨리고 뒷걸음질 쳤다. 여러 명이 필사적으로 던힐을 가리키며 무어라 외쳐대는 모습이 영화 속의 한 장면처럼 현실감 없이 눈앞에서 흘러갔다.

5. 사랑의 시작

오전에 비가 조금 내렸다. 베란다에서 창밖을 보니 멀리 경기도의 산까지 보였다. 아침 8시에 일어나 아파트 내의 공원을 산책 할 때 까지만 하더라도 예희는 결심을 하지 못했다. 상대는 단순한데, 이쪽이 복잡해지면 손해라는 기분이 들어서 그냥 잊혀지기를 기다렸다.

아침을 크림빵과 샐러드로 때우고 소파에 앉아 텔레비전을 봤다. 그러나 집중이 되지를 않아서 토크쇼 출연자들이 그저 입만 벙긋거리는 것으로 밖에는 보이지 않았다.

예희는 텔레비전을 끄고 신발장위의 성모 마리아 조각상을 바라보았다. 잠시 성당에 다닌 적이 있었다. 남편과 이혼 직후였다. 강한 상실감 때문에 스스로 성당을 찾아갔지만, 두 달 남짓 다니다가 별 도움이 되지 않는 것 같아서 그만 다녔다. 성당을 다니고 있지는 않지만, 현실을 초월한 거룩한 존재에 대한 믿음은 있었다. 어쩌면 일상의 모든 순간순간을 거룩한 존재를 의식하며 살아가고 있는지도 모른다.

예희는 현실을 지켜보는 거룩한 존재의 입장에서 자신의 현재를 보려는 시도를 했다. 상식이나 도덕적 잣대로 판단한다면 돈을 받고 몸을 파는 일을 매춘부나 하는 일이었다.

하지만 거룩한 존재의 시각으로 보면 달랐다. 이윤기라는 정체불명의 남자는 약속을 지켰다. 그는 마지막 통화를 한 후 1시간 만에 예희의 계좌로 5천만원을 입금했다. 물론 선택은 예희의 몫이었지만, 거룩한 존재는 그녀로 하여금 그 남자의 욕구를 해결해 주는 게 도리라고 말 하는 것 같았다. 게다가 예희는 한 번도 얼굴을 본 일이 없는 그에게 끌렸다.

부자에게 5천만원은 하찮은 돈일 수도 있다. 그러나 부자도 보통의 인간인 이상 손해 보는 걸 지극히 싫어한다. 그런데 그는 이쪽에서 아무런 확답도 해 주지 않았음에도 덥석 5천만원을 보내왔다. 남자로 서의 대범함은 전 남편과 사는 동안 늘 그리웠던 부분이었다. 어쩌면 이 남자는 내가 찾던 이상형일는지 모른다는 쪽으로 예희의 상상이 확대되었다.

그렇다고는 하더라도 선뜻 그에게 전화를 걸게 되지는 않았다. 몇 군데 음반사에 전화를 걸어서 음반 발매 계획을 내비치고, 신인 시절 몸담았던 매니지먼트사의 대표와 근황을 주고받은 후, 어느 정도 평상심으로 통화를 할 수 있는 상태다 되었다고 느꼈을 때 그에게 전화를 걸었다.

그의 목소리가 건너왔다.

"여보세요?"

"한예희예요."

"안녕하십니까."

"기대 하지 않았는데 돈을 보내셨더군요."

"어디십니까?"

"집이에요."

"오늘 시간 어떻습니까?"

"오늘은 좀 그렇고……"

예희가 말을 끌자 남자가 단호한 말투로 말했다.

"오늘이 아니면 저는 시간 내기 어렵습니다. 기왕 마음을 여셨으니 저에게 맞춰주십시오."

예희가 선뜻 대답을 못하자 그가 말했다.

"강남 터미널 근처의 엠버서더 호텔 608호실로 8시쯤 오십시오."

"항상 자기 멋 대로군요!"

예희는 벌컥 화를 내고 휴대폰을 끊었다. 그러나 그에게 화를 내는 건 논리적인 모순이라는 걸 금방 깨달았다. 만일 그와 자기 싫으면 거절하면 그만이고, 5천만원이 부담스러우면 돌려주면 그만이다.

어쩌면 나 역시 그와 잠시 즐기고 싶은 것일까, 그런 생각이 떠올라서 예희는 혼자 얼굴을 붉혔다. 아주 아니라고 할 수도 없었다. 각종 이해관계로 얽힌 남자들이 주위에 널려 있었지만 성적으로 결합할 가능성은 제로였다. 언젠가부터 예희는 성충동이 끓어오를 때 마다 후환이 없는 1회성 섹스를 나눌 상대가 있다면 좋겠다고 생각해왔었다. 서로에 관해 아무것도 모르는 상태에서 그냥 섹스를 나눌 뿐인 그런 관계.....실제로 예희는 밤늦은 시간에 인터넷 채팅 사이트에서 섹스 파트너를 찾아본 적이 있었다. 그러나 아무리 얼굴을 감춘다고 하더라도 자신이 예전의 인기 가수였다는 사실이 드러날 위험이 있기 때문에 자제를 했다.

예희는 평소보다 짙은 화장을 하고 선글라스까지 끼고 8시가 넘어서 집을 나섰다. 승용차 대신 택시를 이용해서 엠버서더 호텔에 도착해보니 8시 30분이었다. 엘리베이터를 타고 6층에서 내려 복도를 걷는데, 강렬한 성욕이 끓어올랐다.

예희는 608호 앞에 서서 가볍게 노크를 했다.

"누구십니까?"

예희가 대답 하지 않자 문이 열렸다.

그 남자, 이윤기가 활짝 웃으며 서 있었다. 나이는 서른다섯쯤으로 보였고 만화 영화 주인공의 얼굴이 인쇄된 티셔츠에 청바지 차림이었다. 그는 어색함을 감추려는 듯 큰 소리로 웃으며 말했다.

"하하하, 난 안 오는 줄 알고 책이나 보려던 참이었는데."

"어떤 대단한 남자인지 궁금했어요."

예희는 간신히 그렇게 말하며 객실 안으로 들어섰다. 남자의 정체를 짐작해보려고 빠른 눈썰미로 객실 안을 훑어보았지만,

눈에 띄는 거라고는 테이블 위의 소니 노트북뿐이었다. 그 외에 영어 원서의 책 몇 권.

샤워를 하겠느냐는 이윤기의 질문에 고개를 젓고 예희는 소파에 앉았다. 와인이라도 한 잔 마시며 대화를 하고 싶었는데, 이윤기는 곧장 등 뒤에서부터 예희의 몸을 만졌다. 그 순간 예희의 머릿속에서 반사적으로 첫 섹스가 떠올랐다. 14살, 중학교 3학년 때였다. 독서실에서 함께 공부하던 남학생이었는데, 어느 날 예희는 그의 집에 초대를 받았다. 식구들이 모두 있을 거라고 해서 안심하고 따라갔지만, 그의 집에는 아무도 없었다. 나중에 알고 보니 오랜 계획을 세운 의도된 유혹이었다.

예희도 그를 좋아했으므로 그가 키스 했을 때 저항하지 않았다. 처음 혀를 나눌 때와 그의 손이 중요한 분위를 건드릴 때의 아찔한 쾌감은 성인이 된 후의 섹스에서는 한 번도 느껴보지 못했었다.

그런데 기이하게도 이윤기의 애무가 그 때를 닮아있었다. 그가 예희의 팬티를 내렸을 때 그곳은 벌써 외부로 애액이 흘러나올 만큼 젖어 있었다.

섹스가 끝나자 이윤기는 예희로부터 떨어져서 침대위에 엎드린 자세로 있었다. 눈은 뜨고 있었지만 특별히 어느 지점을 주시 하는 건 아닌 듯싶었다. 예희는 휴지로 분비물을 닦으며 그에게 말했다.

"궁금한 게 있어요."

"응."

이윤기는 섹스가 끝나자 반말로 응대 했지만 예희는 기분이 상하지 않고 자연스럽게 느꼈다.

“섹스를 하고나니 어때요? 1억원을 투자할 만큼 만족스러웠나요?

“그런 걸 계산할 거였으면 이런 투자를 할 리도 없잖아.”

“1억은 큰돈이에요. 나라면 훨씬 예쁘고 인기 있는 연예인을 선택 했을 거라고요.”

이윤기는 몇 초간 생각해 본 후 예희 쪽을 쳐다보며 대답했다.

“투자란 주관에 의해 좌우되는 거야. 1억으로 더 예쁜 여자를 살 수도 있고, 고급 자동차를 살 수도 있지. 하지만 내가 원한 건 당신이었어.”

“날 잘 아나요?”

“그렇게 잘 아는 건 아니야. 텔레비전에서 몇 번 보고 자고 싶다고 생각했어. 그걸 실행에 옮긴 거고. 그뿐이야.”

“이제 난 어떻게 해야 되죠?”

“하고 싶은 대로. 냉장고에서 음료수를 꺼내 마셔도 좋고, 샤워를 해도 좋고, 그냥 집으로 가서 쉬어도 좋아.”

예희는 세 가지 다 하기로 했다. 냉장고에서 음료수를 꺼내 마시고, 샤워를 하고, 옷을 챙겨 입었다. 그 때까지도 이윤기는 똑같은 자세로 엎드려 있었다. 마지막으로 핸드백을 어깨에 건 후 예희는 섹스가 끝난 후 줄곧 하고 싶었던 한 마디를 이윤기에게 건넸다.

“저기……우리 또 만날 수 있을까요?”

"물론."

"내가 전화를 걸 수도 있고, 아니면 그쪽이 원하면 내게 전화를 해도 좋아요. 혹시 걱정할까봐 하는 말인데, 이제 돈은 보내지 않아도 돼요."

이윤기는 그냥 말없이 엎드려 있었다.

예희는 곧장 문을 열고 객실을 나왔다. 그 순간 잊어버렸던 현실감이 돌아왔다. 그러고 보니 이윤기와 함께 있던 순간이 꿈을 꾼 것처럼 생각되었고, 다시 만나자는 자신의 제의가 진짜로 자신의 입에서 나온 말인지 의심스러워졌다. 혼란스러움을 털어버리려 예희는 강박적으로 엘리베이터 버튼을 눌렀다. 그래도 진실은 사라지지 않았다. 그녀는 이윤기를 사랑하기 시작한 것이다.

6. 친구의 방문

시위도중 경찰의 폭력으로 사망한 고영욱의 부모는 처음 아들의 사망 소식을 접했을 때만 하더라도 특별한 반응을 보이지 않았다. 워낙 속만 썩인 아들이었기 때문에 그런 식의 죽음이 당연한 귀결로 여겨져서였다. 그러나 사고 직후 방문 한 낯선 남자의 이야기를 듣고 180도 반응이 바뀌었다.

"국민 운동 본부의 장석준 간사라고 합니다."

20대 후반의 장석준은 말끔한 외모와 깔끔한 말투로 고영욱의 어머니인 장여사를 주눅 들게 했다.

"아드님은 민주주의를 위해 싸우시다가 경찰의 폭력으로 안타깝게 생을 마감하셨습니다."

장여사는 잠자코 있었다.

"비록 아드님은 저 세상으로 가셨으나 숭고한 고영욱 열사님의 뜻은 이 나라 민주 발전의 초석이 될 것입니다."

장석준은 손수건으로 눈물까지 찍어내며 길고 장황한 연설을 늘어놓았다. 그의 입에서 70년대와 80년대, 90년대에 시위도중 죽은 사람들의 이름이 열거되었다. 장여사는 그가 하는 말을 전혀 이해 못하고 듣는 둥 마는 둥 하다가 불쑥 궁금한 점 하나를 꺼냈다.

"미리 얘기 하는데, 고영욱이 그 아이는 내 놓은 자식이었소. 그러니 그놈이 무슨 사고를 쳤건 우리와는 상관없소. 다시 말해서 땡전 한 푼 내 놓을 수 없다 이거요."

거실 쪽의 대화를 곁듣고 있던 고영욱의 아버지 고씨도 장여사를 거들었다.

"암! 내놓은 자식이었지. 우리와는 상관없으니 그놈이 사고를 쳤다해도 우린 변상 못한다고."

고씨 역시 장여사와 마찬가지로 강한 의지를 내보였다.

장석준이 손을 내저으며 말했다.

"변상이라니요? 그게 무슨 당치 않은 말씀입니까. 오히려 고영욱 열사님은 정부로부터 보상금을 받으셔야 할 입장입니다."

장석준의 입에서 보상금이라는 말이 나오자 장여사와 고씨는 서로 한 번 얼굴을 마주보았다. 그리고는 장석준의 얼굴을 빤히 쳐다보며 설명이 이어지기를 기다렸다.

"저희가 도와드리겠습니다. 저희는 이런 쪽의 경험이 많아서 많은 도움이 될 것입니다. 어머니와 아버님은 저희가 시키는 대로 하시면 됩니다."

장여사가 눈을 껌벅이며 물었다.

"보상금이라면....대체 얼마를 받을 수 있다는 것이오?"

"생 떼 같은 아들을 잃었으니 두 분이 편안하게 노후를 보장 받을 정도의 액수는 받아야겠지요."

"구체적으로 얼마나?"

"저희 국민 운동 본부에서는 5억을 예상 하고 있습니다."

그 순간 장여사의 손에서 커피 잔이 떨어졌고 텔레비전을 보던 고씨는 리모컨을 떨어뜨렸다.

그날 고영욱의 장례식 장에서 장여사는 기자들 앞에서 눈물을 펑펑 쏟으며 고영욱을 회고 했다.

"외할아버지가 독립군 출신이어서 유달리 정의감이 강했고 어려운 사람을 보면 그냥 넘어가지를 못했어요. 둘도 없이 착한 아들이었어요. 내 아들을 살려주세요."

고영욱의 죽음에 분노한 시민들의 참여로 시위 군중은 폭발적으로 늘어났다. 서울은 치안 마비 상태에 빠졌고 부산과 광주에도 10만 이상의 시민이 집결했다.

서울 시청 앞에는 대형 천막이 세워졌다. 천막 안에는 국민 운동 본부의 지도부가 거주 하고 있었다.

기획실장인 찬호는 승기를 잡았다는 자신감에 들 떠 있었다. 그는 FPS게임 매니아였는데, 기관총으로 적을 여러 명 사살 할 때의 통쾌함에 젖어 지냈다. 그가 느끼는 승리의 쾌감은 정부를 이기고 있다는 데서 오는 것 보다는 자신의 인생이 반짝 하고 빛을 발하고 있다는 자각에 기인한 것이었다.

평범한 샐러리맨으로 살아가기는 싫었으나 별다른 재능이 없는 그가 선택할 수 있는 길은 운동권뿐이었다. 현재의 나이가 될 때까지 찬호는 찬바람 속에서 살았다. 시민 단체에서 쥐꼬리만큼의 봉급으로 연명하며 언젠가는 큰 거 한 건을 터트리겠다는 집념으로 버티어왔더랬다. 결국 고영욱의 죽음으로 찬호는 자신의 인생에서 최고로 빛나는 순간을 맞이하게 된 것이다.

"야당의 내각 총사퇴 요구는 소극적인 요구사항입니다. 대통령 하야를 한 목소리로 외쳐야 합니다."

"경찰의 폭력으로 사망자가 나왔으니 우리도 폭력 투쟁을 전면에 내세워야 합니다."

"지도부가 좀 더 강경하게 리드 해 주십시오."

천막 안에서는 군중 대표로 선발된 시민들의 자유 토론회가 열리고 있었다. 고영욱의 사망이후 온건 투쟁론은 자취를 감추고 모두가 강경한 투쟁을 주문하고 있었다.

찬호는 적당히 분위기가 진정되기를 기다렸다가 사람들 앞에 섰다. 기자들의 플래시가 연속으로 터졌다.

"여러분들 말씀 모두 옳습니다. 저희 지도부는 독재 정부를 무너뜨리기 위해 노력 하고 있습니다. 이것은 하늘이 우리에게 주신 기회입니다. 여러분도 지도부를 믿고 끝까지 함께 투쟁해 주십시오."

박수가 터져 나왔다. 찬호는 정치인들이 서민들을 격려 하는 것과 비슷한 포즈로 시민 대표들과 악수를 하고 인사를 나누었다. 정권이 무너지면 출세는 따 논 당상이었고, 설령 그렇지 못하더라도 국회의원으로의 진입은 어렵지 않게 성사되리라는 낙관이 그의 내면에서 고개를 들고 일어났다.

다시 자신의 자리로 돌아온 찬호는 흠칫 놀란 얼굴이 되었다. 자신의 의자에 낯선 남자가 앉아 있었다. 무더위에는 어울리지 않는 긴 팔 와이셔츠에 선글라스를 낀 남자였다. 그는 태연한 얼굴로 일어서며 악수를 청해왔다.

"이찬호, 오랜만이야!"

"누구신데요?"

찬호가 의아하게 묻자 남자는 선글라스를 벗었다. 유난히 가늘고 음모적인 눈을 가진 사나이.....그가 석정수라는 걸 깨닫는데는 오랜 시간이 필요치 않았다.

"석정수! 너 살아있었구나!"

찬호는 환하게 웃으며 그의 손을 맞잡았으나 마음속으로 부담감이 드리우는 건 어쩔 수 없는 일이었다.

찬호는 석정수를 대학 내 동아리에서 만났다. 마르크스와 레닌을 전문적으로 연구 하는 운동권 동아리였다. 동구의 사회주의가 몰락한 직후였고, 또 학생 운동도 퇴보할 즈음이어서 참여자는 몇 되지 않았다.

찬호가 그 동아리에 가입한 것도 프롤레타리아 혁명에 동조해서라기보다는 어떻게 해서건 정치 쪽으로 발을 담그고 싶었던 까닭이었다. 동아리 선배 가운데 몇 명이 정치계에 입문 하거나 시민 단체 간부로 일하고 있다는 사실을 잘 알고 있었다. 사실 찬호뿐 아니라 대부분의 동아리 멤버들이 그런 현실적인 계산을 하고 있었다. 그 시절 한국에서 프롤레타리아 혁명이 성공할 것이라고 믿는 대학생은 한 명도 없었다.

그러나 석정수는 달랐다. 물론 그도 한국에서 프롤레타리아 혁명의 가능성이 없다는 건 알았을 것이다. 단지 그는 마르크스 주의를 실제의 이상으로 생각했다는 점이 다른 멤버들과 달랐다. 설령 불가능한 꿈이라고 하더라도 마르크스와 레닌을 연구 하는 동아리인 이상, 그들의 사상을 진심으로 받아들여야 한다는 것이 석정수의 입장이었다. 그의 눈에 본인을 제외한 나머지는 출세주의자들에 불과했다. 그가 참석한 모음은 언제나 무거웠고, 그가 참석한 술자리는 언제나 격한 논쟁이 벌어졌다. 적당히 운동권 세계에 몸담아서 선배들의 도움을 받고 싶어 했던 찬호에게 석정수는 늘 부담되는 존재였다.

찬호는 그런 기색을 눈치 채지 못하도록 가능하면 밝은 얼굴로 응대를 했다. 용건을 유야무야 시켜서 적당히 돌려보내려는 계산이었다.

"건강해 보이는구나. 아무튼 잊지 않고 찾아줘서 고맙다. 연락 좀 자주 하고 지내자고."

석정수는 별 표정의 변화 없이 앉아 있다가 와이셔츠 윗주머니에서 사진을 한 장 꺼내 테이블 위에 올려놓았다. 20대 초의 남자들 몇 명과 석정수가 어울려서 찍은 사진이었다.

찬호가 물었다.

"이 사진 뭐야?"

"오른쪽에서 두 번째의 인물을 잘 봐."

찬호는 그의 지시대로 오른쪽에서 두 번째의 인물을 주목했다. 짧은 머리에 각이 진 얼굴……낯이 익은 듯도 했으나 정확히 누군지는 기억이 나지 않았다.

찬호는 석정수를 건너다보았다.

"누구더라? 어디서 본 얼굴인데?"

그러자 석정수는 손가락으로 천막 안의 왼편을 가리켰다. 그곳에는 경찰의 폭력으로 사망한 고영욱의 초상화가 걸려 있었다. 그제서야 찬호는 아뿔싸 했다. 사진속의 남자는 고영욱이었던 것이다.

석정수가 설명을 시작했다.

"그 친구, 내가 주도 하는 모임의 멤버였어. 사실 매스컴에서 떠드는 것과는 좀 차이가 있어. 골치 덩어리였다고 할까. 반드시 무슨 문제를 일으킬 것이라고 예상 했는데, 결국 이렇게 되고 말았지."

"어떤 모임이었지?"

"혁명을 선두에서 이끄는 결사 조직이야. 참가자 가운데 먹물은 하나도 없어. 난 먹물은 믿지 않거든."

찬호는 석정수와 엮이고 싶은 마음이 전혀 없었지만 상황이 호락호락 하지 않았다. 고영욱이 석정수가 주도하는 모임의 멤버였다면, 어쨌거나 석정수도 현 시국의 중요 인물 가운데 하나가 되는 셈이었다.

석정수가 말을 이었다.

"난 네가 날 기피하는 거 잘 알아."
"그건 오해야."
"아니, 그런 걸 따지러 온 건 아니고. 내가 주도 하는 모임의 멤버가 죽었고, 그 일로 상황이 이렇게 변했는데, 내가 가만히 앉아 있을 수는 없잖아?"
"물론이지. 잘 왔어."
"결론부터 이야기 하자면 돈 문제야."
"돈 문제라니?"
"사망 보상금에다가 성금까지, 굉장한 돈이 들어 올 텐데, 우리한테도 성의 표시를 해야지."
"보상금은 우리와 상관없어. 정부와 가족 간의 문제야. 성금도 가족에게 돌아갈 거고. 물론 일부는 우리 단체의 운영비로 활용되겠지만."
그러자 석정수의 표정이 굳어졌다.
"날 바보로 아나? 가족이 더 많은 보상금을 받도록 너희가 중재해 주고, 가족은 너희에게 성의 표시를 하는 게 순서잖아. 성금 역시 고영욱의 소속 단체인 우리가 주체가 되어야 하고."
석정수의 말에도 일리는 있었다. 그러나 한국 사회 어느 곳에서 경우가 맞다고 호락호락 돈을 내 주겠는가.
찬호는 차갑게 응대했다.
"그런 문제라면 내 권한 밖이야. 더 이상 할 이야기도 없고."
"그렇다면 나도 내 방법대로 밀고 나가는 수밖에 없지."
"무슨 소리야?"

"매스컴을 통해 고영욱이 우리 단체 소속이었다는 걸 밝히겠어. 지금까지는 진보 진영의 승리를 위해 비밀을 유지 했지만, 이렇게 나오면 어쩔 수 없다고."

찬호는 애써 담담한 태도를 취했지만 압박감이 느껴지는 건 사실이었다. 고영욱이 석정수가 주도 하는 단체의 멤버였다는 게 드러나면, 고영욱의 실체도 드러날 것이었다. 보수 언론은 고영욱이 이상한 단체 소속에다가 비행 청소년 출신이라는 걸 대서특필할 게 뻔했다. 지금의 혼란스러운 시국 분위기에 찬물을 끼얹을 수도 있었다.

찬호의 목소리는 순식간에 부드러워졌다.

"일단 진정하라고. 성실 급한 건 여전하구나. 지금 당장 결정할 수 있는 게 아니니 좀 의논을 해 보자고. 다음에 식사라도 같이 하던지. 어때?"

"진작 그렇게 나왔어야지."

석정수는 다시 선글라스를 끼고 일어섰다.

찬호는 여름 햇살을 받으며 사람들 속으로 사라지는 석정수를 보면서, 저런 타입의 인간도 다 살아가는 방법이 있구나, 라고 생각했다.

7. 가진 자들의 만찬

로이 티나는 화려하고 달콤한 것 보다는 소박하고 균형 잡힌 것들을 지향할만한 나이가 되었다. 그녀는 이제 46살이 되었다. 그녀는 어린 시절, 모든 사람들이 자신을 싫어 한다는 강박관념에 사로 잡혀 있었다. 17살 때 맞은 첫사랑이 실패로 돌아가면서 그 생각은 더욱 확고해졌다. 첫사랑 상대였던 고등학교 역사 교사는 그녀와 4번 섹스를 나누고 교제를 끊었다.

티나는 헝가리의 부다페스트에서 태어나 스무 살까지 그곳에서 살았다. 그녀는 다른 사람의 도움을 받기보다는 뭔가 독특한 재능으로 살아가야 한다고 믿었고, 그것을 발견했다.

그녀의 재능은 돈의 흐름을 정확히 예측 하는 것이었다. 그 재능이 어디서 왔는지는 모른다. 그림을 잘 그리는 것과 마찬가지로 타고난 재능이었다.

은행원으로 출발해 투자 분석가로 성공한 그녀는 미국으로 건너가서 독립투자회사를 설립하고 돈을 긁어모으기 시작했다. 일본을 비롯한 아시아와 브라질 등의 중남미에서 막대한 시세 차익을 올린 그녀는 세계에서 가장 영향력 있는 투자가로 등극했다.

1995년, 티나는 영국 기업가의 초청 형식으로 영국을 방문 했다. 그녀는 영국에 투자 관련 회사를 설립 하고 싶었다. 그러자면 당시 영국의 집권당인 노동당의 도움이 필요 했다. 티나는 노동당의 존 버먼 재무위원회 위원장에게 직접 전화를 걸어서 만나자고 했다. 그러나 티나를 돈 밖에 모르는 여자로 생각한 버먼은 약속을 차일피일 미루다가 티나가 출국하기 하루 전에 자신을 사무실로 내방해 달라고 했다.

티나는 자존심이 상했으나 영국에서의 투자사 설립이 중요한 과제였으므로 버먼이 지정한 시간에 그의 사무실을 찾아갔다. 그러나 버먼은 약속 시간보다 30분이나 늦게 나타나서 티나의 말을 듣는 둥 마는 둥 했다. 티나의 내면에 잠자고 있던 성장기의 콤플렉스가 그 순간 되살아났다.

"날 좋아하지 않는 것 같군요. 어쩔 수 없죠. 하지만 난 끈기가 있는 편이어서 어떻게든 날 좋아하도록 만들겠어요."

미국으로 돌아온 티나는 자신과 유대를 맺고 있는 투자가들을 조정해서 영국의 파운드화를 대량으로 매도했다. 영국의 주식은 순식간에 폭락했고, 그로인해 파산자와 자살자가 속출했다. 결국 영국 수상이 직접 비행기를 타고 미국으로 날아가서 티나를 만나 영국에서의 투자 활동을 보장 한다는 약속을 해 준 뒤에야 상황이 호전되었다.

티나는 미국의 샘 힐, 일본의 고이치 나카다, 사우디아라비아의 압둘 살바스, 프랑스의 쥴리 안드리안 이렇게 4명과 함께 세계 금융계의 빅5로 불리었다. 그 중에서 티나가 가장 널리 알려진 이유는 그녀가 움직일 수 있는 통화량이 많아서라기보다는 평범한 헝가리 은행원에서 일약 세계적인 투자가로 자수성가한 이력 때문이었다.

빅5들은 골드 커뮤니티라는 모임을 결성해서 정기적인 모임을 갖고 있었다. 세계 금융과 통화의 중요한 정책들이 결정되는 이 모임은, 그러나 중요도에 비해서 외부에 알려진 것이 거의 없었다.

1997년 여름, 아시아를 강타한 금융 · 통화 위기 때 전면에 등장한 것은 국제통화기금, 즉 IMF 였으나 긴급 융자의 조건과 액수를 결정한 것은 빅5들이었다.

한국에서 IMF체제가 들어섰을 때 언론이 조명한 인물은 깡드쉬 IMF총재였으나 그에게 밤마다 지시를 내린 인물들은 빅5였다. 빅5의 결정으로 한국에는 250억 달러의 차관이 융자되었고, 그 조건으로 대기업과 은행의 살인적인 구조 조정이 시행되었다.

티나는 골드 커뮤니티의 정기 모임 하루 전에 약속 장소인 프랑스의 파이프 호텔에 도착했다. 프랑스 건축가 마리 풀에 의해 설계된 이 호텔은 모자이크 양식의 우아함이 돋보이는 건축물이었다. 돔형의 본관 건물 너머로 세느 강이 흘렀고, 뒤편으로는 조르딘 공원의 푸른 잔디가 드넓게 펼쳐져 있었다.

호텔 측에서 무료로 제공 하는 스위트룸에 여장을 푼 티나는 태국 게이 출신의 마사지사로부터 마사지를 받았다. 심신이 여유로울 때면 티나는 부다페스트의 유년 시절을 떠올렸다. 극빈의 가정환경이 아니었음에도 갖고 싶은 것을 한 가지도 가질 수 없었다. 장난감이 갖고 싶어, 고기가 먹고 싶어, 새 옷을 입고 싶어, 그렇게 티나가 칭얼거리면 아버지는 늘 조금만 참으라고 대답했다. 물론 아버지는 성실히 일했다. 하지만 간신히 먹고 사는 것만 배급해 주는 공산주의 체제의 형가리에서 여유로운 생활은 불가능 했다. 티나는 남자 아이들과 공장 지대에서 어울려 지냈다. 폐수가 흐르는 도나우 강 주변에서 빈 깡통을 모아 고철상에 팔면 사탕 몇 개를 살 수 있었다. 설탕 덩어리의 질 낮은 사탕이었으나 너무 달콤해서 눈물이 날 정도였다.

가난의 이유는 여러 가지가 있겠으나 가장 중요한 이유는 남들처럼 살고 싶은 욕구 때문이라고 티나는 생각한다. 남들처럼 결혼을 하고 자식을 낳고 좋은 직장을 갖고 싶기 때문에 무리한 지출을 하고 정작 자식에게는 사탕 한 알도 사 주지 못한다. 조금만 참으면 될 것이라는 막연한 낙관은 나이가 들수록 희미해져가고 자신의 가난과 불행이 국가 책임이라고 항변한다. 거리로 쏟아져 나와 리더를 바꾸고 체제를 바꾸어보지만 그래도 여전히 가난의 족쇄는 풀리지 않는다. 자본주의를 선택 했다면 자본주의의 법칙에 순응해야 한다. 약육강식의 이 생존 전쟁에서 당신은 무엇인가? 무엇을 해서 부가 가치를 창출 할 수 있는가? 이 질문에 대답하고 나서 자본주의를 옹호하건 비난하건 하라, 이것이 티나의 가치관이었다.

티나는 파이브 호텔 7층의 소회의실로 안내 되었다. 보석으로 장식된 샹들리에가 키 높이보다 조금 더 높은 위치에 있는 것이 특이한 공간이었다. 시계를 보니 마침 정확히 회의 예정시간이었다.

빅5 가운데 샐 힘과 압둘 살바스, 고이치 다나카는 이미 자리하고 있었고, 그들이 월드컵에 관한 가벼운 농담을 나누는 사이 쥴리 안드리안이 막 헬기를 타고 도착해서 회의실로 입장했다.

안드리안은 희색 사슬 모양의 드레스를 입고 있었다. 중간 중간 장식된 사파이어가 조명에 의해 은근한 빛을 발하고 있었다.

안드리안은 얼굴을 붉히며 사과를 했다.

"런던의 테마 파크 개장식에 참석 하느라 조금 늦었어요. 설마 10분 지각 했다고 벌세우는 건 아니겠죠?"

콧수염이 인상적인 압둘 살바스가 어깨를 으슥하며 안드리안의 농담을 받아주었다.

"예쁜 숙녀에게는 10분 정도 늦어도 괜찮은 특권이 있죠."

모두들 환하게 웃음을 터트렸다.

안드리안은 티나와 함께 골드 커뮤니티의 여성 회원이었다.

그러나 성장 과정은 전혀 달랐다. 티나가 자수성가한 것에 반해서 안드리안은 미디어 재벌인 아버지의 도움으로 투자가가 되었다. 그녀의 관심 사항은 미디어와 영화였다. 티나는 몇 번인가 안드리안의 초청으로 그녀가 투자한 영화의 시사회에 참석한 일이 있었다.

"여기 좀 주목해 줘요."

다나카가 손을 들고 모두를 주목 시켰다. 그는 가방에서 노트북 컴퓨터를 꺼내 테이블 위에 올려놓았다. 애플사의 노트북 컴퓨터였다. 다나카는 개인적인 자금으로 애플사의 주식 상당 부분을 소유하고 있는 상태였다.

"이번에 애플사에서 나오는 신형 노트북이에요. 두께가 얇은 건 이미 시장에 선 보였고, 이 제품은 홀로그램 시스템으로 움직여요. 잘 보세요."

다나카는 노트북을 모두가 보도록 돌려놓고 액정 모니터를 두 손가락으로 더듬었다. 간단한 손동작을 해 주자 모니터 속의 화면과 로고가 커졌다 작아졌다 했다. 티나는 텔레비전에서 홀로그램 시스템을 본 적은 있지만 노트북에 활용한 건 처음 보았다.

"자, 직접 해 보세요."

나머지 사람들이 다나카로부터 노트북을 건네받아서 간단한 동작을 시연 해 보았다. 티나는 기술적인 발전에 큰 흥미가 없었지만 몇 마디의 호감을 표시 했다.

오늘의 주요 의제는 아랍 에미리트의 도시 국가 두바이였다.

2008년까지 두바이는 지구상에서 가장 활력 넘치는 도시였다. 독특하고 창의적인 건축물들이 이곳저곳에 세워졌고, 수많은 투자가들이 투자를 했다.

티나를 비롯한 빅5도 두바이의 미래를 믿고 천억 달러를 투자 하는 것을 주도 했다. 두바이가 빅5의 흥미를 끌었던 건 성공가능성보다는 그 완벽한 자본주의적 시스템에 있었다. 돈으로 가능한 모든 것을 시도해 본다는 두바이의 열정이 빅5에겐 매력으로 다가왔다.

그러나 2008년부터 두바이의 명성도 흔들렸다. 두바이의 주가는 80퍼센트 넘게 곤두박질 쳤고, 초호화 빌딩과 초호화 아파트 판매가도 절반 이하로 하락했다. 만일 그 지점에서 빅5가 손을 뗐다면 두바이는 흉물스러운 콘크리트 건축물만이 남아 있는 폐허로 변했을 것이다.

두바이를 살리고 싶었던 빅5는 미국 연방 준비 이사회와 유럽 중앙은행을 움직여서 2천 5백억 달러의 긴급 자금을 두바이에 투입했다. 왕족 중심의 전통적인 통치자들을 배제하고 국영 기업체 대표 출신인 모하메드 알리바드가 중심이 된 '자문위원회'를 설립, 이곳에서 두바이에 관한 모든 것을 결정토록 했다. 2008년 이전과 같은 급성장은 아니었으나 두바이는 최근 서서히 회복되고 있었다.

사우디아라비아의 왕족 출신인 압둘 살바스가 간단한 몇 장의 서류를 뒤적이면서 설명했다.

"상황이 호전되었습니다. 주가는 2010년 11월부터 상승곡선을 타고 있고 중국과 이란 등으로 부터의 개인 투자도 눈에 띄게 증가 하고 있습니다. 낙관 하기는 아직 이르지만 위기는 넘긴 것으로 판단됩니다."

모두 안도의 한숨을 내쉬었다. 두바이에 승부수를 띄우다시피 한 빅5들은 지난 몇 년 간 두바이를 아슬아슬한 눈으로 지켜보았었다.

다나카가 팔꿈치를 테이블 쪽으로 기대며 살바스에게 물었다.

"자문위원회의 모하메드 알리바드는 믿을 만한가요?"

"현재까지는 최선을 다하고 있는 것으로 보입니다."

안드리안이 팔짱을 낀 자세로 포개 놓은 다리의 위치를 바꾸며 말했다.

"문제는 거품이었어요. 두바이에서는 부동산이 한 때 국민 스포츠가 되다시피 했더랬죠. 한 때의 아시아가 그랬지만 거품으로 인한 성장은 반드시 안 좋은 결과로 이어지잖아요. 두바이에 투입된 자금이 좀 더 건설적인 방면에 활용되도록 유도해야 해요."

"정확한 지적이에요."

티너가 안드리안의 지적에 고개를 끄덕이며 동조해 주었다. 부가 가치가 제로인 상태에서 상대 가치만 치솟는 것을 거품이라고 부른다. 가품은 자본주의 사회를 내부로부터 붕괴 시키는 암적 존재라고 티나는 늘 생각해왔다.

미국 연방 준비 이사회와 유럽 중앙은행으로 하여금 두바이에 좀 더 안정된 자금을 지원하도록 하자는 결의를 하고 빅5의 골드 커뮤니티는 종료되었다.

"언니, 다음 주에 시간 어때요?"

앞장서서 퇴장 하는 티나의 어깨를 살짝 건드리며 안드리안이 물었다. 티나는 방긋 웃으며 대답했다.

"애인도 없는데 특별한 약속이 있을 리 없잖아."

"그렇다면 이번에 내가 투자한 영화 보러 헐리우드로 와요."

"그럴까? 그런데 어떤 영화야?"

"올림픽 권투 선수 출신인 주인공이 러시아 마피아를 일망타진 하는 내용이에요."

"전형적인 헐리우드 영화로군."

"단순한게 좋잖아요."

"주인공은 누가 맡았지?"

"키아누 리브스!"

"오!"

티나는 자신도 모르게 환호했다. 헐리우드 영화를 썩 좋아하지는 않지만 키아누 리브스에게는 늘 끌렸다. 그의 영화 시사회가 있으면 전세 비행기를 타고 날아가서 관람을 했던 티나였다. 안드리안에게 시사회에 꼭 참석 하겠다는 약속을 해 주고 티나는 숙소로 돌아왔다.

산책하기 좋은 날이었다. 8월의 따가운 햇볕 아래서 플라티너스 잎들이 마음껏 푸르러 있었다. 티나는 조르딘 공원을 걷기도 하고 뛰기도 하면서 산책을 즐겼다. 다시 호텔로 돌아온 티나에게 비서가 보고를 했다.

"사장님을 만나고 싶어 하는 분들이 계십니다."

"누구……?"

"한국에서 온 사람들입니다."

"한국에서? 누가?"

"한국의 국회의원 두 분입니다."

국회의원이라는 직책은 따분하게 느껴졌지만 한국이라는 나라에는 관심이 갔다.

비서가 물었다.

"어떻게 할까요? 사장님을 뵙기 위해 미국까지 갔다가 헛걸음하고 이곳으로 왔다고 하더군요."

"알았어. 내일 점심 때 만나겠다고 해."

"알겠습니다."

8. 티나와의 대화

“그 나라는 왜 그렇게 항상 시끄럽죠?”

아름답고 정숙한 그녀의 입에서 그런 식의 첫 마디가 나올 줄은 몰랐다. 집권당 사무총장인 이길재와 변하균은 가뜩이나 어려운 부탁을 해야 하는 상태에서 티나의 직선적인 선제 공격에 기가 죽었다.

티나는 팔짱을 끼며 성질 사나운 여선생처럼 힐난을 계속 했다.

“텔레비전을 보면 한국이라는 나라는 늘 데모와 싸움뿐이에요. 그러니 경제가 제대로 될 리 있겠어요?”

변하균은 웃음을 잃지 않고 응대했다.

“민주주의의 과정이라고 너그럽게 보아주십시오.”

“민주주의의 천국인 미국이나 유럽에서도 불법 시위와 폭력 시위는 강력 하게 응징 한다고요. 국민들 버릇을 잘 못 들인 거 아니에요?"

이길재는 차분히 설득을 하고 싶었으나 떠오르는 말이 없었다. 각종 운동권 단체가 사회 불만 세력을 선동해서 끊임없이 치안을 마비시키고 그 여파로 경제적 어려움이 가중되는 악순환이 계속되고 있었다.

2008년부터 시작된 세계 경제의 침체기는 한국과 같은 신흥공업국에게 가장 직접적인 타격을 입혔다. 경상 수지가 악화되었고 내수도 제 자리 걸음이었다. 야당은 자신들이 집권하면 국채 이자 지불을 중단 하겠다고 공공연히 선언했다. 해외투자가들이 한국을 외면하기 시작했다. 이런 상황에서 또다시 IMF로부터 구제 금융을 받기란 불가능 했다. 결국 세계 금융계에서 가장 영향력 있는 빅5를 만나 담판을 짓는 길 밖에 없었던 것이다.

종업원이 식사 주문을 받으러 왔다. 티나는 해물 그라땡을 주문했고, 이길재와 변하균은 오믈렛을 주문했다.

변하균이 가벼운 쪽으로 화제를 돌렸다.

"몇 년전에 티나 사장님의 고향인 부다페스트를 방문한 일이 있었습니다. 그때 마침 축제 기간이어서 많이 사람들이 영웅광장에 모였더군요."

티나는 별 흥미 없는 얼굴로 대답했다.

"축제를 좋아 하는 사람들이죠. 하지만 축제가 끝나면 모두가 끼니 걱정을 하죠."

이길재가 어떻게든 좋은 방향으로 분위기를 바꾸어보려고 티나의 고향 이야기를 더 물고 늘어졌다.

"미국에서 주로 활동 하시니 고향 생각이 가끔 나겠군요."

"어두운 부다페스트의 뒷골목을 방황 하는 악몽을 가끔 꾸죠. 난 지금 미국인이에요. 법적으로도 미국인이지만 정신적으로도 미국화 되었어요.

"이해합니다."

이길재는 사실 티나의 가치관을 헤아리기가 어려웠으나 최대한 공손히 장단을 맞춰주었다.

점심 식사가 나왔다. 식사를 하며 세 사람은 음악 이야기를 드문드문 나누었다. 변하균이 헝가리 무곡을 예로 들면서 헝가리 문화를 칭송하자 티나는 헝가리 무곡의 작곡가인 브람스가 헝가리 출신이 아닌 독일 작곡가라고 정정해 주었다. 그 뒤 세 사람은 말없이 식사 하는 일에만 열중했다.

식사를 모두 마친 티나가 냉수를 한 모금 마신 후 말했다.

"자, 이제 식사가 끝났으니 본론을 이야기 해 볼까요?"

알겠다고 깍듯이 대답하며 이길재가 설명을 시작했다.

"지난 2010년 3월, 일본 오사카에서 열린 G8 정상회의에서 한국의 문제가 중요하게 다루어졌습니다. 이 회담에서 한국은 성장률을 높이기 위해 구조 조정을 지속적으로 실천 하면 머지 않은 장래에 선진국에 진입할 것이라는 점에 모두가 동의 했습니다. 하지만 한국은 2008년부터 시작된 세계 경제의 침체기로 인해 현재 많은 어려움에 봉착해 있는 것이 사실입니다. 한국은 우선 IMF 측에 구조 조정을 약속 하는 조건으로 천억불의 구제 금융을 요청 해 놓은 상태이나 확답을 듣지 못했습니다. 그래서 결례를 무릅쓰고 IMF의 최대 주주 가운데 한 분이신 로이 티나 사장님께 직접 도움을 요청 드리기로 한 것입니다."

이길재는 혹시라도 의사가 잘못 전달될까봐 천천히, 그리고 또박또박 정확한 영어로 상황을 설명 해 주었다. 다행히 티나는 이길재가 의도 하는 바를 충분히 이해했다. 그러나 의사가 전달되었다고 곧장 긍정적인 답변이 돌아오지는 않았다.

"나는 IMF를 신뢰해요. 그들의 입장과 저의 입장은 정확히 일치합니다."

"물론입니다. 하지만 IMF측은 티나 사장님을 비롯한 주요 주주들의 동의가 없어서 즉각 융자가 어렵다는 입장입니다."

변하균이 거들었다.

"한국은 IT산업에 많은 성장 가능성이 있습니다. 결코 실패 하지 않을 투자가 될 것입니다."

티나는 잠시 골똘히 생각해 본 후 입을 열었다.

"국제 사회 기준에서 한국은 천덕꾸러기에요. 국민성의 문제가 가장 심각하죠. 당신네 나라 국민들은 민주주의를 제대로 이해하지 못하고 있어요. 하나만 예를 들어볼까요? 툭하면 반미 데모를 하지만 미국에 가려고 가장 치열한 경쟁을 하는 나라가 바로 한국이죠. 반미 데모가 연일 벌어지는 한쪽에서 미국에 가려고 구걸 하는 것처럼 미국 대사관 앞에 길게 줄을 서 있는 우스꽝스러운 나라가 바로 한국이라는 나라죠. 차라리 아랍이나 북한처럼 미국의 모든 수혜를 거부 하면서 반미를 한다면 누구도 간섭 하지 않을 거예요."

이길재는 비록 티나의 말이 지엽적이기는 했으나 공감 하지 않을 도리가 없었다. 미군의 우발적인 장갑차 사고가 났을 때도 수만의 시민이 거리를 메우고 반미 시위를 했다. 우발적인 사고에 대해서는 관대한 것이 국제 사회의 관례였다. 만일 우발적인 사고조차도 국가의 책임이라면, 미국에서 한국인이 자동차 사고를 내더라도 한국 정부가 책임져야 하는 모순에 직면한다.

한국 주둔 미군의 사건 사고도 마찬가지다. 수만의 미군이 주둔한 상황에서 갖가지 사건 사고가 발생 하는 것은 자연스럽다. 한국 군인은 사고를 안 일으키는가? 그것을 포용 하지 못하고 관련자의 엄한 처벌만을 요구 하는 한국인의 각박함을 미국인은 증오 하고 있는 것이다. 국제 사회에서 한국인은 속 좁고 이중적인 국민으로 낙인 찍혀 있었다. 헝가리 출신이므로 약소국의 입장을 이해하리라는 이길재의 판단은 오산이었다. 티나는 미국 출신 미국인보다 더 미국인다운 사고 방식을 지닌 여자였다.

이길재가 할 말을 떠올리느라 잠자코 있는 사이 변하균이 나섰다.

"모든 한국인이 미국에게 적대적인 것은 아닙니다. 소수지만, 한국에는 미국으로 인해 한국 경제가 이만큼 유지되고 있음을 이해하는 세력이 엄연히 존재합니다. 만일 한국 경제가 무너지면 극렬 반미 세력에 의해 정권이 붕괴될 것입니다. 저희를 도와주셔야 할 이유가 여기 있습니다."

티나의 얼굴이 다소 부드러워졌다.

"한국의 정치 상황은 잘 모르지만, 한국인들처럼 비열한 국민들을 통제 하는 게 쉽지 않은 일이라는 건 잘 알고 있어요. 만일 그들이 아니었다면 한국은 소말리아처럼 끝없는 내전으로 수 십 만 명이 굶어 죽는 참상을 겪었을 겁니다. 소말리아라는 나라는 선진국에서 원조를 해 주어도 돈이 극렬 세력의 무기 구입비로 충당되는 난감한 상황이에요."

이길재는 티나의 한국 상황에 대한 정확한 인식에 놀랐다. 과연 이 여자는 운이 좋아서 세계 최고의 투자가가 된 것이 아니었다.

한국은 이해하기 어려운 지식인들의 발언이 득세 하는 분위기였다. 그들은 한국 현대사가 이승만 정권부터 모순으로 가득 차 있다고 주장한다. 물론 그런 주장을 하는 것은 그것이 옳아서라기보다는 문화적 속성 탓이다. 한국의 정치·경제·사회를 부정적으로 그리지 않으면 돈이 되지 않기 때문이다. 이승만 초대 대통령이 일제 청산을 제대로 하지 않아서 문제가 시작되었다는 주장부터 터무니없다. 일본 지배가 잘못된 것이기는 하나, 그래도 기본적인 인재 등용의 원칙을 지킨 시스템이었다. 무능한 사람이 친일파라는 이유로 출세를 할 수는 없었다는 이야기다.

만일 그때 일제의 완벽한 청산을 주장 하는 세력에게 권력이 넘어갔더라면 한국은 소말리아처럼 극빈 국가의 대열에 섰을 것이다. 이승만이 독재자였다면 4·19 직후 들어선 민주당 장면 정부는 안정된 통치를 했는가? 천만에. 데모로 날을 지새우고 각종 이해 단체들의 궐기로 국민들의 삶은 더욱 피폐해졌다. 목소리 큰 사람이 뭐라도 하나 더 얻어먹는 분위기가 되니 너도나도 목소리를 높이고 죽기 살기로 데모를 했던 것이다. 심지어는 경찰까지 집단행동을 했다는 기록이 남아있다. 오죽하면 군인인 박정희의 쿠데타가 지지를 받았겠는가. 지긋지긋 했던 것이다.

변하균이 물을 한 모금 마신 후 입을 열었다.

"한국과 한국인에 대한 비판 겸허히 받아들이겠습니다. 한국인은 때려야 말을 듣는 비열한 민족이라고 비하해도 저희로 서는 할 말이 없습니다. 저 역시 같은 한국인에게 분노를 느낀 일이 많으니까요. 이를테면 한국인은 이해관계를 따지는 것에 천부적인 소질을 지니고 태어났습니다. 이해관계가 맞으면 간이라도 빼어줄 것처럼 살갑게 대하지만 생기는 게 없으면 무섭도록 잔인해집니다. 그런 한국인의 비겁함 때문에 국제 사회로부터 끔찍한 3류 인종 취급을 받고 있음을 잘 알고 있습니다. 하지만……"

변하균은 잠시 눈을 감았다가 다시 말을 이었다.

"하지만 한국이 변하기 위해서는 소수의 깨어 있는 한국인들이 살아남아야 합니다."

이길재는 변하균의 설득력 있는 논조에 속으로 놀랐다. 40대

초의 변하균은 초선 의원이었다. 한국에서 의정 활동을 할 때는 지극히 냉정한 태도를 보인 그였기에 방금 전의 정서적인 대화법이 이길재에게는 의외로 받아들여졌다. 어쩌면 변하균은 소수의 한국인들의 속마음을 정확히 대변했는지도 모른다. 많은 지도층들은 한국인의 문제점을 잘 알고 있었다. 심지어는 재야나 좌파 지도자조차 한국인의 국민성에 대해서는 냉소적이었다. 단지 공개적인 자리에서 표현을 하지 않을 뿐이다.

변하균의 설득력 있는 논조가 과연 티나의 마음을 움직일 수 있을까, 라는 생각을 하며 이길재는 티나를 건너다보았다. 그녀는 입을 굳게 다문 모습으로 이길재와 변하균을 한 번씩 쳐다본 후 입을 열었다.

"두 분의 진심은 이해하겠습니다. 하지만 이 자리에서 결정할 수 있는 문제는 아니군요. 제 친구들과 의논해 볼 여지는 있습니다. 노도 아니고 예스도 아닙니다. 한국이 잘되기를 바랍니다."

티나는 일어설 채비를 했다. 이길재는 바짓가랑이라도 붙잡고 사정하고 싶었으나, 그런다고 상황이 좋아질 리 없다는 걸 알기 때문에 웃는 얼굴로 일어섰다.

호텔로 돌아온 이길재와 변하균은 커피를 마시며 숙의했다. 대통령의 특별 지시로 긴급히 이곳 프랑스까지 날아온 두 사람이었다. 그 정도로 한국 상황은 암담했다. 국내 불안은 계속되었고, 경제는 하향 곡선을 그었다. 국제 금융의 도움이 없다면 걷잡을 수 없는 사태로 치달을 수 있었다.

빅5의 나머지 인물들을 만나 보는 게 어떻겠느냐는 변하균의 제안에 이길재는 고개를 저었다. 어차피 비슷한 입장일 것이고, 나머지 빅5들과 긴밀한 유대를 맺고 있는 티나가 충분한 의견 교환을 할 것이었다.

이길재는 청와대로 전화를 걸어서 비서실장에게 티나와 만나서 나누었던 대화를 상세히 전달했다. 비서실장은 대통령에게 보고한 후 지시를 내리겠다고 대답했다.

변하균은 침울한 얼굴로 창가에 서 있었다. 패기 넘치는 초선 의원에게 오늘 일은 적잖은 상처가 되었을 법 했다. 이길재는 그를 위로 하고 싶어졌다.

"어쩔 수 없어. 국제 사회의 한국에 대한 시선이 그 정도니까. 차차 나아지겠지."

말없이 서 있던 변하균은 고개를 들고 멀리 에펠탑을 바라보며 누구에게인지 모를 한 마디를 불쑥 내뱉었다.

"빌어먹을 한국! 차라리 망해버렸으면 좋겠어!"

청와대 녹지원은 아직 푸르렀다. 9월로 접어들면서 색이 바란 잔디가 더러 있었고, 낙엽들도 군데군데 흩어져 있기는 했지만 잘 정리된 푸른 잔디밭은 시야를 확 트이게 했다.

정태는 천천히 녹지원을 가로질러서 청와대 본관으로 향했다. 청와대 본관 건물은 위압감을 주기 충분한 형태였다. 규모가 크기도 했지만 빈틈이 느껴지지 않는 구조 때문이었다. 너무 권위적인 청와대 본관 건물이 북악산의 정기를 막아서 대통령을 독불 장군으로 만들 가능성이 있다고 지적 하는 풍수 학자도 있었다. 실제로 청와대 본관 2층에 서면 남산과 서울 시내를 모두 굽어볼 수가 있다. 그렇기 때문에 대통령 자신이 세상사를 다 파악하고 있다는 자만심에 빠질 가능성도 어느 정도는 있다.

정태가 청와대 본관 2층의 대회의실에 들어섰을 때는 오전 8시 50분쯤이었다. 대회의실에서는 대통령 주재하의 보좌관 회의가 준비되고 있었다. 대통령이 입장하기 직전이어서 모두가 말소리를 낮춰서 대화를 주고받는 중이었다. 정태가 자신의 자리에 앉자 비서실장이 다가왔다.

"준비 많이 했어?"

국내 안보 팀장인 정태는 대통령에게 시국 상황에 대한 총괄적인 분석을 보고할 예정이었다.

"나름대로 최선을 다했습니다."

"너무 부정적으로 보고 하지 마."

"알고 있습니다."

"믿을게."

비서실장은 정태의 어깨를 가볍게 두드리고 자신의 자리로 돌아갔다. 5분 뒤 대통령이 입장했다. 의외로 밝은 얼굴이었다. 대통령은 활짝 웃으며 기립한 보좌관들과 일일이 악수를 나누고 자신의 자리에 착석했다. 비서실장이 일어서서 오늘 회의에서 보고할 내용을 설명하고 첫 순서인 경제 보좌관 보고가 시작되었다. 빙 둘러서 보고를 했지만 여러 가지로 부정적이었다. 경상 수지가 하향 곡선을 긋고 있었고, 내수 침체도 계속되는 상황인데, 국제 금융의 도움도 기대 하기 어렵다는 게 경제 관련 보좌진의 분석이었다.

대통령은 단호한 목소리로 말했다.

"경제의 어려움은 거품의 붕괴 과정입니다. 그동안 아무런 부가 가치 없이 성장했던 시스템의 변화 과정이에요. 우리는 계속 원칙을 지키는 방향으로 노력합시다."

정태는 순간 대통령의 입장을 어렴풋이 이해할 것 같은 기분이 되었다. 배고픈 자에게 물고기를 선물 할 것이 아니라 고기 잡는 법을 가르쳐야 한다는 것은 늘 대통령이 강조해 온 바였다. 단기 부양책으로 일시적인 호황을 조장하지는 않겠다는 대통령의 뚝심이 느껴졌다. 경제의 어려움과 시국의 혼란스러움 속에서도 대통령은 늘 여유롭게 행동했다. 심지어는 지지율에도 개의치 않았다. 그 저변에 있는 것은 '자신이 옳다'라는 확고한 신념이었다.

정태 차례가 되었다.

정태가 자리에서 일어서자 대통령이 물었다.

"미스터 윤, 큰 아이가 몇 살이더라? 지난번 회식 때 데리고 왔던."

"6살입니다."

"한참 예쁠 때군."

"그렇습니다."

정태는 대통령과 미소를 교환 했다. 짧은 사담이 정태의 긴장을 풀어주었다. 정태는 기립해서 준비한 보고서를 읽었다.

"9월로 접어들면서 시위 참여 인원이 급격하게 줄었습니다. 어제 시청 앞의 집회에는 경찰 추산 3 만명의 인원이 참여한 것으로 파악 하고 있습니다. 하지만 안심할 단계는 아니라고 보고 있습니다. '국민 운동 본부'가 계속 결사 투쟁을 다짐 하고 있으며, 다음 주 부터는 민노총의 총파업이 예정되어 있습니다. 문제는 운동권 세력의 수평적 연대입니다. 이들이 언론과 사회 주요 단체를 장악 하고 있어서 정부의 대응이 쉽지 않습니다. 게다가 경기 침체로 국민들의 여론이 반정부 세력에게 호의적인 것도 부담입니다."

"여론이 문제인데……우리 측에서는 어떻게 대응 하고 있소?"

"사이버 특별 팀을 풀가동해서 인터넷 여론을 우리 측에 유리하게 유도 하는 작업이 진행 중이고, 시위 주도 세력의 비리를 캐서 공개 하는 작업도 비밀리에 진행 중입니다."

"시위 주도 세력과 접촉은 해 봤소?"

"공식적으로는 아니고, 개인적으로 접촉해 본 결과 그들이 원하는 것이 권력 참여임을 확인 했습니다."

"그건 안 됩니다."

"물론입니다. 저도 그 점을 확실하게 전달했습니다."

"수고했소."

정태는 묵례를 하고 착석했다.

여론을 유리하게 리드 하는 방안들이 보좌관들 사이에서 나왔다. 대통령은 대체로 수용을 하고 몇 가지 자신의 생각을 밝혔다.

대한민국 역사상 여론은 언제나 정부에 우호적이지 않았다. 어떤 지식인도 정부 입장을 대변 하지 않고, 정부 입장을 대변하면 돌멩이를 맞을 것 같은 사회분위기가 조장 되었다. 민주주의가 시민 사회의 다양성을 보장 하고 개인의 권리를 최대한 보장해야 한다는 것에는 이견이 있을 수 없다. 그런데 우리 사회는 정말로 다양성이 보장되고 있을까? 불행하게도 그렇지 않다. 최선의 시도는, 그것을 질시 하는 자들에 의해 매도당하고 좌초의 위기를 맞는다. 그들은 아무 것도 책임지지 않는다. 단지 정부를 흔들고 공권력의 권위를 땅에 떨어뜨려 놓는 것에만 전력을 기울일 뿐이다. 책임질 것 없는 사람들의 아우성이 국익을 훼손하고 진정한 의미의 민주주의를 지체 시킨다.

"어렵지만 여유를 갖고 대응 합시다."

대통령은 여느 때처럼 여유를 강조하고 회의를 끝냈다. 20분 뒤, 보좌관들의 배웅을 받으며 지방 행사 참석을 위해 대통령은 헬기에 탑승 했다. 가벼운 점퍼 차림에 선글라스를 낀 대통령의 모습에서 언뜻 20대 청년의 혈기가 느껴졌다. 정태는 적어도 그 순간만은 절대 패배 하지 않으리라는 확신에 휩싸였다.

9. 그 남자의 비밀

파도처럼 파국이 밀려와,
아름다운 도시를 삼키고,
모든 것이 다 사라져도,
나는 그대 곁에 남을 거야,
마지막은 없어,
안녕이라는 말을 나는 몰라,
그대가 내 곁에 있다면 아까운 것은 없어,
세상에 파국이 와도,
그대만 있다면,

예희의 노래가 오디오 스피커를 통해 흘러나오고 있었다. 제목이 '파국'이었다. 윤기는 예희의 어깨를 감싸고 소파에 앉아 있었다. 창밖의 도시는 오렌지 빛 노을 속에 잠겨 있었다.

가운 아래로 예희의 우유 빛 다리가 드러나 있었다. 윤기는 예희 쪽으로 머리를 돌리고 방금 머리를 감아서 물기에 젖은 그녀의 머리카락 속으로 손을 넣었다. 예희는 들릴 듯 말듯 한 신음 소리를 내며 입술을 윤기 쪽으로 돌렸다.

"키스 해 줘요."

윤기는 예희의 입속으로 혀를 넣으며 오른 손으로 예희의 허리를 감았다. 한 손에 딱 감싸지는 적당히 날씬한 허리였다. 호흡이 거칠어진 예희는 윤기를 힘껏 끌어안으며 윤기의 몸 위로 자신의 하체를 포갰다. 윤기는 못 이기는 척 뒤로 누우며 예희의 가운을 벗겨냈다. 예희의 손끝이 닿자마자 페니스가 발기했다. 예희는 윤기의 페니스를 입 안 가득 넣고 빠른 속도로 머리를 움직였다.

섹스가 끝나자 윤기는 엎드린 자세로 예희를 안았다. 예희는 눈을 지그시 감고 격정적이었던 섹스후의 여운을 음미 하는 중이었다.

윤기가 예희의 이마에 입 맞추며 말했다.

"좋은 노래였어. 예희는 평소의 목소리와 노래를 부를 때의 목소리가 180도 다르군."

예희가 눈을 반짝이며 물었다.

"어느 쪽이 좋아요?"

"음질의 측면에서는 노래를 부를 때가 좋지. 하지만 평상시의 목소리도 편안함을 주어서 좋아."

"난 늘 노래를 부를 때, 이것이 마지막이다, 라는 생각으로 불러요. 죽음을 각오하는 식이 아니라, 그 이후는 생각 하지 않는 거죠."

"그걸 집중력이라고 불러. 이것저것 앞 뒤 재고 행동 하는 사람에게는 그런 집중력이 나올 수 없지. 예희는 역시 달라."

"정말 다른 건 당신이에요."

"내가? 뭐가 다르다는 거지?"

"당신은 내게 아무 것도 설명 하지 않았잖아요. 보통의 사람들은 관계를 갖기 전이나, 혹은 관계를 가진 후에 자신의 이야기를 많이 하죠."

"좋아. 간단하게 설명해 주지. 25년간 한국에서 살았고, 10년간 미국에서 살다가 잠시 귀국했어."

"직업은요?"

"사냥꾼."

"뭐라고요? 요새도 사냥을 직업으로 삼는 사람이 있나요?"

"물론 순록 따위의 뒤를 쫒는 사냥꾼은 아니야."

"대화를 나눌수록 더 어려워지는군요. 그만 두겠어요."

예희가 뾰루퉁한 표정을 짓자 윤기는 가볍게 그녀의 뺨을 쓰다듬어주었다.

"그런 게 뭐가 중요해. 지금 이 순간 내가 당신에게 끌리고 있다는 게 훨씬 중요하지."

"진심이 아니라는 걸 알지만 감동이 되는 건 어쩔 수가 없네요."

"100퍼센트는 아니지만 난 대체로 내 진심을 이야기 하는 스타일이야."

"혹시 여자 사냥꾼 아니에요?"

"하하하하."

윤기는 파안대소했다. 그의 유쾌함에 전염된 예희도 따라서 웃으며 윤기의 등에 몸을 포갰다.

이 남자의 어떤 면이 순식간에 나를 사로잡았을까, 하고 예희는 생각해보았다. 1억을 선뜻 내줬지만, 그것만으로 이 남자가 부자인지 아닌지를 알 수는 없다. 설령 부자라고 하더라도 그 이유로 사랑하게된 건 아니다. 예희는 금방 답을 알아냈다. 이 남자는 마치 진공 상태에 있는 것 같고, 그것이 예희로 하여금 떠나지 못하게 만들고 있는 것이었다.

이윤기라는 사람과 예희는 아무런 이해관계가 없다. 그저 섹스를 나누고 일상적이 농담을 나누는 인간과 인간의 관계일 뿐이었다. 단순하지만, 세상에는 이런 관계가 드물다.

호텔 내에 있는 일식집에서 두 사람은 저녁을 함께 했다. 튀김요리와 샤브샤브로 배를 채우고 4층의 커피숍에서 커피를 마셨다. 스무 살이 안 되었을 법한 여자가 피아노를 치고 있었다. 그녀를 물끄러미 바라보며 예희가 말했다.

"부모님은 내가 클래식으로 성공하기를 바라셨어요. 피아노부터 첼로까지 대부분의 악기를 섭렵했죠. 하지만 외로웠어요. 이해 못할 거예요. 음악 소리에만 묻혀 살아야 한다는 거요. 나는 현실감을 잃고 사물을 보았더랬죠. 장난치는 아이들, 운동

하는 아이들, 심지어는 싸우는 아이들도 부러웠어요. 나는 아이들 사이에서 고고한 섬처럼 살았어요. 나는 늘 고급스럽고 균형 잡힌 말만 해야 했죠."

디저트로 나온 과자를 반으로 쪼개서 입에 넣으며 윤기가 말했다.

"지금도 그런 분위기가 남아 있어."

"답답해 보이지 않나요?"

"그런 게 뭐가 중요해. 어차피 사람은 누구나 딜레마가 있어. 그냥 부족하다고 느끼는 자신을 인정 하고 살아가면 언젠가는 이해 받게 되어 있어."

"대중음악을 시작 했음에도 나는 뭔가 다른 사람처럼 인식됐어요."

"다른 사람이니까."

"그럴까요?"

"물론이지. 예희는 특별해."

"어떻게 알죠?"

"난 포장 하지 않은 순간을 캐치 하는 것에 일가견이 있어. 무대에서 마이크가 다른 사람에게로 넘어가는 순간, 아마 그건 0.5초도 되지 않을 거야. 그 순간, 그 사람의 본질을 알아차리지."

예희는 이윤기의 눈을 바라보았다. 특별히 눈매가 예사롭지 않다거나 하지는 않았다. 행동거지에서도 범상함을 느낄 수는 없었다. 단지 윤기는 끊임없이 움직였다. 무언가를 입 안에 넣고 우물거리거나 쿠션을 살펴본다거나 이유 없이 유리창을 손가락으로 건드려 본다거나.

예희가 물었다.

"한국에서 25년을 살았다면 적지 않은 기간인데, 어떻게 쉽게 탈출 할 수 있었나요?"

"처음부터 쉬운 일은 아무 것도 없어. 단지 노력한 만큼 쉬울 뿐이야. 나도 물론 복잡한 인간 관계와 미래에 대한 불안감에 젖어 있었지. 하지만 난 방법을 알았어. 그냥 부숴버리는 거야. 모든 것을……그리고 훌쩍 떠나버리는 거지. 그런 방식이 아니면 아무런 도전도 할 수가 없어."

"그렇다면 한국에서 교류 하는 사람은 아무도 없나요?"

"스무 고개처럼 점점 나를 드러내게 만드는군."

"대답하기 싫으면 하지 않아도 돼요."

"부모님은 돌아가셨고, 남동생이 한 명 있는데, 연락 안한지 오래 됐어."

"그 외에는……? 친구라거나……?"

"없어."

윤기는 자르듯이 대답했고, 그것은 예희에게 안도감을 주었다. 만일 윤기가 한국에서 유대를 맺고 있는 사람이 있다면 언젠가는 자신에 대한 소문이 퍼질 것이었다.

윤기가 화제를 바꾸었다.

"음반은 언제쯤 나오지?"

"빠르면 한 달, 늦어도 두 달 안에는 나올 거예요."

"꼭 듣고 가고 싶은 데……"

"그 안에 떠나나요?"

"아직 몰라."

그 순간 창밖이 소란스러워졌다. 수 백 명으로 짐작되는 군중들이 차도의 일부를 점거하고 기습 시위를 시작했다. 차량들이 경적을 울려 댔고 행인들이 모여들었다. 경찰 몇 명이 해산을 시도 했지만 오히려 모자와 곤봉을 빼앗기고 도망쳤다.

창밖을 물끄러미 내다보던 윤기가 중얼거렸다.

"어릴 때 개구리를 해부한 적이 있어."

예희는 가만히 일어나서 윤기의 옆자리에 앉았다.

"그래서요?"

"친구와 함께였지. 개구리 한 마리를 십자가에 못 박는 것처럼 핀으로 고정 시키고 마취 주사를 찔렀어. 그리고 칼로 배를 갈랐지. 그런데 싸구려 해부용품이어서 마취가 제대로 되지를 않았어. 창자를 다 쏟은 채 개구리는 내 눈 앞에서 발버둥치고 있었지. 어린 나이였지만, 나는 개구리의 고통을 없애기 위해서는 죽여야 한다는 걸 알았어. 나는 나이프로 개구리의 목을 찔렀어. 하지만 개구리는 쉽게 죽지 않았어. 다섯 번쯤 찌르자 잠잠해지더군."

그리고 윤기는 디저트로 나온 과자의 나머지 조각을 입에 털어넣으며 말했다.

"죽이는 게 최선을 때가 있어."

"이해해요."

그렇게 대답했지만 예희는 윤기가 창밖의 시위광경을 보고 어째서 어린 시절의 개구리 해부 기억을 떠올렸는지 잘 알 수 없었다. 그러나 구태여 알려고 하지도 않았다.

윤기는 의미를 알 수 없는 여러 가지 꿈을 꾸다가 전화벨 소리에 눈을 떴다. 시계를 보니 새벽 2시였다. 윤기는 누구 전화인지 짐작을 하며 수화기를 들었다. 예상대로 티나였다.

"미스터 리, 지금 거기 몇 시야?"

"새벽 2시입니다."

"저런, 단잠을 깨웠겠군. 자꾸 시차를 잊어버린단 말야."

"괜찮습니다."

"혼자지?"

"물론."

"정말 혼자지?"

타니는 되풀이 물었고, 윤기는 그렇다고 대답하며 조금 웃었다. 티나는 느닷없이 새로 산 포르쉐 자동차가 마음에 안 든다는 푸념을 길게 늘어놓고 나서 본론을 꺼냈다.

"한국 상황 어때?"

"좋지 않습니다. 시위는 잦아들었지만 시한폭탄처럼 언제 폭발 할는지 알 수 없는 상황입니다."

"지난번에 한국에서 집권당 국회의원 두 사람이 날 찾아왔어."

"그랬을 겁니다. 집권당 입장에서는 워낙 다급 할 테니까."

"역시 차관은 무리지?"

"그렇습니다. 집권당 쪽에서는 시국의 혼란을 경제 부흥으로 만회 하고 싶겠지만, 지금 이 나라에 차관을 제공 하는 건 돈을 불쏘시개로 사용 하는 것과 다를 바 없습니다."

티나는 혀를 찼다.

"전형적인 후진국 병이야."

"한국에서 외부의 도움이 사라지면 최빈국의 수준에도 못 미치는 저열한 국민성만 남아서 서로 할퀴고 물어뜯으며 멸망해 갈 것입니다."

"그냥 내버려 두는 게 좋을까?"

"기다려주십시오. 제가 곧 움직여 보겠습니다."

"그렇게 해."

티나는 잠시 뜸을 들였다가 전혀 다른 어조로 말했다.

"미스터 리, 보고 싶어."

"저도...."

"나, 밤마다 미스터 리 생각하면 아래가 젖는다고."

"나도 페니스의 발기를 해결 하는 게 큰 숙제입니다."

"거짓말! 돈만 있으면 얼마든지 여자를 살 수 있잖아!"

"설마 내가 그런 짓을 하리라고 생각하는 건 아니겠죠?"

"알았어, 믿을 게."

안부를 교환 하고 통화를 끝낸 윤기는 어느새 발기 해 있는 페니스를 내려다보았다. 예희와 섹스를 나눈지 5시간이 지나지 않았음에도 티나를 향한 또 다른 성욕이 느껴졌다.

윤기가 티나를 알게된 건 9년 전 여름이었다. 그때 윤기는 금연 관련 제품의 세일즈 맨으로 일하고 있었다. 미국에 와서 여러 가지 아르바이트를 전전하다가 겨우 공개 채용된 일자리였다. 그가 취급한 제품은 중국의 금연침을 전자식으로 바꾼 형태였다. 보조제인 알약과 함께 정기적으로 침을 맞으면 금연 효과가 있었다. 성공률도 높았고 FDA의 승인을 받았으므로 안정성도 입증된 제품이었다.

어느 날 한 남성이 전화를 걸어와서 자신이 모시는 사장님이 금연을 원해서 금연침 시술을 해 줄 수 없겠느냐고 물어왔다. 물론 윤기는 가능하다고 대답했다.

소규모의 중소기업 대표일 것이라고 추론하고 약속 장소에 차를 몰고 간 윤기는 벌어진 입을 다물기 어려웠다. 그가 도착한 곳은 베버리힐즈의 최고가 주택 단지에서도 가장 호화로운 저택의 입구였다. 시가가 2,000억이 넘는 다는 이야기를 잡지에서 본 일이 있었다.

여비서의 안내를 받아서 들어선 침실에는 나이를 쉽게 알아맞히기 어려운 중년 여인이 앉아 있었다. 2,000억 대저택에 어울리는 호사스러운 외모는 아니었다. 간편한 복장은 오히려 고고학자의 분위기를 풍겼다. 그녀가 활달한 동작으로 먼저 악수를 청해왔다.

"금연을 여러 차례 시도 했지만 다 실패 했어요. 친구가 당신네 회사 제품으로 금연에 성공 했다기에 혹시나 해서 시도해 보려고요."

"100퍼센트 장담은 못 해 드리지만 조금만 노력 하시면 금연하실 수 있을 겁니다."

여비서가 문 밖에서 대기 중인 가운데 윤기는 티나에게 금연침을 시술했다. 원칙적으로는 머리와 팔에만 시술을 하면 끝나는 일이었는데, 윤기는 그녀에게 거짓말을 했다. 거짓말을 하는 건 상당한 용기가 필요한 일이었다. 윤기는 그녀와 가까워지고 싶었다.

"마지막으로 허벅다리 안쪽에도 시술을 해야 합니다. 만일 원치 않으신다면 발목에 시술 하는 것으로 대신 하겠습니다. 아니면 차후 여직원을 대신 보내드리겠습니다. 원하는 대로 하십시오."

티나는 일말의 의심도 하지 않고 대답했다.

"아니요. 다른 곳에 시술을 하면 효과가 떨어질 것이고, 차후에 하는 것도 번거로우니 지금 해 주세요."

티나는 반바지로 갈아입었고 윤기는 티나의 날씬한 허벅 다리에 금연침을 시술했다. 그런데 5분도 지나지 않은 그 순간 윤기는 티나의 성욕을 느꼈다. 윤기에게는 짧은 순간 상대방의 감정을 캐치 하는 능력이 있었다. 금연침의 내부 약제를 교환하는 척 하던 윤기는 불현듯 티나에게 키스를 했다. 얼떨결에 입을 맞춘 티나는 웃음을 터트렸다.

"당신 배짱 좋은 데?"

"이곳에서의 일은 사장님과 저 외에는 아무도 눈치 채지 못 할 겁니다.”

팔짱을 껴고 골똘히 뭔가를 생각하던 티나는 윤기를 노려보며 말했다.

“만일 섹스를 했다고 날 귀찮게 굴면 당신을 미국에서 쫓아낼 거야.”

“알고 있습니다.”

티나는 반바지를 벗고 침대위에 누웠고, 윤기도 옷을 모두 벗고 그녀를 안았다. 모처럼의 섹스인 듯 티나는 페니스가 들어오자 손톱으로 윤기의 등을 할퀴며 매달렸다.

섹스를 끝내고 사무실로 돌아온 윤기는 고객 카드에 적힌 정보로 티나의 신분을 검색했다. 그 결과 티나가 빅5로 불리는 세계 최고의 투자가 가운데 한 명이라는 걸 알았다. 그렇다고 횡재했다는 기쁨 같은 건 없었다. 체질적으로 윤기는 남에게 도움을 받는 스타일이 아니었다. 세상에는 공짜가 없고, 도움 받은 만큼 잃는 게 있다는 걸 잘 알고 있었다.

실제로 티나와 섹스를 했다고 윤기의 인생이 갑자기 변하지도 않았다. 티나는 한 달에 한 번 정도 전화를 걸어와서 약속 장소와 시간을 일방적으로 지시했고, 그때 마다 윤기는 볼 일을 뒤로 미루고 그녀와 만나 섹스를 했다. 어느 날 갑자기 티나가 연락을 끊어도 어쩔 수 없는 일이었다. 섹스를 미끼로 돈을 갈취하는 공갈 협박범이 되기는 싫었다.

어느 날 티나는 섹스를 마치고 스타킹을 신으며 윤기에게 물었다.

"나랑 일해 볼 생각 없어?"

윤기는 자신 없이 대답했다.

"별로 잘하는 일이 없어서……"

"그냥 내 지시대로 움직이면 되는 일이야."

특별한 수단은 없지만 지시대로 움직이는 것에는 일가견이 있는 윤기였으므로 잠자코 있었다.

그 며칠 후 윤기는 빅5가 경영 하는 투자 회사 골드 커뮤니티의 아시아 담당 직원으로 채용되었다. 국제 금융의 지원을 받은 아시아 국가의 정치상황과 사회 분위기를 조사해서 간략한 내용의 보고서를 올리는 일이었다.

윤기가 일을 시작할 무렵 아시아에 금융 위기가 시작되었다. 자신과 관계없는 일이었으므로 윤기는 냉정하게 보고서를 작성 했고, 그 결과에 따라 IMF의 구제 금융이 시행되었다. 한국에 금융 위기가 닥쳤을 때도 윤기는 객관적인 형태의 보고서를 올렸다. 무조건 지원하는 식으로는 미래가 없고, 가혹한 구조조정이 병행되어야 한다는 내용이었다.

아시아와 한국의 현실에 다소 무지한 티나는 윤기의 보고서에 의존해서 투자를 집행했다. 또 이따금 티나와 섹스를 위해 만났을 때도 윤기는 한국의 정확한 현실을 이해시키려고 노력했다.

"한국은 작은 나라입니다. 나라의 크기가 작다는 의미가 아니라, 사고의 폭이 극도로 좁다는 것입니다. 룸살롱에서 수 백 만 원씩 펑펑 쓰면 남들이 큰 인물로 볼 것이라고 어리석게 착각을 하는 것이 한국인이죠. 실제로 한국 사회에서는 어느 정도 통용되기도 하고요. 하지만 실제로 중요한 일을 할 때는 극도로 인색해 집니다. 재벌을 욕하고 흉보는 것이 일반화 되었지만, 자기보다 처지가 어려운 사람들에게는 10원 한 장도 벌벌 떠는 것이 전형적인 한국인입니다. 기회만 되면 술수를 부리고 강제적인 수단을 동원하지 않으면 정직해지지 않습니다. 눈치를 기가 막히게 잘 보고, 강자에게는 비굴한 아부를 하지만 돌아서면 잔인해집니다. 전반적으로 한국인은 속 좁고 계산적입니다. 그들은 더 가혹한 시련을 오랫동안 겪어야 합니다. 현재의 한국은 인간이 제대로 살아갈 수 있는 토양이 아닙니다. 돈을 잃는 건 가장 적게 잃는 것입니다. 하지만 영혼을 잃는 것은 모든 것을 잃는 것입니다. 잊지 마십시오."

윤기는 최대한 정직하게 한국의 실상을 설명해 주었고, 티나는 윤기의 말을 신뢰했다. 만일 그러한 정직성이 없었다면 내세울 것 없는 윤기는 벌써 티나의 관심권 밖으로 밀려났을 것이다.

윤기는 침대를 빠져나와서 유리창을 열고 발코니에 서 보았다. 어느 새 여름의 습한 공기 대신 가을의 신선한 바람이 불고 있었다. 그의 눈앞에 불야성을 이룬 도시가 버티고 있었다. 도쿄를 모방한 싸구려 건축물로 가득찬 도시였다. 인도 시인 타고르가 말했던 '조용한 아침의 나라'의 이미지 같은 건남아 있지 않았다. 조악한 술수와 지독한 경쟁심으로 눈이 벌건 도시인들의 잔영만이 떠오를 뿐이었다. 윤기는 무언가를 털어내려는 듯 머리를 흔들고 유리창을 닫았다.

10. 난 피를 원해

국민 운동 본부는 10월 2일, 청계 광장에서 연예인이 대거 참여 하는 민족 문화제를 개최 한다고 선언했다. 정부는 가까스로 가라앉은 시위 열풍이 되살아날까봐 집회를 불허 하겠다고 발표했다. 민족 문화제 소식은 인터넷을 타고 빠르게 시민들에게 확산되었다. 특히 연예인들을 좋아하는 청소년들의 관심이 많았다.

10월 2일, 청계 광장은 수만의 경찰 병력이 2중으로 포위를 해서 행사 자체가 봉쇄되었다. 그러나 유인물과 인터넷을 통해 민족 문화제가 광화문 네거리로 변경되었다는 정보가 삽시간에 퍼졌다. 시민들은 끊임없이 광화문으로 밀려들었다.

광화문 네거리에 무대가 설치되고 민족 문화제가 시작되었다. 경찰 추산으로도 30만 명이 넘는 인파가 집결했다. 인기 가수들이 등장 할 때 마다 무대 앞에 진을 친 여고생 · 여대생들이 비명 같은 소리를 지르며 환호했다. 그룹 '스카이 블루'가 등장했을 때 환호는 절정에 달했다. 락 그룹인 스카이 블루는 '난 피를 원해'를 연주하기 시작했다. 집채만한 스피커를 통해 연주되는 그들의 음악이 시민들을 흥분 시켰다. 군중들은 거대한 파도가 되어 춤추고 있었다.

흥분한 군중들이 현수막과 가림막을 뜯어내서 불에 태웠다. 매캐한 연기를 뿜으며 여기저기서 불길이 타올랐다. 군중들은 주변을 통제 하고 있는 경찰에게 적대감을 드러냈다.

곧 충돌이 생겼다.

수 만 명이 일제히 공격을 가하자 경찰은 일부 병력이 포위되어 장비를 빼앗기고 무릎이 꿇려졌다. 옷을 완전히 벗어던지고 미친듯이 춤을 추는 시민도 있었고, 주변 건물의 옥상을 점거하고 깃발에 불을 붙인 후 흔들어 대는 시민도 있었다. 스카이 블루는 '난 피를 원해'를 반복해서 연주했다.

젊은 청년 한 떼가 여학생들을 덮쳤다. 그들은 여학생을 한 명씩 끌어낸 후 무대뒤로 끌고 가서 윤간을 했다. 윤간을 당한 여학생들은 비명인지 신음 소리인지 모를 소리를 질러 댔다. 알몸인 채로 도망치는 여자들과 그들을 뒤쫓는 청년들의 모습이 곳곳에서 목격되었다. 그 와중에도 '난 피를 원해'는 계속 연주되고 있었다.

경찰 수뇌부에서 진압 책임자에게 강경 진압을 계속 명령 했으나 현장은 경찰 병력으로는 진압이 불가능한 상태였다. 경찰

수뇌부는 청와대의 허락을 받고 최루탄 사용 명령을 내렸다. 페퍼포그 차량에서 다연발 최루탄이 요란한 소리를 내면서 발사되었다. 집회장은 최루가스가 퍼져서 숨쉬기 어려울 정도가 되었다.

최루가스를 벗어나려는 군중들이 종로 쪽으로 밀려들기 시작했다. 엄청난 인파에 압도된 경찰은 방어를 포기하고 뒤로 후퇴했다. 흥분한 시민들은 편을 갈라서 싸우기 시작했다. 보도블록과 각목으로 무장한 시민들 사이에서 격렬한 육박전이 벌어졌다. 머리가 깨진 시민이 엉금엉금 기어다가가 밀려온 인파에 짓밟혔다. 노숙자로 보이는 한 떼의 군중은 술병을 깨서 마구 휘둘렀다. 두 명의 여자가 술병에 찔려서 쓰러지자 노숙자들은 그녀들을 덮치고 윤간했다. 여자들은 얼굴에서 피가 흐르는 부상을 입은 채 10회 이상씩 윤간을 당했다.

그라쿠스 멤버들은 의도적으로 광화문 네거리의 건물에 방화를 하기 시작했다. 광화문 우체국이 화염에 휩싸였고, 이어서 동아일보 건물에 화염병이 투척되어 화염에 휩싸였다. 기자들은 신문사와 상관없이 붙잡혀서 뭇매를 맞았다.

그라쿠스 멤버들에 의해 건물들이 연쇄적으로 불에 타자 군중들은 전염된 듯이 건물들에 불을 지르기 시작했다. 어디선가 급조된 화염병 수 만 개가 트럭에 실려 왔다. 군중들 사이에서는 화염병을 차지하려는 경쟁이 붙었다. 스카이 블루는 불타는 도시를 바라보면 반미치광이 같은 얼굴로 연주를 계속하고 있었다.

곡이 반복되어 귀에 익자 군중들은 '난 피를 원해'를 따라 부르기 시작했다. 군중들은 미친 듯이 합창하며 사방으로 퍼져나갔다.

페퍼포그 차량이 군중들에 의해 뒤집혀졌다. 차안에 있던 경찰 두 명은 끌어내려져서 개처럼 기어 다니도록 강요당했다. 만취한 청년들은 그들의 엉덩이를 걷어차면서 큰 소리로 웃어 제꼈다. 경찰 버스도 군중들이 합세해서 밀어붙이자 곧 기우뚱하며 넘어갔다.

얼짱 토마는 자신이 보고 있는 것이 영화의 한 장면 같다고 생각했다. 아니, 자신이 영화의 주인공이라고 생각했다. 주인공은 주인공다운 모습을 관객에게 보여줄 의무가 있었다. 얼짱 토마는 군중의 선두에 서서 방화와 폭력을 주도 했다. 그가 불을 지를 때 마다, 그리고 경찰을 구타 할 때 마다 군중들이 환호했다. 이런 경험은 난생 처음이었다. 언제나 열등생에 불과했던 자신이 다수의 지지를 받고 축복을 받고 있다고 생각하니 눈물이 나올 만큼 기뻤다.

얼짱 토마는 자신이 이 순간 중요한 역할을 맡아야 한다는 사명감을 느꼈다. 그것은 프락치를 색출 하는 일이었다. 모택동도 내부의 적을 가장 경계 하지 않았던가.

얼짱 토마는 어정쩡한 시민을 발견 하면 프락치라고 소리 질렀다. 그러면 그의 뒤를 따르는 군중들이 그 시민을 마구 때렸다. 기분이 좋아진 얼짱 토마는 마음에 들지 않는, 이를테면 고등학교 2학년 때의 담임선생 같은 인상의 시민을 발견 하면 손가락질 하며 프락치라고 소리쳤다. 그리고 군중과 함께 짓밟았다. 이제 얼짱 토마는 수천 군중의 지도자였다. 그가 누군가를 손가락으로 가리키면 수천의 군중들이 일사분란하게 달려들어서 짓밟았다.

청와대 집무실에서는 대통령과 관계 보좌관들이 긴급 뉴스를 통해 광화문에서의 집회 장면을 시청 하고 있었다. 대통령은 특별한 언급이 없었다. 시종 굳어진 얼굴로 입을 굳게 다물고 있을 뿐이었다.

자정이 되자 대통령은 말없이 일어서서 숙소로 돌아갔다. 비서실장은 경찰 총장에게 전화를 걸어서 강경 대처를 지시 했으나 경찰총장은 역부족을 호소했다.

정태는 비서실로 돌아와서 이찬호에게 전화를 걸어보았다. 몇 번이나 전화 통화가 되지 않다가 한 시간 뒤에야 이찬호로부터 연락이 왔다. 번호를 확인해보니 발신자 표시 제한이 되어 있었다. 정태는 상대가 이찬호라는 걸 확인하고 분통을 터트렸다.

"너희들 뭐하자는 거야? 한국을 무정부 상태로 만들겠다는 거야?"

이찬호는 능글능글 하게 대꾸했다.

"좀 심했다는 건 인정해. 하지만 시민들의 현 정부에 대한 반감이 심해서 이런 사태가 발생한 거라고. 그러니 책임은 현 정부에 있어."

"너희는 이제 끝났어. 무정부 상태를 조장한 너희들을 국민들이 용서하지 않을 거라고."

"우리 책임을 묻기 전에 원인을 제공한 대통령이 먼저 책임을 져야지."

"적법하게 국민 투표로 선출된 대통령을 끌어내기라도 하겠다는 거야?"

"흥! 국민들이 원치 않으면 대통령이 물러나야지."

"두고 보라고. 시위 지도부에 반드시 오늘 사태의 책임을 물을 테니까."

"협박 하는 거야?"

더 할 말이 없었고, 통화도 무의미 했다. 권력을 나누어 주지 않는 한 저들의 선동은 계속될 것이었다. 이찬호를 추적해서 체포를 하는 방안도 떠올렸으나 누구 하나를 처벌 한다고 해결될 문제가 아니었다. 오히려 유일한 대화의 창구를 닫아버리는 꼴 밖에는 되지 않았다.

어쩌면 사람의 천성은 타고 나는 것인지도 모르겠다고 정태는 생각했다. 아무리 밥그릇이 중요하다고 해도 이찬호처럼 국가의 혼란을 야기 하는 사람들을 정태는 죽을 때 까지 이해 못 할 것이고, 운동권과 재야를 경멸 하는 정태를 이찬호도 죽을 때까지 이해 못 할 것이었다.

그 시각 윤기는 침대위에서 예희의 다리 사이 갈라진 틈에 혀를 밀어 넣고 있었다. 예희는 부르르 떨며 '여보 너무 좋아'라고 반복해서 외치고 있었다. 윤기는 오른 손으로는 예희의 질을 벌리는 데 사용했고 왼손은 그녀의 젖꼭지를 만지는 데 사용했다. 예희의 신음소리가 거칠어지는가 싶더니 엉덩이를 들썩이기 시작했다. 윤기의 혀가 질속에 깊숙이 들어갈수록 엉덩이의 움직임은 더욱 커졌다. 그 순간 무심코 텔레비전 쪽으로 고개를 돌린 윤기는 수십 명의 시민들이 건물 옥상에서 불타는 깃발을 흔드는 장면을 보게 되었다. 예희가 밝은 가운데 섹스하는 걸 원치 않아서 조명 대신 텔레비전을 켜둔 상태였다.

텔레비전 화면이 바뀌었다. 이번에는 군중들이 경찰 3명의 목에 밧줄을 걸고 끌고 다니는 장면이었다. 다시 화면 바뀌자 청년들 한 떼가 여자들을 윤간 하고 있었다. 그들은 여자들 위에서 엉덩이를 흔들다가 카메라가 다가오자 활짝 웃으며 손으로 브이를 그렸다. 화면은 무대로 바뀌었다. 머리를 치렁치렁 기른 락그룹이 혼란스러운 가운데서도 땀을 흘리며 연주를 계속하고 있었다.

윤기가 텔레비전 쪽에 시선을 고정 시키고 있음을 발견한 예희가 나무라듯이 말했다.

"신경 쓰지 말고 계속 해줘요."

"알았어."

대답은 그렇게 했지만 윤기의 머릿속에서는 방금 보았던 텔레비전의 이미지가 떠돌았다. 윤기는 위축된 페니스를 왼손으로 잡고 흔들면서 예희의 다리 사이에 온 힘을 다해 혀를 밀어 넣었다.

11. 가을비 내리는 날

가을비였지만 낭만적이지는 않았다. 새벽부터 내리기 시작한 비는 퍼붓듯이 굵고 거칠게 쏟아지고 있었다.

목사는 연대 앞 횡단보도를 건너서 세브란스 병원을 향해 야트막한 언덕을 올라갔다. 병원 정문은 우비를 입은 수 백 명의 사수대 청년들이 쇠파이프로 무장한 채 경계를 서고 있었다. 일주일 전에 발생한 광화문 네거리에서의 폭동은 2명의 사망자와 수 백 명의 부상자를 낳았다. 국민 운동 본부에 의해 부상자들은 모두 세브란스 병원으로 이송되었고, 자연스럽게 국민 운동 본부의 본거지가 세브란스 병원 안에 마련되었다. 병원 주 건물 벽에는 사망자 2명의 초상화가 길게 세로로 걸려 있었다.

사망자 모두 시민들 사이의 편싸움으로 사망했지만, 국민 운동 본부는 경찰의 폭력으로 사망했다며 진상규명위원회를 만들어야 한다고 주장했다. 여러 가지 소문들이 사람들 사이에 무성했다. 대통령이 곧 하야할 것이라는 소문도 있었고, 친위 쿠데타가 발발할 것이라는 소문도 있었다.

“어디가십니까?”

목사가 병원 입구로 접근하자 사수대 한 명이 제지를 했다. 사수대 청년들은 방문자와 방문 차량을 일일이 검문하고 있었다.

목사가 대답했다.

“국민 운동 본부에 누굴 좀 만나러 왔습니다.”

“누굴 만나러 오셨죠?”

“국민 운동 본부의 이찬호 기획실장이요.”

“성함이 어떻게 되십니까?”

“석정수라고 합니다.”

“잠시만 기다려주십시오.”

사수대 청년은 지휘관인 듯한 남자에게 보고를 했고, 지휘관은 어딘가로 전화를 걸어본 후 목사 쪽으로 걸어왔다.

“기다리게 해서 죄송합니다. 제가 모시고 가겠습니다.”

목사는 지휘관을 따라 병원을 가로질러 걸었다. 제2의 광주를 서울에서! 살인마 정부와 끝까지 항전 하자! 서울을 해방구로! 따위의 구호들이 병원 곳곳에 붉은 스프레이로 쓰여져 있었다. 극단적인 내용이었지만 목사는 진심이 실리지 않은 구호들이라고 생각했다. 먹물들은 구호만 요란 할뿐 현실에서는 제 실속 차리기 바쁜 족속들이라는 것의 그의 평소 생각이었다.

국민 운동 본부는 병원 구석의 장례식장 건물 2층에 차려져 있었다. 바닥이 대리석으로 만들어진 현대식 건물이었다. 흰 종이에 상황실이라고 적힌 사무실 안으로 들어서자 이찬호가 활짝 웃으며 손을 들어보였다.

"잘 왔어. 안 그래도 연락 한 번 하려고 했지."

"바쁠 텐데 뭐."

"이해해줘서 고맙다."

목사는 이찬호 앞의 간이 의자에 앉았다. 여대생 스타일의 여자가 자판기 커피를 갖다주었다. 커피를 입 끝에 대고 마시는 시늉만 하며 목사가 말했다.

"할 말이 좀 있어."

그러자 이찬호는 부담스러운 얼굴로 머리끝을 긁으며 얼버무렸다.

"돈 문제라면……좀 기다려. 아직 대표님께 보고를 못했어."

"그건 천천히 해결하기로 하고……"

"그럼?"

"최홍일 대표님을 좀 만나게 해줘."

"최대표님을 왜?"

"할 말이 있어서 그래."

이찬호는 또 다른 부담을 짊어진 표정이 되었다. 이찬호는 예전이나 현재나 전혀 변하지 않았다. 겉은 유화적이지만 진짜로 중요하고 필요한 일들을 전혀 실천 하지 않는 성격. 그것을 잘 알고 있는 목사는 밀어붙이듯이 말했다.

"나는 지금 인내 하고 있는 중이라고. 지금의 시국은 모두 우리 멤버들의 활약 때문이었어. 하루에도 수십 번씩 언론에 사실을 폭로 하는 상상을 하지만 진보 진영의 승리가 더 중요하다는 생각으로 참고 있다고."

"잘 알고 있어. 고맙게 생각하고. 그런데 내 입장에서는……"

목사는 이찬호의 말을 잘랐다.

"뜬구름 잡는 이야기 하러 온 거 아니니까 당장 만나게 해줘."

이찬호는 어정쩡한 표정으로 목사와 사무실 안을 번갈아 쳐다보았다 목사는 그가 흔들리고 있음을 눈치 채고 계속 밀어붙이기로 했다.

"만일 거절 하면 난 당장 조선일보를 찾아가서 고영욱의 죽음에 얽힌 흑막을 폭로 할 생각이야."

"알았어, 알았다고."

별 수 없다는 듯 이찬호는 테이블 위의 전화기를 들고 구석으로 가서 통화를 했다. 진지하고 예의 바른 것으로 미루어 최홍일 대표와 직접 통화를 하는 것 같았다. 잠시 후 통화를 끝낸 이찬호가 목사 앞으로 걸어왔다.

"지금 가 보자."

최홍일은 원래 문상객들의 휴식 공간을 개조해서 만든 넓은 사무실을 혼자 사용하고 있었다. 두 명의 여대생 사이에 앉아서 무언가 지시를 내리던 그는 이찬호와 목사가 들어오자 환한 얼굴로 일어섰다.

"어서와요. 방금 이실장에게 간단한 보고 받았어요. 투쟁심이 강한 분이시라고."

"외곬수라고 부르는 사람도 더러 있습니다."

"하하, 그런 분들이 중요한 역할을 맡을 때가 종종 있죠. 일단 앉읍시다."

여대생 두 명은 어두운 분위기의 목사를 의심스러운 눈초리로 살펴보며 자리를 비켜주었다. 목사는 이찬호와 나란히 최홍일의 건너편 소파에 앉았다. 가까이서 본 최홍일은 대학 교수 같은 이미지였다. 실제로 대학에서 강의를 오래한 적이 있었다. 반미 이론의 선구자였고, 시국 사건으로 5번의 투옥 경력이 있었다.

목사는 세 명이 자리를 잡자마자 속사포처럼 빠르게 말했다.

"난 빙 둘러서 이야기 하는 걸 좋아 하지 않습니다."

"하하, 성격이 직선적이시군요. 그것도 나쁘지는 않죠."

"국민 운동 본부 내에 결사대를 조직했으면 합니다."

목사가 본론을 이야기 하자 최홍일과 이찬호는 서로 얼굴을 마주보고 침묵했다.

"요인 암살, 주요 건물 방화 및 폭파, 그리고 필요하다면 자살 폭탄 테러를 실행 할 수 있는 조직이 국민 운동 본부 내에 필요합니다. 지금은 중요한 시기입니다. 가진 자들은 지금 두려움에 떨고 있습니다. 이럴 때 강력한 테러 공격을 가하면 반드시 한국 사회는 뒤집어집니다."

목사의 눈빛이 매섭게 빛나고 있었다. 최홍일은 시선을 내려서 목사의 다리 부분을 쳐다보는 듯 하다가 고개를 들며 물었다.

"물론 그런 식의 적극적인 투쟁도 필요하다는 건 인정 합니다. 하지만 누가 목숨을 걸고 그런 일에 나서겠습니까."

"제가 오늘 같은 상황을 대비해서 조직을 만들었습니다. 이 친구도 알고 있지만, 시위도중 사망한 고영욱도 우리 조직의 멤버였습니다."

최홍일은 사실이냐는 듯 이찬호를 건너다보았고, 이찬호는 고개를 끄덕였다. 목사는 확신에 찬 어조로 말을 이었다.

"회색분자가 되지 마십시오. 어정쩡하게 투쟁 경력을 쌓아서 국회의원 배지나 달 생각이라면 여기서 그만 두시라는 겁니다. 그렇지 않다면 진정성을 갖고 싸우십시오. 우린 이길 수 있습니다. 반드시."

최홍일은 낮은 목소리로 물었다.

"선생은 그런 일을 하는 댓가로 무엇을 원하나요?"

"물론 당연히 경제적인 보상입니다. 조직원들을 훈련시키고 임무를 완수 하는데 필요한 비용을 지원해 주십시오."

돈 이야기가 나오자 최홍일의 얼굴에 부담스러운 기색이 떠올랐다.

"돈 이라면 우린 그렇게 넉넉하지가 못해서……"

"그럴까요? 세 명이 시위 도중 사망해서 가로챈 보상금도 상당할 거고 시민들의 성금도 굉장할 것으로 예상되는 데요."

최홍일은 할 말이 없다는 듯 입을 닫았다.

"난 사망한 고영욱이 우리 조직 소속임에도 경제적인 이권을 포기하고 말씀 드리는 것입니다."

천정에 시선을 고정 시키고 한동안 생각에 잠겨 있던 최홍일이 대답했다.

"알겠소. 한 번 의논해 보도록 하겠소."

"오래 고민 하지 마시기 바랍니다. 난 성격이 급한 편이라서."

목사는 최홍일과 악수 하고 사무실을 나왔다. 빗줄기는 더욱 거세지고 있었다. 목사의 얼굴은 상기되었다. 그의 오랜 꿈이 막 무르익으려는 찰나였다. 한국이라는 국가의 운명이 자신의 손 안에 담긴 듯한 기분에 목사는 활기차게 빗속을 걸었다.

12. 예기치 않은 방문자

"방송이 시작될 시간이에요."

윤기 옆에 누워 있던 예희는 1시가 되자 총알 같이 일어나서 텔레비전을 켰다. M케이블 음악 방송이었다. 핫팬츠 차림의 여자 진행자가 여러 가지 조악한 영상 앞에서 금주의 톱 10곡을 소개하고 있었다. 예쁘고 발랄한 외모였지만 윤기는 성욕을 느끼지 못했다.

예희의 예쁘면서도 일상적인 매력과 대비가 되었다. 허공에 뜬 것처럼 그저 예쁘기만 한 여자보다는 예희처럼 평범한 일상이 엿보이는 여자에게 윤기는 늘 끌렸다. 남자는 여자가 싱크대 앞에서 부엌일을 할 때 뒤에서부터 공략 하고 싶어지는 욕구가 있었다. 아니면 걸레질을 하는 아내의 치마 속으로 손을 넣고 그곳을 젖게 만들고 싶은 욕구라거나. 오래전에 보았던

장자끄 아노 감독의 '불을 찾아서'라는 영화는 원시인의 삶을 다뤘는데, 그 영화에는 개울가에서 목욕을 하는 원시 여인들에게 남자들이 달려들어서 후배위의 섹스를 하는 장면이 나온다. 윤기는 그 짧은 장면에서 어떤 하드 코어 포르노보다 더 강렬한 자극을 받았었다.

최신 유행곡들이 소개되었다. 뮤직 비디오와 함께 10위부터 거꾸로 1분 가량 곡을 소개 하고 가수의 짧은 인터뷰를 내보내는 방식으로 방송이 진행되었다. 예희의 <파국>이라는 노래는 7위에 랭크되었다. 자욱한 안개 속의 도시를 배경으로 예희가 <파국>을 부르는 인상적인 뮤직 비디오였다. 여진행자는 음반이 발매되자마자 상위권에 랭크된 것은 이례적이라고 칭송했고, 예희는 오랜 공백 기간을 가졌음에도 관심을 가져준 팬들에게 고맙다는 정형화된 인터뷰를 했다.

윤기가 예희의 어깨를 안으며 물었다.

"히트한 건가?"

"아직은 모르지만 손해는 안 볼 것 같아요."

"바빠지겠군."

"부지런히 뛰어봐야죠."

"부럽군. 난 바빠 본 적이 없어서."

"바쁘지 않고 잘 산다면 그게 최고죠."

예희는 윤기의 볼에 입을 맞췄다.

윤기가 예희를 눕히자 그녀는 젖은 눈으로 윤기를 올려다보았다. 섹스를 나누기 전에 그녀가 눈을 뜨고 있는 모습을 윤기는 처음 보았다.
"무슨 할 말이 있어?"
"당신 언젠가는 떠나겠죠? 아무 말 없이 훌쩍."
"미래에 대해서는 아무 것도 할 이야기가 없어. 아니, 더 정확히 말하자면 나도 내 미래를 몰라."
"가정을 꾸리고 싶은 생각은 없어요?"
예희의 얼굴은 진지했다.
"가정은 내게 안 어울려."
"날 사랑하지 않는군요. 이미 알고 있었지만."
"사랑은 해본 적이 없어. 다만 예희에게 끌리고 있다는 건 확실해."
"그런 두리뭉실한 대답이 어디 있어요?"
"나는 이 순간에 대해서만 정직할 수가 있어. 이 순간 내 감정에 대해서만 말이야."
"그게 당신의 매력이지만, 상대를 불안하게 만들어요."
"어쩔 수 없어. 무언가를 계획한다고 달라지는 게 없어서이니까."
예희는 윤기의 가슴을 손가락으로 더듬으며 말했다.
"오늘 당신 만나러 오다가 결혼을 생각해봤어요. 당신을 위해 요리를 하고 당신을 위해 방을 정리 하는 상상이요. 갑자기 눈물이 흘렀어요. 내가 원하는 사람을 이런 식으로 만날 줄은 꿈에도 생각 못했거든요."
"맞선을 봤으면 달라졌을까?"

"난 지금 당신의 감정을 이야기 하는 거예요. 날 돈 주고 샀기 때문에 그 기억이 영원히 남아 있을 거라고요. 하지만 난 아무래도 좋다는 쪽이에요. 어떤 방법이건, 내게는 당신을 만났다는 게 중요하니까."

"나도 마찬가지야. 예희를 만나서 기뻤고, 지금 이 순간 행복해."

"나도 이 순간은 행복해요. 하지만……"

예희의 눈가가 젖어 들어갔다.

"하지만 중요한 건 나 없이도 당신은 행복할 수 있고, 난 그렇지 못 하다는 거예요."

"왜 그렇게 생각하지? 예희는 재능도 있고 나보다 젊어. 좋은 일들이 계속 있을 거야."

"그럴지도 모르죠. 하지만 이 순간 같은 행복은 더 없을 거예요."

"미래는 누구도 모르는 거야. 그러니 함께 있는 이 순간만 생각하자고."

"노력하고 있어요."

섹스를 끝낸 두 사람은 택시를 타고 논현동의 프랑스 식당에서 점심을 함께 먹었다. 조금 늦은 점심이어서인지 식당 안에는 어린아이를 동반한 가족 한 쌍뿐이었다. 입구에는 박제된 커다란 순록의 머리가 걸려 있었다. 윤기는 스테이크를 주문했고 예희는 생선구이를 주문했다.

"내가 없는 사이에는 뭘 해요? 사람들을 만나나요?"

예희의 질문에 윤기는 고개를 저었다.
"아무도 만나지 않아. 뭔가를 조금씩 하는 데, 어느 하나에 집중하는 건 아니고, 그러지 않으려고 노력해. 텔레비전을 잠깐 보고 산책도 조금 하고 글도 틈틈이 쓰고."
"아무도 만나지 않으면서 초조해 하지 않는 건 대단한 일이에요."
"대단한 걸까? 단지 타인에 대한 흥미가 없을 뿐인데."
"흥미 때문에 다른 사람을 만나는 사람은 드물어요. 삶은 쇼가 아니라는 걸 모두가 아니까요. 다들 이해관계로 얽히고설킨 교류를 하는 거죠."
"그렇기는 해. 특히 한국 사람들은 작은 이해관계에 유달리 예민하지. 천부적이랄까."
"어느 책에서 봤는데, 한국은 역사적으로 너무 안 좋은 일들을 겪어서 심성이 각박해졌대요."
"그 반대가 아닐까? 고통스러워서 약한 것이 아니고 악하기 때문에 고통스러운 것인지도 모르지."
이브 뒤테이의 샹송이 흐르기 시작했다. 어느새 가족 동반의 손님들은 빠져나가고 식당 안에는 윤기와 예희 만이 남아 있었다. 식사가 날라져왔다. 그리 이름난 식당이 아니었음에도 스테이크와 생선구이는 훌륭했다. 포크로 살을 발라 한 조각을 입에 넣고 예희가 말했다.
"당신은 핵전쟁으로 인류가 전멸하고 혼자 남아도 잘 살 것 같아요."

윤기는 조금 웃었다.

"그럴까? 조금 불편할 것 같은데?"

"불편한 것 정도는 금방 해결되잖아요. 내가 하려는 말은 누구를 절대적으로 필요로 하지 않는다는 강한 자기 확신이 당신에게서 느껴진다는 거예요."

"얼마 전 잡지에서 읽은 칼럼이 생각나는군. 아무리 권력과 부를 손에 넣고 있어도 혼자만 생각하면 자동차 타이어조차 교환할 수 없을 거라고 쓰여져 있었지. 옳은 말이기도 하고 틀린 말이기도 해. 처음부터 자동차 따위에 욕심내지 않으면 타이어를 교환할 필요는 없지."

"자급자족?"

"내가 말했잖아. 나는 사냥꾼이라고. 농사를 짓는 사람에게는 협동이 중요하지만 사냥꾼에게는 자신의 직관이 더 중요해."

"난 당신의 사냥감에 불과 했던 거죠?"

"그럴 리가 없잖아. 돈을 매개로한 방법이 좋다고는 할 수 없었지만, 그것도 내 감정의 표현 방식이었어."

윤기는 화제를 바꾸었다.

"음악이라는 직업은 선택 받은 사람만이 할 수 있는 일이야."

예희는 고개를 저었다.

"음악을 한다고 하면 현실과 별개의 존재로 생각하기 쉽지만, 이 일도 인간관계가 중요해요. 힘 있는 사람의 비유를 맞춰야 하고, 적당히 내 것과 남의 것을 저울질도 해야 하고."

"그렇겠지."

“가끔 화가 나서 도망 치고 싶어요.”

그리고 예희는 갑자기 침울해졌다.

“하지만 갈 곳이 없어요.”

예희의 눈에서 눈물이 굴러 떨어져서 테이블 위를 적셨다. 윤기는 포크와 나이프를 내려 놓고 그녀의 옆자리로 가서 어깨를 안아주었다. 예희는 윤기의 가슴에 얼굴을 묻고 한동안 울었다.

식사를 끝낸 윤기는 예희와 식당 근처의 까페에서 5시까지 시간을 보내다가 헤어졌다. 다시 호텔로 돌아와서 엘리베이터를 기다리는데, 오른쪽에서 두 남자가 걸어오는 게 윤기의 시야에 들어왔다. 힐끗 그들을 쳐다보며 뭔가 이상하다고 생각하는 순간 그중의 한 남자가 말을 걸어왔다.

“이윤기 선생님이시죠?”

“그렇습니다만....”

“저희는 국정원 소속입니다. 동행해 주셨으면 좋겠습니다. 하지만 거절해도 법적인 문제는 없습니다.”

다른 남자가 덧붙였다.

“대강의 이유는 선생님께서도 짐작 하리라고 생각합니다.”

만일 윤기가 평소에 국정원에 대해 좋지 않은 이미지를 지니고 있었다면 거절 했을 것이다. 그러나 당국의 정보기관이 사적 조직체보다 더 건강성을 유지 하고 있다는 생각을 해 온 윤기는 순순히 그들을 따라갔다.

13. 한국을 보는 눈

정태는 오늘 하루 정도는 정상 퇴근을 해서 아이들을 보고 싶었다. 첫째가 6살짜리 딸아이였고, 둘째는 4살짜리 아들내미였다. 청와대 근무 이후 아내는 정태가 정상적인 가장의 역할을 하는 걸 포기 했지만 아이들은 늘 아빠를 그리워했다. 아이들을 데리고 공원에서 한가한 시간을 보낸 게 벌써 넉 달 전의 일이었다.

경제가 어려워지고 시국이 불안해진 후 정태는 자정 넘어 퇴근 하는 게 보통이었고, 급박할 때는 비서실 귀퉁이에서 쪽잠을 자야했다. 물론 누가 특별히 야근 지시를 내리는 건 아니었다. 하지만 대통령이 늦은 시간까지 국사에 전념 하는데, 보좌진이 제 시간에 퇴근 한다는 건 있을 수 없는 일이었다.

10월 2일의 광화문 네거리 폭동 이후 청와대의 분위기는 더욱 심각해졌다. 시위 지도부를 질타하는 여론도 많았으나 이런 상황을 방치한 현 정부의 무능을 비판 하는 목소리도 높았다. 그동안 우호적이었던 보수 신문조차도 이럴 바에야 대통령이 하야 하고 선거를 다시 하는 게 낫지 않겠느냐는 사설을 실었다.

비서실장으로부터 본관으로 오라는 다급한 인터폰이 걸려왔다. 정태는 정상 퇴근의 꿈을 깨고 비서실장실로 뛰어갔다. 비서실장은 정태에게 서류 한 장을 내밀었다. 서류를 집어 들고 내용을 확인해보려는 정태를 만류하며 비서실장이 말했다.

"그거 볼 시간 없어. 차안에서 보도록 하고, 당장 국정원으로 출발해."

"무슨 일인지 대충이라도 설명 좀……"

"국정원이 골드 커뮤니티의 아시아 책임자를 데리고 있대. 국정원 가서 그 사람 만나보고 국내 상황을 잘 설명 해줘. 국가의 운명이 그 사람 판단에 걸려 있어. 그 서류는 그 사람 인적 사항이야."

구구절절 설명 하는 걸 싫어하는 비서실장의 스타일을 알고 있는 정태는 궁금증을 억누르고 주차장으로 향했다. 대중들이 반정부 분위기에 동조 하는 이유는 국민 운동 본부가 옳아서라기보다는 경제적 어려움 때문이었다. 장기간의 경체 침체로 기업의 파산이 줄을 이었고 실업률도 최고치를 경신했다. 외환보유고는 바닥을 드러내서 국채 이자를 감당 못하고 국가 부도를 선언하기 직전의 상황이었다.

시국의 불안은 IMF 등 국제 금융기구로 하여금 차관을 보류

하게 했고, 그 여파로 시국의 불안이 가중되는 악순환 속을 헤매고 있었다. 상황을 다소나마 호전 시키려면 우선 달러가 필요했다. 골드 커뮤니티에 영향력을 행사 하는 인물이라면 그의 판단에 국운이 걸려 있다는 비서실장의 말도 과언은 아니었다.

이윤기.

36세. 서울의 중위권 대학을 중퇴했고, 그 후 도미해서 골드 커뮤니티의 아시아 담당자로 일하고 있었다. 그 외의 정보는 서류에 적혀 있지 않았다. 같은 한국인이라는 게 플러스로 작용할 듯싶었지만 그 반대의 경우도 예상할 수 있었다. 한국 현실을 잘 알고 있기 때문에 까다롭게 나올 수도 있었다.

국정원 로비에 고차장이 서 있었다. 정태는 국정원 국내 담당인 고차장과 현 대통령의 후보 시절 캠프에서 함께 일한 적이 있었다. 정태와 고차장 모두 해외 유학파 출신으로 국내 정치에 대한 사전 정보가 부족하다는 공통점이 있었다. 임명권자인 대통령은 경험보다는 새로운 시각을 더 비중 있게 생각해서 인선을 했었다.

고차장이 환하게 웃으며 악수를 청해왔다.

"오랜만이야. 요새 힘들지?"

"고차장 입장도 마찬가지지 뭐."

정태는 고차장과 사담을 나누며 계단을 통해 4층으로 올라갔다. 이윤기는 국정원장실에서 국정원장과 차를 마시며 느긋하게 앉아 있었다. 국정원장은 정태와 인사를 교환하고 이윤기를 소개 시켜주었다.

"서로 인사 나누도록 하시죠. 이쪽은 청와대 안보 수석실의 국내 치안 담당 윤정태 팀장이고, 이쪽은 골드 커뮤니티의 국내 담당 이윤기 선생님이십니다."

정태가 이윤기와 수인사를 나누자 모두가 자리를 찾아 앉았다. 국정원장이 중앙에 앉았고, 정태와 고차장이 나란히 왼쪽 소파에, 그리고 이윤기가 오른쪽 소파에 혼자 앉았다. 실제로 본 이윤기는 서구적인 활동성이 느껴지는 인물이었다. 준비 없이 참석하게 돼서인지는 모르겠지만 네 사람 중에 유일하게 청바지 차림이었다.

정태가 먼저 입을 열었다.

"우리 한국인이 국제 금융계의 중요한 역할을 맡고 있어서 자랑스럽습니다. 현재 한국 상황이 다소 어렵지만 현 정부는 충분히 위기를 극복해나갈 역량을 갖추고 있습니다. 한국이 현재 처한 상황을 이해하기 쉽게 설명 드리겠습니다."

순간 이윤기가 손을 들어서 정태의 말이 이어지는 걸 막았다.

"한국이 어떤 상황이라는 건 충분히 알고 있습니다. 별도의 설명을 하지 않아도 괜찮습니다."

정태는 순간 쉽지 않은 사람이라는 예감에 휩싸였다.

이윤기가 말을 이었다.

"한국은 병들었습니다. 병든 환자에게 아무리 좋은 요리를 해주어도 소용없습니다. 환자에게는 수술이 필요합니다."

"무리한 수술은 환자를 죽음으로 몰고 가기도 합니다."

"말을 키우는 사람은 말이 병들었을 때 죽이는 관습이 있다고 합니다. 병든 말은 죽어야 합니다."

억양이 강한 편이 아니었음에도 이윤기의 한 마디 한 마디는 강렬한 데미지를 동반했다. 짧고 간략했으며 골드 커뮤니티의 총체적인 입장이 잘 정리되었다.

정태는 흥분을 가라앉히며 말했다.

"지금은 말 이야기를 하는 것이 아니라 사람에 대한 이야기를 하고 있는 것입니다."

"며칠 전 광화문을 폭동을 잠깐 텔레비전으로 봤는데, 그건 인격과 양식을 갖춘 지성인의 시위가 아니었습니다. 통제력을 잃은 한국 정부를 믿고 선뜻 지원을 해 줄 투자가는 없을 것입니다. 나도 내 오너들을 설득 시킬 자신이 없습니다."

"남의 일 이야기 하듯 하시는군요. 선생님은 한국인 아닙니까?"

"한국의 상황을 객관적으로 파악 하는 것이 저의 임무입니다. 어쩌면 이것이 진정한 민족애인지도 모릅니다."

"황당하군요. 나 몰라라 하는 것이 어째서 민족애라는 말씀입니까?"

"냉엄한 현실을 받아들이십시오. 한국은 국제 사회의 골치 덩어리입니다. 모두가 한국인을 기피하고 지탄하고 있습니다. 외국인이 한국인을 싫어한다는 현실을 어떻게 피해갈 수 있습니까? 올림픽에서 금메달을 많이 딴다고 해결될까요? 근본적인 인성의 변화가 필요합니다. 버릇없는 아이를 달래려고 원하는 걸 모두 사 주면 소중한 게 무언지를 모르는 기형적인 성인으로 성장합니다. 그것이 한국과 한국인에 대한 외부의 객관적인 평가입니다."

"어느 정도는 수긍합니다. 하지만 모두가 그렇지는 않습니다."

"그렇지 않은 한국인도 있습니다만, 대부분의 한국인이 그렇죠."

이윤기의 확고부동한 주관이 머리로는 이해가 되었지만 감정적으로는 반발이 생겼다. 정태의 목소리가 높아졌다.

"한국인에 대한 지나친 매도는 삼가 해 주십시오."

"그렇다면 왜 나를 여기까지 데려왔습니까. 국제 금융의 도움 없이 잘난 한국인끼리 잘 해 보면 될 것 아닙니까?"

분위기가 경직되자 국정원장이 나섰다.

"자, 이 자리는 논쟁을 하려고 만든 것이 아닙니다. 어떻게든 타협을 해 보려고 만든 자리입니다. 조금씩 감정을 자제 하는 게 좋겠군요."

고차장도 한 마디 했다.

"어찌 보면 서로의 입장이 다르기 때문에 논쟁이 생기는 것 같습니다. 이윤기 선생님은 한국을 대변해야 하는 저희들의 입장을 좀 배려해 주십시오."

그러자 이윤기의 어조가 다소 부드러워졌다.

"한국에는 너무 짧은 지식이 남발되고 있습니다. 이를테면 강대국이 한국을 괴롭히려고 갖가지 음모를 꾸민다는 식입니다. 하지만 한국을 벗어나면 한국이라는 나라는 있어도 그만이고 없어도 그만인 작고 무능력한 나라에 불과합니다. 국제적인 차별을 당한다고요? 그렇다면 한국인과 동등한 조건에서 성공한 빌 게이츠에 대해서는 어떻게 생각하십니까? 왜 한국에는 빌 게이츠 같은 인재는 안 나오고 운동권 영웅만 나오는 것입니까?"

정태는 이윤기의 말에서 공통된 견해를 발견하고 재빨리 입을 열었다.

"나도 한국의 젊은이들이 정부에만 책임을 전가하고 정작 자기 할 일을 하지 않는 풍토에 대해서는 유감입니다. 개인적으로 운동권도 좋지 않게 생각하고요."

"마르크스나 레닌을 공부하고 사람들을 끌어 모아서 폭동을 유발 하는 것은 아무런 부가 가치도 창출해 내지 못합니다. 미국이나 일본을 이기고 싶다면 광화문에 모여 성조기나 일장기를 태우는 방법보다는 더 창의적인 제품을 개발 하는 것이 효과적입니다. 그럴 수 없는 사람들은 음지에 숨어서 자기 나라 정부를 비하 하는 방법으로 열등감을 분출 하죠. 그러한 자기 파괴를 왜 국제 사회가 책임져야 하나요?"

정태는 선뜻 반론을 펼치기 어려웠다. 현실에서 만난 수많은 지식인들의 작은 지식과 작은 계산, 그것이 한국을 침몰의 위기로 몰아가고 있음은 부인하기 어려운 사실이었기 때문이다. 그러나 이윤기에게 공감을 표하기에 한국의 현실은 너무나 다급했다. 암환자의 고통을 잠시라도 덜어주기 위해서는 마약을 사용 하는 임시 처방도 필요한 법이었다.

정태는 설득을 시도했다.

"현 정부는 엄중한 국제 사회의 한국에 대한 시각을 냉엄하게 받아들이고 있습니다. 국제 금융의 지원을 받는다면 국제 기준에 부합되는 시스템으로 한국을 변모 시킬 것이며, 그렇게 되면 한국인들의 부정적인 관습 역시 개선될 것입니다."

이윤기는 잠시 침묵했고, 국정원장과 고차장이 정태의 논리를 뒷받침 하는 말을 한 마디씩 했다. 이윤기는 가만히 듣고 있다가 어렵게 입을 열었다.

"우선은 혼란을 수습하는 게 1차 과제입니다."

정태는 이윤기의 제안이 합리적으로 느껴졌기 때문에 더 이상 설득을 시도 하지 않기로 했다.

"무슨 의미인지 잘 알겠습니다. 저희 정부로서도 최선을 다하겠습니다."

"만족스러운 대답을 못 드려서 죄송합니다. 저는 이만 일어서겠습니다."

이윤기는 언제 흥분했냐 싶게 밝은 얼굴로 정태에게 악수를 청해왔다. 정태도 환한 표정으로 그의 손을 맞잡았다.

14. 얼짱 토마의 여자

경기도 시흥의 경찰 특공대 본부 연병장에서 두 대의 MH-60 헬기가 이륙했다. 10월 29일 새벽이었다. 헬기 안에는 경찰 특공대 대원들이 각 헬기 안에 20명씩, 총 40명이 타고 있었다. 헬기는 서울을 가로 질러 날아서 정확히 신촌의 세브란스 병원 상공에 정지했다. 비슷한 시각에 전투 경찰 2,000명이 경찰 버스를 타고 세브란스 병원 앞에 집결했다.

국민 운동 본부 지도부는 경찰의 포위 소식을 듣고 긴급회의를 열어서 목숨을 걸고 본부를 사수 한다는 결의를 했다. 하지만 최홍일 대표 등의 지도부는 황급히 연세대 뒷산을 통해 도주를 시도 하다가 매복중이던 경찰에 의해 일부가 체포되었다.

사수대 천명은 쇠파이프로 무장하고 정문에서 경찰과 대치했다. 국민 운동 본부가 있는 장례식 건물에는 책상 등의 사무실

집기로 바리게이트가 설치되었다.

경찰은 확성기로 투항을 요구 하는 최후통첩을 하고 곧 작전을 시작했다. 먼저 20대의 페퍼포그 차량에서 다연발 최루탄이 불을 뿜었다. 사수대는 지독한 최루탄 가스 속에서 어깨동무를 하고 '흔들리지 않게'를 합창했다.

전투 경찰이 방패를 앞세우고 돌진 하자, 사수대는 쇠파이프를 머리위로 치켜든 자세로 마주 달려왔다. 병원 정문 근처에서 경찰과 사수대가 정면충돌했다. 사수대는 낙오된 경찰을 집단 폭행 하는 방법으로 대응했고, 경찰은 대열을 갖춰서 밀고 들어가는 진압 방식을 택했다. 그러나 사수대에 붙들린 전투경찰이 뭇매를 맞자 격앙된 전투 경찰은 무차별적인 진압을 하기 시작했다.

사수대가 체포되면 전투 경찰은 방패로 얼굴 정면을 내리 찍고 곤봉으로 정수리를 가격했다. 얼굴이 원유를 뒤집어 쓴 것처럼 피로 물든 사수대들이 탈진한 모습으로 연이어 경찰 버스에 실렸다.

정문의 사수대가 진압되자 전투 경찰은 함성을 지르며 국민운동 본부를 향해 돌격했다. 그와 동시에 공중의 헬기에서 경찰 특공대가 로프를 타고 하강했다. 경찰 특공대원들은 유리창을 두 발로 깨고 뛰어들어서 대항 하는 사수대를 향해 가스총을 발사했다. 건물 안은 자욱한 가스와 비명으로 참혹하게 변했다.

사수대는 경찰이 진입하자마자 1층 휴게실 쪽에 불을 질렀다.

휴게실의 조리용 가스통이 폭발 하면서 화염이 통로를 타고 진압 경찰을 덮쳤다. 몇 명의 전투 경찰이 화염에 휩싸여서 팔을 휘저으며 타들어갔다.

눈앞에서 전투 경찰의 죽음을 목격한 경찰 특공대는 체포된 사수대를 개구리처럼 납작하게 엎드리도록 한 후 머리를 집중적으로 가격했다. 두개골이 함몰된 사수대는 눈을 부릅뜬 채 사망했다.

1층 휴게실에서 시작된 불길은 1층을 모두 전소 시키고 2층을 태우기 시작했다. 경찰에게 철수명령이 내려졌다. 경찰 특공대는 체포된 사수대와 국민 운동 본부 관계자를 로프로 엮은 후 옥상으로 끌고 가서 헬기에 태웠다. 경찰 특공대 대장이 무전기를 통해 상황이 종료 됐다고 상부에 보고했다.

10월 29일 새벽의 국민 운동 본부에 대한 경찰의 진압은 국민 운동 본부 사수대 및 관계자 사망 8명, 경찰 사망 4명, 양측 중상자 및 부상자 68명을 남기고 종료되었다.

오전 10시, 청와대 춘추관에서는 청와대 대변인 주재로 기자회견이 열렸다. 운집한 내외신 기자들에게 청와대 대변인은 앞으로도 불법 시위와 폭력 행위에 대해서는 어떤 댓가를 치르고라도 강경 진압하겠다고 천명했다.

오전 12시, 서울의 한 재야 사무실에서 열린 기자회견에서 국민 운동 본부 최홍일 대표는 민주화를 위해 산화한 8명의 사망자에게 조의를 표한다고 말하고, 앞으로 이 정권과 목숨을 건 투쟁을 벌이겠다고 선언했다. 텔레비전 뉴스는 하루 종일 세브란스 병원의 경찰 진압 작전을 방영했다.

마주 앉은 여자는 작은 곰 모양의 머리핀을 하고 있었다. 스무 살 안팎의 여자들에게 유행하는 스타일이라고 그녀가 설명해 주었다. 얼짱 토마는 슈가와 헤어진 후 여자를 만나면 슈가와 비교하는 습관이 생겼다. 슈가가 10점 만점이라면 저 여자는 7.5점이다, 하는 식이었다. 외모로만 따진다면 곰 모양 머리핀의 여자는 6점에서 8점 사이였다.

그녀는 그라쿠스의 몇 안 되는 여자 멤버였고, 닉네임이 '아스피린조아'였다. 2번의 시위에 참여한 아스피린조아는 갈 곳도 없고, 할 일도 없어서 시위에 참여 했다고 말했다. 얼짱 토마는 순전히 그녀와 자기 위해 따로 연락을 해서 만나게 되었다.

호프집에서 만난지 1시간이 지났지만 두 사람 사이에는 별 다른 대화가 오가지 않았다. 얼짱 토마는 원래 말수가 적긴 했지만 상냥한 여자를 만나면 재밌는 대화도 가능한 스타일이었다. 그런데 아스피린조아는 목석처럼 말없이 얼짱 토마 얼굴만 힐끗 거렸다.

지겨워진 얼짱 토마는 아스피린조아가 먼저 집에 가겠다고 말하기를 기다렸지만 무슨 이유에서인지 그녀는 끈질기게 자리를 지키고 있었다. 결국 참다못한 얼짱 토마가 호프잔을 비우고 말했다.

"나랑 할래?"

그러자 아스피린조아는 둥그런 눈을 깜박이며 천천히 대답했다.

"항문에도 넣을 거야?"

"항문에는 안 넣어."

"그럼 됐어."

안심이 되는 얼굴로 아스피린조아는 호프잔을 비우고 얼짱 토마를 따라나섰다. 자신의 옥탑방으로 아스피린조아를 데려 온 얼짱 토마는 들어서자마자 그녀를 눕히고 치마 아래로 팬티를 끌어내렸다. 아스피린조아가 페니스를 애무해 주겠다고 했지만 거절하고 곧장 삽입을 한 후 1분만에 사정했다. 오랜만의 섹스여서 질 밖으로 엄청난 양의 정액이 흘러나왔다.

다음날 아침 둘은 컵라면을 먹고 피시방에서 시간을 보내다가 그라쿠스 모임에 참석했다. 어두운 열 한 명의 남자들이 뻘줌히 얼짱 토마와 아스피린조아를 쳐다보았다. 두 사람이 동시에 나타나서 나란히 앉는 걸 보고 멤버들은 둘 사이의 관계를 의심 하는 눈초리가 되었다.

"이제 진정한 의미의 투쟁을 시작할 때다."

목사가 소주를 사이다 잔에 따라마시며 나즉히 말했다. 여느 때처럼 그라쿠스 멤버들은 별 반응을 보이지 않고 목사를 주목했다. 말 주변이 없어서이기도 하지만 목사와 대화를 주고 받을 정도의 지식을 가진 사람이 아무도 없어서였다. 이들은 그냥 누가 지시를 하면 그대로 움직이는 것에 익숙한 인생을 살아왔다.

목사는 일방적인 지시에 익숙한 듯 멤버들의 침묵에 전혀 신경 쓰지 않고 말을 이었다.

"지난 10월 2일 광화문 대첩은 민중의 승리였다. 민중은 적들에게 타격을 입혔고, 부르조아들은 위축되었다. 여론 같은 건 중요하지 않다. 그건 언제나 변하는 거니까."

얼짱 토마는 목사가 지금 무슨 이야기를 하고 있는 건지 몰랐다. 다만 10월 2일 광화문에서 영화의 주인공처럼 스릴 있던 순간을 다시 경험해 보고 싶을 뿐이었다. 그 강렬한 충동에 의해 여기 있는 열 두 명은 자신들이 사회의 구성원이라는 소속감을 느끼고 있는 것이다. 충동을 마음껏 발산하면서도 역사의 주인공이라는 칭송을 듣는 건 어느모로보나 이익이었다.

목사의 설명이 계속되었다.

"하지만 적도 강했다. 그들은 지난 10월 29일 새벽, 국민 운동 본부를 공격해서 진보 진영에 역습을 가했다."

10월 29일 세브란스 병원의 경찰 진입 작전은 얼짱 토마도 뉴스를 통해 보았다. 경찰 특공대의 활약이 너무 근사했다. 얼짱 토마는 자신이 시위대의 편이라는 걸 깜박 잊고 경찰 특공대가 로프를 타고 건물 속으로 진입 할 때는 박수를 쳤을 정도였다.

"그러나 국민 운동 본부의 패배는 우리 그라쿠스의 위상을 높여주는 계기가 되었다. 그들은 우리에게 도움을 요청했다."

순간 그라쿠스 멤버들의 표정에 긴장의 빛이 떠올랐다. 그동안은 목사의 주도로 마르크스니 레닌이니 헤겔이니 하는 도통 알 수 없는 학습만 해 왔더랬다. 설명을 일부라도 이해하는 멤버는 하나도 없었다. 단지 목사가 중요한 이야기를 하고 있는 것 같은 눈치여서 이해하는 시늉만 했을 뿐이었다. 그런데 이제 이론 학습에서 벗어나 본격적인 투쟁으로 돌입 하려는 것이다.

"이제부터 여기 모인 사람들은 생사고락을 함께할 동지들이다. 감옥에 갈 수도 있고, 최악의 경우 목숨을 잃을 수도 있다. 하지만 두려워할 필요가 없다. 역사가 우리를 기억해 줄 것이다."

동지라는 말이 따뜻하게 다가왔다. 그래서일까. 그라쿠스 멤버들은 서로를 힐끗 쳐다보며 웃음을 터트렸다.

잠시의 침묵을 깨고 아스피린조아가 입을 열었다.

"아저씨, 죽을 수도 있다고요?"

그라쿠스의 분위기에서는 당돌한 질문이었다. 언젠가의 모임에서 이론 학습이 재미없다고 했던 멤버는 그 자리에서 제명된 일이 있었다. 일반 멤버였다가 어정쩡하게 주요 멤버 속에 끼게 된 아스피린조아는 아직 분위기를 파악 못하고 있는 것으로 보였다. 그런데 의외로 목사는 화를 내지 않았다.

"물론 내가 치밀한 작전을 세우기 때문에 그런 일이 발생할 가능성은 희박하지."

아스피린조아는 안도 하는 표정이 되었다. 그 순간 얼짱 토마는 그녀에게서 어젯밤에는 느끼지 못한 귀염성을 발견했다.

목사는 거기까지만 설명하고 구체적인 계획은 추후 설명하겠노라고 말하고 모임 종료를 선언했다. 목사가 먼저 나가자 나머지 멤버들은 서로를 장난스럽게 동지라고 부르며 웃었다.

거리는 스산했다. 예전의 종로는 인파로 뒤덮였으나 최근에는 인적이 드물었다. 인적이 사라지자 노점상도 사라지고 네온사인도 차츰 줄어들었다. 빌딩들은 오후 7시가 넘으면 소등을 해서 서울 시내는 시골의 외딴 마을처럼 적막감이 감돌았다. 벽에는 반정부 구호가 지저분하게 적혀 있었고, 보도 블럭위로는 대통령을 악마로 묘사한 흑백의 인쇄물이 바람에 쓸려 다녔다. 전투 경찰들이 곳곳에서 검문을 하고 있었고 이따금 경찰 헬기가 프로펠러 소음을 내며 서울 하늘을 가로 질러 날아갔다.

얼짱 토마는 무심코 뒤를 돌아다보았다가 아스피린조아가 자신을 뒤따라오고 있음을 발견했다. 얼짱 토마는 아까의 모임에서 귀염성 있는 모습을 보인 게 생각나서 걸음을 멈추고 기다렸다가 그녀의 손을 잡아주었다. 아스피린조아가 안겨오자 얼짱 토마는 그녀가 작은 동물 같다고 생각했다.

15. 독재자는 모두 천국에 갔다

유창서는 자신의 홈페이지에 달린 수 천 개의 댓글을 듬성듬성 읽어 내려갔다. 내용은 가지각색이었으나 뉘앙스나 스타일은 개성이 없었다. 원시적인 욕설이 가장 많았고 비아냥거리는 투가 그 뒤를 이었으며, 정형화된 논리로 비판을 하는 경우도 있었다.

유창서는 사람마다 사물을 보는 눈이 다르다는 건 인정한다. 그러나 문제는 개성이 느껴지지 않는다는 것이었다. 자신의 경험을 통해 고유한 주관을 갖는 게 아니라 그냥 남들이 떠들어대니까 나도 한 몫 거든다는 식의 사고방식이 유행처럼 퍼지고 있었다.

유창서는 보수 논객으로 불리었다. 극우라고 부르는 사람도 있지만 그는 자신을 경험주의자라고 생각하고 있었다. 54세의 그는 한국 사회의 속성을 속속들이 알고 있었기 때문에 그가 신문과 잡지에 기고하는 칼럼은 상당한 무게감을 지녔다.

그를 지지하는 독자도 많았지만, 그에게 반감을 넘어 적의를 품는 사람도 많았다. 그것은 그의 글이 현실에 영향을 미치기 때문이었다.

10월 29일 경찰이 국민 운동 본부 근거지를 급습해서 다수의 사망자가 나온 이후 진보 진영은 한국이 독재 국가화 되고 있다고 일제히 입을 모았다. 그 와중에 유창서는 '독재자는 모두 천국에 갔다'라는 내용의 칼럼을 유력 일간지에 기고했다.

<오래전에 어느 농민이 정부의 농민 정책에 관한 유언비어를 퍼트렸다가 중앙정부부에 끌려가서 흠씬 두들겨 맞았다고 한다. 당국은 이 사실을 감추려고 당사자를 협박해서 기자회견까지 했고……당사자의 억울함이야 익히 이해가 된다. 그러나 반대로 그의 유언비어가 농민을 선동 하는 위험한 수단이 될 수도 있다는 걸 통치자는 계산하지 않을 수 없었을 것이다.

전태일의 죽음에 분노하던 시기가 내게도 있었다. 하지만 자세히 알고 보면 전태일은 대기업과는 아무 관련 없이 죽은 것이다. 그를 죽음으로 몰아넣은 것은 고만고만한 영세 기업이었다. 전태일이 근로 기준 법을 지키라고 외치며 죽었다는데.....그렇다면 근로 기준 법을 지키지 않은 영세업자에게 책임을 물어야 할 것이다. 그럼 관리 감

독을 제대로 하지 않은 정부 책임일까?

그런데 정부 입장에서는 근로 기준 법을 지키지 않은 영세업자도 또 다른 약자일 뿐이다. 그 시대에 그들을 엄격하게 법으로 처벌 하면 몇이나 남아나겠는가?

결국 먹이사슬처럼 한 푼이라도 더 남기려는 영세업자가 자기보다 처지가 어려운 노동자를 속여서 가혹한 근무를 시키는 악순환이 혈관처럼 돌고 도는 것이다.

고 이병철 삼성 그룹 전 회장의 회고담에는 이런 내용이 나온다.

일본에서 ' 여공애사 '라는 일본 여공의 참담한 생활을 다룬 소설을 읽고 가슴이 아파 한국에 돌아와 제일모직을 만들 때 여공에 대한 처우를 가장 많이 생각했다는 것이다. 그래서 기숙사를 지을 때 설계 담당자에게 최고 시설로 지어줄 것을 누누이 강조 했다고 한다.

고문과 언론 통제는 사라져야 할 악습임은 누구도 부인 못 할 것이다. 그러나 그러한 악습이 사라진 사회에서 정부의 정직한 호소는 통하고 있는가?

이승만……박정희……전두환……

우리가 흔히 독재자라고 부르는 사람들이다. 그들을 악마처럼 묘사하고 증오심을 부추기는 것은 자유다. 그러나 그런 방식으로 통제할 수밖에 없는 절박한 이유가 그들에게는 있었으리라고 추측이 된다.

독재의 이유는 자명하다.

선량한 사람을 보호하기 위해 개인의 자유를 억압하고 사상을 통제하는 것이다. 만일 모든 국민이 누구의 통제도 필요 없을 만큼 성숙했다면 독재자는 다른 직업을 선택 했을 것이다. 하지만 우리 사회는 아직 멀었다.

시위가 일상화되고 목소리 큰 사람이 득세하는 분위기 속에서 항상 자신의 일에 충실한 사람만 손해를 보고 있다.

그들을 보호하고 진정으로 자신의 일에 충실한 사람을 살리기 위해 그렇지 않은 사람을 야수의 심정으로 제거할 수 있는 독재자의 출현이 지금 한국 사회에는 필요하다>

이 칼럼의 반향은 엄청났다. 시민 단체 거의 모두가 독재를 미화하는 칼럼이라며 유창서를 공격 했고, 일부는 내란 조장 혐의로 그를 검찰에 고발하기도 했다. 그의 홈페이지에는 날마다 수 천 명의 반대자들이 접속해서 그를 비난 하는 댓글을 달았다.

청와대와 집권당은 노골적으로 그의 칼럼을 지지하지는 않았지만 '한국 사회에 대한 새로운 견해였다'라는 식으로 긍정적인 평가를 내 놓았다. 유창서는 시위에 대한 정부의 강경 대응과 맞물리면서 화제의 중심으로 떠올랐다.

기자 생활을 접고 현재 프리랜서 기고가로 활동 중인 유창서는 집과 작업실을 오가는 단조로운 생활을 유지하고 있었다.

대인관계도 극히 제한적이었다. 타인과 어떤 식으로 건 교류를 하면 자신이 하고 저 하는 말을 글로 쓸 수 없다는 생각 때문이었다. 진보 진영은 물론이고 우익 진영 인사를 만나는 일도 조심스러워했다.

유창서는 작업실인 오피스텔로 출근해서 히터부터 켰다. 11월 중순이어서 다소 냉기가 느껴졌기 때문이다. 커피 믹스를 컵에 타서 컴퓨터 앞에 앉은 그는 먼저 이메일을 열었다. 시사 잡지의 서면 인터뷰가 도착해 있었다. 잡지사 측에서는 '독재자는 모두 천국에 갔다'라는 칼럼에 대한 직접 인터뷰를 요청 했으나 유창서는 서면 인터뷰로 대신 하자고 했다. 직접 인터뷰는 실언의 가능성이 있지만 서면 인터뷰는 보다 신중한 답변이 가능한 까닭이었다.

그때였다.

유창서가 인터뷰 내용을 다운 받아서 열어보는 순간 지축이 흔들릴 정도의 폭발음과 함께 콘크리트 잔해가 쏟아져 내렸다. 그와 동시에 유창서는 작업실 구석으로 나동그라졌다. 0.5초쯤 정신을 잃었다가 고개를 들어보니 작업실 안은 온통 먼지로 자욱했다. 틀림없이 지진이 발생한 것이라고 생각한 그는 엉금엉금 기어서 출입문 쪽을 향했다. 그런데 왼쪽 벽의 커다란 구멍이 그의 시야에 들어왔다. 그 구멍을 통해서 두건을 쓴 몇 명의 남자가 뛰어들어오고 있었다.

유창서가 몸을 일으켜서 출입문을 손으로 쥐는 순간 뒷머리에 강한 충격이 가해져왔다. 그랬음에도 정신을 잃지 않은 유창서는 입구의 간이 의자를 들고 뒤쪽을 향해 무작정 휘둘렀다. 의자에 누가 부딪치는가 싶더니 욕설과 함께 권총의 총구가 눈앞에 다가왔다. 이렇게 죽는구나 싶었는데 총구에서는 총탄 대신 지독한 가스가 뿜어져 나와 유청서의 얼굴 전체에 뿌려졌다. 숨쉬기 어려운 고통을 느끼며 유창서가 손을 휘젓자 누군가 머리에 자루를 씌우고 몸을 결박하기 시작했다.

유창서는 앞이 보이지 않는 가운데 납치범들이 이끄는 대로 휘청휘청 걸어가야했다. 이것은 테러다! 라는 생각이 들었으나 보이는 것도 없고 몸도 움직일 수 없는 상태였기 때문에 저항을 할 수가 없었다. 차에 실렸을 때 그는 이대로 죽을 수는 없다는 생각으로 젖 먹던 힘까지 다 동원해서 외쳤다.

"경찰! 경찰!"

순간 뒷머리에 다시 한 번 강한 충격이 가해지면서 유창서는 정신을 잃었다.

시간이 얼마나 지났을까. 30분 정도가 흐른 것도 같고 며칠이 지난 것도 같았다. 머리에는 여전히 자루가 씌어져 있었고 몸은 결박 상태로 의자에 앉혀져 있었다.

"당신들 누구야?"

유창서가 정신을 차리고 어둠속에 대고 외치자 누군가가 대답했다.

"저승사자다! 이 보수 꼴통 새끼야!"

그 목소리만으로 몇 가지 추론이 가능했다. 억양은 서울 말씨였고 말투는 20대초에서 20대 후반 사이였다. 보수 꼴통이라는 정치적인 표현을 사용한 것으로 미루어 금품을 노린 단순 납치는 아닌 게 분명했다.

납치범들은 더 이상 아무 말도 없었다. 유창수는 이 상태에서 저항을 하면 상황이 더 나빠질 것 같아서 잠자코 있었다. 가끔 납치범들은 자기네들끼리 두런거리며 작게 웃음을 터트리기도 했다.

앞이 보이지 않는다는 것이 극심한 공포를 주었다. 시야가 열려 있다면 상황을 이해하게 되므로 마음의 준비를 할 텐데, 자신 주변에 대한 정보가 전혀 없으므로 어떤 일이 벌어질지 예측할 수가 없었다. 납치범들이 느닷없이 자신을 살해할 수도 있었다. 벽을 폭파시키고 납치를 시도할 정도라면 사람 하나 죽이는 건 식은 죽 먹기일 것이었다.

30분 정도가 더 흘러간 후 길게 문 열리는 소리가 들리고 여러 사람의 목소리가 들리기 시작했다.

"지시대로 임무 완성 했습니다."

"수고했다. 그런데 왜 저렇게 기운이 없어? 때렸니?"

"반항을 하기에 뒷머리를 몇 대 가격했습니다."

"잘했어."

주모자가 도착 하고 그에게 납치범들이 보고를 하는 것 같았다. 주모자의 발자국 소리가 가까워지는가 싶더니 유창서 앞에서 멎었다.

"두건 벗겨."

주모자의 지시가 떨어지자마자 두건이 벗겨졌다. 유창서는 갑자기 시야가 열려서 눈을 찌푸렸다. 눈앞에 주모자가 우뚝 서 있었고 다섯명 가량의 납치범들이 그 옆에 모여 있었다. 주변을 둘러보니 라면 박스가 꼭대기까지 쌓여 있었고, 바닥은 맨 땅이었다. 그것으로 미루어 이곳은 물류 보관 창고임이 분명했다.

"유선생, 처음 뵙겠소."

주모자가 웃는 건지 비아냥거리는 건지 알 수 없는 표정으로 인사를 해 왔다. 가죽 점퍼 차림에 선글라스를 끼고 있는 보통 키의 30대 중반 남자였다.

유창서는 간신히 입을 열었다.

"원하는 게 뭐요?"

"원하는 것? 간단하지. 당신 같은 인간쓰레기가 사라지는 게 나와 이 시대 민중의 염원이야."

유창서는 주모자가 사용한 민중이라는 말에 주목했다. 그런 말을 사용하는 세력은 진보 진영뿐이다. 그러나 유창서의 상식으로는 이해가 쉽지 않았다. 지적 인텔리를 자처 하는 그들이 납치범죄를 실행에 옮기기는 어려울 것이기 때문이었다. 오히려 과격한 우익 단체라면 이런 범죄를 충동적으로 저지를 수 있겠지만.

"독재자는 모두 천국에 갔다고? 웃기더군. 민중을 학살하고 가진 자들의 배를 채워준 독재자를 옹호한 당신이 지금 이 자리에서 죽어도 아쉬워할 사람은 아무도 없어."

"그래서 나를 납치한 건가? 내 칼럼에 반감을 품고?"

"물론 이런 행동을 실행에 옮길 조직은 거의 없어. 내가 아니면 누구도 못 할 일이지. 하지만 당신에게 증오를 품고 있는 사람은 모두가 마음속으로 당신을 테러 하고 있지."

"당신 진보 진영 같은데, 만일 생각이 다르다면 공식적인 방법으로 문제 제기를 했어야 하는 거 아니야? 그 정도 상식도 못 갖춘 사람인가?"

"상식대로 살면 세상은 안 변해. 당신 같은 쓰레기는 죽을 때까지 쓰레기 같은 칼럼을 쓸 거고."

"날 죽일 건가?"

"당장 죽이고 싶지만 그전에 당신이 할 일이 하나 있어. 참회할 기회를 주려는 거지. 당신이 진정으로 참회를 하면 목숨을 건질 수도 있어."

주모자의 눈에서 증오가 이글거렸다. 그의 말대로 유창서를 증오하는 사람은 많았다. 그것을 알고 있었던 그였음에도 태연하게 일상생활을 유지할 수 있었던 건 물리적인 테러를 실행에 옮길 만큼 담대한 반대자가 없으리라는 자신감에서였다. 그런데 그것이 오판이었던 것이다.

주모자는 가방 속에서 캠코더를 꺼냈다. 한손에 쏙 들어가는 소니 캠코더였다.

"지금부터 촬영을 시작 할 테니 당신 자신의 인생을 반성 하는 참회를 시작하도록 해. 진실이 실려 있다면 살려 줄 수도 있지."

"싫다."

유창서는 단호히 거절했다. 물론 그도 이렇게 죽고 싶지는 않았다. 그러나 죽음이 두려워 자신을 희망으로 생각 하는 많은 사람들을 실망 시키고 싶지 않다는 마음이 앞섰다. 만일 주모자의 지시대로 한다면 촬영 내용은 인터넷을 타고 삽시간에 전국에 퍼질 것이고, 진보 진영은 환호할 것이었다. 그것은 죽음보다 더 수치스러운 일이었다.

죽음을 생각하니 가족들이 가장 먼저 눈앞에 어렸다. 도시락을 챙겨준 아내, 이제 곧 시집갈 큰 딸, 게임을 좋아하는 대학생 아들……그들과 보낸 풋풋한 시간들이 영화의 한 장면처럼 눈앞에서 흘러갔다.

유창서가 반성을 거부하자 주모자는 납치범들과 잠시 숙의했다. 5분 후 그들은 숙의를 끝내고 유창서 쪽으로 걸어왔다.

주모자가 눈짓을 주자 납치범 다섯명이 일제히 달려들더니 유창서를 개구리처럼 납작하게 엎드리도록 한 후 하의를 벗기기 시작했다.

"뭣들 하는 거야? 차라리 죽여라 이놈들아!"

유창서는 발버둥쳤지만 20대의 청년들을 이길 수는 없었다. 유창서의 아랫도리는 팬티까지 벗겨진 알몸이 되었다. 그러자 주모자가 납치범들을 둘러보며 말했다.

"국가 중흥! 너부터 시작해라!"

'국가 중흥'은 납치범 가운데 한 명을 가리키는 닉네임이거나 암호인 것 같았다. 주모자의 지시가 떨어지자 국가 중흥이라는 사내가 나섰다. 다른 납치범보다 머리 하나는 더 큰 사내였다.

그는 청바지와 팬티를 벗어던진 후 성기를 흔들기 시작했다. 성기가 쇠몽둥이처럼 발기하자 그는 곧장 유창서의 항문에 삽입을 해왔다. 유창서는 필사적으로 저항했지만 납치범들에게 붙들린 상태여서 꼼짝없이 당할 수밖에 없었다. 주모자의 커다란 웃음소리가 꿈결같이 들리는 가운데 유창서는 혼절했다.

오전 9시 조금 넘어서 국정원 고차장으로부터 전화가 걸려왔다. 정태는 막 출근해서 모닝 커피를 마시는 중이었다.

"조금 전에 유창서 씨가 납치됐어."

화들짝 놀란 정태는 커피를 내려놓고 전화기를 귀에 바싹 들이댔다.

"유창서라면? 언론인 유창서?"

"그렇지."

"누가? 왜?"

"아직 몰라. 유창서 작업실의 옆방에 진을 치고 있다가 폭약으로 벽을 뚫고 납치해 갔어."

고차장은 추가 정보가 입수되는 대로 알려주겠다고 하고 전화를 끊었다. 정태는 정무 수석실장과 비서실장에게 유창서의 납치를 보고하고 경찰총장에게 사실을 확인 해 보았다. 경찰 쪽도 납치 사실 외에는 정보가 없었다. 20분 뒤부터 인터넷에 속보가 올라오기 시작했다. 철없는 네티즌들이 기다렸던 일이라는 식의 댓글을 기사 아래 연이어 달고 있었다.

유창서는 언론인으로는 드물게 독창적인 인물이었다. 그는 계파를 떠나서 보수의 논리를 확립하고 전파 시켰다. 중요한 고비 마다 그는 유력한 언론에 칼럼을 기고해서 보수층의 결집을 주도했다. 진작부터 집권당의 러브콜이 계속되었지만 정치권 진입은 고사해온 인물이었다.

10시에 비서실장으로부터 직접 지시가 내려왔다. 국정원과 경찰, 검찰에 신속한 범인 검거를 지시하라는 내용이었다. 정태는 비서실장의 지시를 실천 하고 유창수의 홈페이지에 접속해 보았다. 특별한 변화는 없었다. 최근 기고한 '독재자는 모두 천국에 갔다'라는 제하의 칼럼 내용이 팝업창에 실려 있었고, 그 아래 수 만 개는 족히 되는 반대 댓글이 달려 있었다.

가장 먼저 떠오른 건 국민 운동 본부였다. 최근 국민 운동 본부에 대한 경찰의 급습으로 그쪽이 무척 격앙된 상태였다. 그러므로 보수의 상징인 유창서에게 테러를 할만한 정황은 충분했다. 그러나 엘리트를 자부 하고 여론을 중시하는 재야와 운동권이 납치 테러를 실행했다는 건 조금 의아한 부분이었다. 지극히 현실적으로 처세 하는 그들이 별다른 이익없이 범죄에 가담할 리 없었던 것이다.

일단 정태는 이찬호와 통화를 시도했다. 이번에도 몇 번이나 전화가 걸리지 않다가 한참만에 이찬호가 발신자 표시 제한으로 전화를 걸어왔다.

"유창서 납치 너희 짓이지?"

정태가 다짜고짜 몰아세우자 이찬호는 펄쩍 뛰었다.

"무슨 소리야? 우리도 지금 인터넷보고 알았어."

"너희들 외에 그 사람을 납치할 이유가 없잖아."

"우린 테러 단체가 아니라고. 혹시 청와대의 자작극 아냐?"

"그걸 말이라고 하는 거야?"

"아무튼 우리와는 상관없으니 이걸 빌미로 탄압할 생각은 하지 말어."

"두고 보면 알겠지."

정태는 통화를 끝내고 이찬호와의 조금 전 통화 내용을 곰곰 분석해 보았다. 별다른 기미는 느끼지 못했지만 어딘가 숨기는 구석이 느껴졌다. 말 자체가 아니라 어조자체에서 긴장하는 구석이 느껴졌던 것이다. 그러나 그것만으로 국민 운동 본부가 납치를 주도 했다고 판단할 수는 없었다. 어쩌면 그들에 대해 기본적인 의심을 깔고 대처 하는 자신의 과민 반응일 수도 있다고 정태는 생각했다.

오후에 경찰청을 방문하고 돌아오는 차안에서 정태는 고차장의 전화를 받았다.

"윤 팀장! 지금 텔레비전 볼 수 있어?"

"차안인데, 어디서건 볼 수는 있어. 그런데 무슨 일이야?"

"방송국에 납치범들로부터 DVD가 우송되었대. KBS,MBC,SBS에서 곧 방영할 예정이라더군."

"뭐라고? 다들 미쳤군. 방송 막을 수 없어?"

"너무 늦었어."

"국정원이 뭐하는 거야?"

"말을 들어먹어야지."

"알았어."

정태는 짜증을 부리며 전화를 끊었다. 언론의 무제한 자유는 당연히 지향할 바이지만 정태의 입장에서는 너무 한다 싶을 때가 있었다. 나라가 눈앞에서 망해도 시청률만 생각 할 작자들이었다.

정태는 거리에 차를 세우고 전자 제품 대리점 앞에서 뉴스 속보를 봤다. 처음에는 실루엣으로 처리된 남자가 등장해서 시청자들에게 말했다.

"한 맺힌 4천만 민중의 염원을 우리가 실천에 옮기겠다. 우린 민족의 쓰레기 매국노인 유창서를 회개 시키는 데 성공했다."

화면이 바뀌면서 유창서가 등장했다. 클로즈업된 그의 얼굴에 상처나 멍 같은, 구타의 흔적은 없었다. 그럼에도 영혼이 빠져나간 것처럼 맥없는 모습이었다. 그는 시선을 바닥에 둔 채 느릿느릿 말했다.

"그동안 저는 얄팍한 재주로 수많은 사람들을 현혹 시켜왔습니다. 제가 쓴 글은 모두 쓰레기입니다. 저는 이 순간부터 사회진보와 민중 해방을 위해 싸우겠습니다. 저를 용서바랍니다."

거기까지 말하고 유창서는 고개를 숙였다. 화면이 암전되면서 방송국 스튜디오로 바뀌었다. 기자들은 유창서의 발언 내용을 분석하기 시작했다.

그 이틀 후 유창서는 강원도 속초 근처의 바닷가에서 시체로 발견되었다. 그런데 타살이 아닌 자살이었다. 유창서는 동맥을 절단해서 과다 출혈로 사망한 것이다. 경찰은 특별 수사 본부를 설치해서 수사를 했지만 별다른 단서를 찾아내지 못했다.

유창서의 죽음이 시중의 화제로 떠오르면서 계절은 겨울로 바뀌었다.

연말이 되었지만 거리에는 활력이 없었다. 직장 잃은 사람들의 목표 없는 방황이 있을 뿐이었다. 서울을 비롯한 대도시 곳곳에서 산발적인 시위가 꼬리를 물고 계속되고 있었다. 한국은 붕괴 직전의 상황으로 빠르게 내달렸다.

16. 크리스마스이브의 적막

예희가 크리스마스 선물로 사온 것은 모형 범선이었다. 스위치를 올리면 자동으로 돛이 펼쳐져서 근사한 모양으로 변하는 성인용 장난감이었다. 윤기는 프랑스제 핸드백을 선물했다. 예희는 감격해서 두 팔로 윤기의 머리를 안고 얼굴에 키스를 퍼부었다.

룸서비스를 통해 서양식 치킨 요리로 저녁을 먹은 두 사람은 소파에 앉아서 텔레비전을 보며 크리스마스이브를 보냈다. 두 개의 공중파 채널에서 예희가 출연한 프로그램이 방영되었다. 하나는 남녀로 나뉘어서 노래와 게임을 하는 프로그램이었고, 다른 하나는 인기 연예인 다수가 등장하는 토크쇼였다. 텔레비전에서는 거리 풍경을 보여주지 않았다. 크리스마스 이브였음에도 도시는 죽음과 같은 적막감이 감돌았다.

크리스마스 선물을 사러 시내를 나갔던 윤기는 차가운 날씨만큼이나 싸늘한 모습의 사람들 표정을 보고 경악했었다. 시위도중 사망한 사망자들에 대한 추모를 핑계로 한 시위대들만이 거리를 휩쓸고 있을 뿐이었다. 윤기와 예희가 텔레비전을 보는 동안에도 호텔 밖에서는 시위대의 함성과 북소리가 계속 들리고 있었다.

"크리스마스이브 때 창녀와 섹스를 한 적이 있어."

윤기는 텔레비전에 시선을 고정 시킨 채 그렇게 말했고, 예희는 리모컨으로 볼륨을 죽인 후 윤기를 바라보았다.

"크리스마스이브와 창녀, 어찌보면 낭만적이네요."

"전혀 낭만적이지 않았어. 난 사실 그때 이미 다른 창녀와 섹스를 나누고 집으로 돌아가려는 중이었어. 젊었던 나는 다섯번을 더 사정해도 아무렇지도 않을 것 같은 심정이었지. 하지만 돈이 넉넉하지 못해서 한 번의 섹스도 큰 낭비였어. 그런데 창녀촌 끝에서 한 창녀가 단 돈 만원이면 몸을 주겠다고 하더군. 나는 망설이지 않고 그녀를 따라갔더랬지. 그런데 조명 아래서 언뜻 본 그녀는 50대 중반을 훨씬 넘긴 얼굴이었어. 짙은 화장이 페인트칠이 벗겨지는 것처럼 갈라지고 있었지. 나는 다른 생각을 하면서 페니스를 밀어 넣었어. 나는 지금 섹스가 아니라 마스터베이션을 하고 있는 거다, 하는 식의 자기 최면을 걸면서."

윤기는 이야기를 중단하고 테이블 위의 콜라를 따라 마셨다. 예희는 윤기가 낡은 방에서 늙은 창녀와 섹스를 하는 광경을 상상해 보았다. 그러나 아무리 노력해도 지금의 이 남자와 연관을 시킬 수가 없었다.

윤기가 말했다.

"오늘 크리스마스의 서울을 걸으면서 그때 생각을 했어. 화려하지 않은 서울은 화장이 벗겨진 늙은 창녀를 연상 시켜."

"예전 같은 크리스마스의 낭만은 다시 돌아오지 않을 까요?"

"화려한 도시는 그것을 원하는 지배 계급의 비위를 맞추기 위해 존재 하는 거야. 지배 계급이 빌딩을 세우고 사람들에게 말하지. 자, 즐겨라! 밝은 얼굴로 거리를 가득 메워라! 그러면 사람들은 가면을 쓰고 거리로 나와서 연기를 하는 거야. 그게 축제지. 낭만 따위가 뭔지 아는 사람은 없어. 그냥 남들을 보고 흉내를 낼 뿐인 거야. 이제 그럴 필요가 없으니 모두 원래의 자신으로 돌아간 거지. 늙은 창녀로."

예희는 마치 윤기가 한 말이 자신을 두고 하는 말 같아서 시무룩해졌다.

"어차피 인생은 연극이고 각자의 연기를 형식적으로 할 뿐이에요."

"예희는 연극을 하지 않아도 아름다워."

"정말이요? 듣기 좋으라고 하는 말인 거 알지만 감동 먹었어요."

"내 말에 감동 하는 사람 오래만에 만나는군."

윤기는 예희에게 키스하며 티셔츠 속으로 손을 넣었다. 적당히 아담한 유방이 손 안에 담겼다. 다른 손으로 팬티를 내리려

하자 예희가 제지했다.

"미안요, 오늘은 안 되는 날이에요."

"아, 그렇군."

윤기는 예희의 팬티를 다시 올려주었다.

"그 대신 손하고 입으로 해 주겠어요. 남자들은 못 참는다니까."

윤기는 마다하지 않고 지퍼를 내렸다. 예희는 혓바닥으로 페니스의 테두리를 간질이다가 입 안 가득 넣고 강하게 애무하기 시작했다.

윤기는 사정을 한 후 세면장에서 샤워를 하고 예희는 집으로 돌아갈 채비를 했다. 수건으로 머리를 털며 샤워장을 나오는 윤기에게 예희가 말했다.

"꼭 하고 싶은 말이 있어요."

"응."

"만일 내가 지겹고 싫어지면 언제 건 솔직하게 말해줘요. 당신이 날 싫어지는 과정을 지켜보게 될까봐 두려워요. 조금씩 멀어지는 것 보다는 그냥 깨끗하게 포기 하는 게 더 좋아요."

"미래의 일은 생각해보지 않았지만 예희에게 상처 주지 않도록 할 거야."

예희는 안도 하는 표정으로 윤기의 이마에 입을 맞췄다. 윤기는 예희를 호텔 앞까지 배웅해서 택시를 태워 보냈다.

윤기는 가벼운 마음으로 산책했다. 호텔 주변은 황량할 정도로 건물이 없었다. 몇 백 미터에 이르는 보도 쪽에는 가림막이쪽 이어져 있었는데, 그 너머가 공사 현장인지 아니면 주택가인지 확인이 되지 않았다. 보도 위를 오가는 사람들은 무표정하게 고개를 숙인 모습으로 걷고 있었다. 사복을 입은 여고생 한 명이 가림막에 대고 오바이트를 하고 있었고 친구인 듯한 여고생이 등을 두드려주고 있었다.

그녀들을 지나치자 상가가 나타났다. 돌아보니 윤기가 묵고 있는 호텔이 높은 산의 정상이나 된 듯이 멀게 느껴졌다. 상가는 그래도 활력이 있었다. 골목 쪽에서 한 떼의 취객들이 2차를 가자는 쪽과 집으로 가자는 쪽으로 나뉘어져서 옥신각신 하고 있었다. 24시간 체인점 안은 컵라면을 먹거나 음료수를 고르는 사람들로 다소 붐볐다. 그러나 전체적으로 크리스마스이브다운 분위기는 아니었다.

어디선가 확성기 소리가 들려왔다. 길 건너에 백 명 가까운 사람들이 모여 있었고 그 한가운데서는 대리석 벤치에 올라 선 남자 주위가 확성기를 들고 연설을 하는 중이었다. 윤기는 횡단보도를 건너서 그들 쪽으로 가 보았다.

"G8는 강대국들의 이익만을 생각하는 기구입니다. 강대국들은 G8회담을 통해 한국 분단을 고착화 시키고 나아가서 남한을 식민지화 시키려 하고 있습니다! 우리는 앉아서 당할 수 없습니다!"

남자가 강력하게 외치자 사람들이 함성과 함께 박수를 쳤다. 모인 사람들은 샐러리맨이 가장 많았고 육체노동자 스타일이 그 뒤를 이었으며 주부도 더러 눈에 띄었다.

"WTO와 IMF는 꼭두각시입니다! 그들은 금융 지원이라는 미끼를 던져서 한국을 송두리째 집어삼키려 하고 있습니다! 우리가 뭉쳐야 하는 이유가 여기 있습니다!"

다시 함성이 터져 나왔다.

국민 운동 본부 관계자로 보이는 사람들이 인쇄물을 나누어 주고 있었다. 인쇄물에는 미국인이 한국 대통령을 조종하고 있고, 한국 대통령은 한국 국민의 목을 죄는 그림이 만화 형식으로 그려져 있었다. 20미터쯤 전방에는 전투 경찰이 방패를 앞세우고 대기 중이었다. 취객 한 명이 전투경찰들에게 삿대질을 하면서 욕설을 퍼붓고 있었다.

"9.11 테러가 자작극이라는 걸 알만한 사람은 다 알고 있습니다! 제3세계를 식민지화 하려는 미국의 잔악한 술수가 9.11테러입니다! 우리 국민 운동 본부는 그 증거를 모두 갖고 있습니다!"

이번에도 함성과 박수가 터졌다.

윤기는 고개를 저으며 자신도 모르게 중얼거렸다.

"말도 안 돼."

그 순간 윤기 바로 앞에 있던 남자가 뒤를 돌아보았다.

"당신 누구요?"

그의 험악한 인상이 부담스러웠지만 한 번 내 뱉은 말을 번복하고 싶지 않아서 윤기가 그에게 말했다.

"저 사람은 지금 거짓말로 혹세무민하고 있습니다. 강대국 사이에서 한국은 이름도 알려지지 않은 약소국입니다. 강대국이 한국을 식민지로 만들어서 무슨 이익을 챙길 수 있을까요?"
대리석 벤치위의 국민 운동 본보 남자가 윤기를 손가락으로 가리키며 외쳤다.
"바로 저런 사람을 매국노라고 부르는 겁니다."
윤기도 지지 않았다.
"나라를 망치는 건 바로 당신들이야! 언제까지 그런 속임수로 사람들을 끌어들일 생각인가? 언제까지?"
국민 운동 본부 관계자들은 날카로운 시선으로 윤기를 주시하고 있었고, 일반 시민들은 의아한 시선으로 윤기를 훑어보았다. 그 가운데 가죽점퍼를 입은 남자가 윤기 쪽으로 걸어와서 쏘아붙였다.
"보아하니 먹고 살 만한 사람 같은 데, 분위기 깨지 말고 꺼지슈. 우리도 저 자가 하는 말이 선동에 불과하다는 것 쯤은 알고 있소. 우린 바보가 아니오."
윤기는 그런데, 왜?라고 물으려다 그만두었다.
가죽 점퍼가 말을 이었다.
"우린 우리 식대로 살고 싶은 것이오. 진실 같은 건 알고 싶지 않다고."
윤기는 순간 국민 운동 본부 관계자보다는 보통 시민들에게 더 큰 공포를 느꼈다. 그들은 그저 힘이 집중되는 곳을 향해 지지를 보낼 뿐인 것이다. 누가 민중을 선하다고 했던가? 선한 민중 같은 건 없다. 70년대와 80년대의 빈민이 선한 얼굴을 하고 있었다면 그것은 군사 정부의 압제 덕분이다. 총칼의 공포

아래서 숨죽이며 착한 척 하던 사람들이 세상이 바뀌자 본성을 드러내기 시작한 것이다. 어느 단체의 집단행동도 배후를 캐보면 이권이 개입되어 있었다. 더 끈질기게 버티고 정부와 공권력을 무력화 시키면서 자신들의 이권을 확대 시키는 것이다. 한국인은 때려야 말을 듣는 민족이라는 표현은 일본이 자주 사용했지만, 그 말의 객관성은 인정할 만한 것이다. 한국에서는 대통령이 유약하면 국민들이 난폭해지고 반대로 대통력이 강력한 인물이면 국민들이 온순해진다.

윤기는 호텔로 돌아오자마자 미국의 티나에게 전화를 걸었다. 그녀는 친구들과 테니스를 치는 중이라며 간단히 용건을 말해달라고 했다,

"한국 정부를 도와야할 것 같습니다. 현 정부는 여론의 반대를 무릅쓰고 시스템의 개혁에 많은 정열을 할애 하고 있습니다. 이러한 노력을 어느 정도는 평가해야 되지 않을까 싶습니다."

"알았어. 참고할게."

"별도의 보고서를 올리겠습니다."

수화기를 올려놓으려는 윤기에게 티나가 말했다.

"미스터 리의 품이 그리워."

"나도 티나를 안고 싶어서 미칠 것 같아요."

"호호호."

티나는 상기된 억양으로 한참을 웃었다. 윤기는 수화기에 대고 서너 차례 키스를 한 후 통화를 마쳤다. 티나의 여유로운 목소리는 윤기를 다시 일상으로 돌아오게 했지만 시위 현장에서

의 흥분이 완전히 사라진 건 아니었다.

한발자국만 밖으로 내딛으면 전혀 다른 세계가 펼쳐진다. 그것은 아랍에도 아프리카의 최빈국에도 아시아의 제3세계에도 공통적으로 존재 하는 증오였다. 그들은 가진 자들이 자신들을 착취 한다는 그릇된 신념으로 무장한 채 평생을 허상과 싸운다.

아시아의 어느 해안가 마을에는 팔과 다리가 없는 어부들이 절반 이상을 차지하고 있다고 한다. 상어잡이가 주업인 그들은 상어와 싸우다가 손발을 잃은 것이다. 그런데 그들은 상어를 붙잡으면 독 성게를 입에 넣고 고통 속에 죽도록 하는 방법으로 복수를 하고 있었다. 상어에게 아무리 고통을 주어도 소용없다는 것을 그 나라 사람들도 이해 못하고, 이 나라 사람들도 이해 못하고 있다. 그것을 언제까지 문화라는 이름으로 미화시킬 것인가.

윤기는 꿈을 꾸었다. 예희인지 티나인지 모호한 여자가 다리를 벌리고 있었고, 윤기는 흥분해서 손가락을 그녀의 질속에 넣었다. 질은 강력하게 수축하면서 윤기의 몸을 송두리째 빨아들였다. 윤기는 아득한 쾌감을 느끼며 우주를 유영했다. 우주에서 보는 지구는 아름답지 않았다. 증오심으로 무장한 사람들이 집단으로 배회하는 처참한 곳이었다. 그 가운데 범선 하나가 고고하게 바다위에 떠있었다. 예희가 선물한 범선이었다. 그 주변에는 무수한 사람들이 아귀처럼 손을 벌리며 살려달라고 부르짖었다. 범선의 갑판에서 예희인지 티나인지 모호한 여자가 눈물을 흘리고 있었다. 범선이 곧 침몰할 것이라는 불안한 예감 속에 윤기는 꿈에서 깨어났다.

17. 배신자에 대한 응징

도널드 폴런 미 재무성 차관은 고개를 천천히 흔들면서 시선을 아래로 떨어뜨렸다. 그 제스처는 더 이상 이길재와 변하균을 상대 하고 싶지 않다는 의미 같았다. 그러나 이길재는 이대로 협상 종결을 받아들일 수 있는 입장이 아니었다. 변하균 역시 금방이라도 눈물을 쏟을 것 같은 표정으로 폴런을 바라보았다.

폴런이 침묵하자 다른 재무성 관료들도 입을 닫았다. 이길재는 침묵이 힘겨웠으나 어떤 이야기를 꺼내야 좋을지 알 수 없었다. 골프 이야기도, 날씨 이야기도 이 상황에는 어울리지 않았다.

폴런은 테이블 위의 서류를 챙기며 말했다.

"우리의 결정은 한국과의 스와프 협정을 확대시킬 의사가 없다는 것입니다."

이길재가 다급히 소리쳤다.

"그럼 한국은 망합니다."

"한국 정부의 어려운 입장은 충분히 이해하고 있습니다. 단지 시기가 적절하지 않습니다. 우리 미국도 긴축 정책에 돌입한 상태라서 여유가 없습니다."

IMF 측으로부터 국제 금융 지원을 거절당하고 티나를 비롯한 골드 커뮤니티를 설득 시키는 일도 실패한 가운데 마지막으로 기대했던 미국과의 스와프 협정 확대마저 물거품이 되는 순간이었다. 이길재는 더 누구를 만나서 설득을 시도해 볼까, 하고 생각해 보았지만 떠오르는 인물이 없었다.

폴런과 재무성 관료들은 작별 인사를 하고 뒤돌아섰다. 그 순간 변하균이 자리를 박차고 일어나서 폴런을 막아섰다.

"당신들은 우리의 우방이잖아. 어떻게 이럴 수가 있어?"

처절한 모습이었다. 이길재가 소용없는 일이라면 변하균을 달래보려 했지만 그는 이성을 잃은 상태였다.

"한국은 미국식의 자본주의를 충실하게 받아들인 나라야! 당신들이 보호해 주지 않으면 당신들이 그토록 증오하는 빨갱이 나라가 된다고!"

폴런은 어깨를 한 번 으쓱하며 대꾸했다.

"우리 미국도 한국은 살리고 싶었습니다. 하지만 연일 계속되는 반미시위와 미국에 대한 적대감은 미국인들의 프라이드를 손상시켰습니다. 맥아더 동상마저 철거 하려는 한국인을 보고 미국인들은 한국을 더 이상 우방으로 생각하지 않기로 했습니다."

"그렇기 때문에 현 정부를 지지해야 한다니까!"

"한국 속담에 밑 빠진 독에 불 붓기라는 것이 있다는 걸 알고 있습니다. 이 상황을 설명할 수 있는 적절한 속담이라고 생각합니다."

폴런은 변하균을 비켜서 회담장을 나갔다. 텅 빈 회의장 안에 남겨진 이길재와 변하균은 서로를 마주보았다. 서로에게 이제 어떻게 했으면 좋겠느냐고 무언의 질문을 던졌지만 두 사람의 머리는 텅 비어서 아무 것도 생각해 낼 수가 없었다. 이제 끝이다, 라는 명제가 현실적으로 엄습해왔다.

호텔로 돌아온 이길재는 청와대로 전화를 걸어 비서실장에게 협상이 결렬되었다는 보고를 했다. 비서실장은 침통한 목소리로 물었다.

"IMF를 다시 설득 시킬 수 없을까요?"

"소용없을 겁니다."

"IBRD는?"

"그쪽도 한국에서 손을 떼겠다는 통보를 해왔습니다."

"일본은 어떨까요?"

"미국이 손을 뗀 상황이라면 일본도 도와주지 않을 것입니다."

"알겠소. 대통령께 보고 드리겠습니다."

이길재는 수화기를 올려놓고 변하균을 쳐다보았다. 그는 무거운 얼굴로 소파에 파묻혀 있었다. 외환 보유고가 제로인 상태에서 국제 금융의 지원을 받지 못한다면 국가 부도를 선언할 수밖에 없었다. 상황이 그렇게까지 된다면 현 정부도 더 이상 버틸 수 없을 것이었다. 대통령이 하야하고 새로 선거를 치르는 상황이 목전에 다가왔다.

변하균이 자조적으로 중얼거렸다.

"이제 우리는 석기시대로 되돌아가는 겁니다. 북한이나 아프리카의 최빈국과 어깨를 나란히 하는 대한민국이 되겠군요."

"상황이 이런대도 한국에서는 정권 내 놓으라는 시위가 끊이지 않고 있으니……"

"책임질 것 없는 사람들의 아우성이죠."

"우린 최선을 다했잖아. 그것으로 만족 하자고."

이길재는 변하균의 어깨를 잡아주었다. 한국을 떠날 때만 하더라도 자신의 힘으로 조국을 살리겠다는 의지가 넘치던 사람이었다. 젊은 초선 의원의 정열이 꺾인 게 무엇보다 가슴 아팠다. 집권초기 변하균이 중심이된 정책위원회는 경제 성장률이 10퍼센트 이상 가능 하다는 장밋빛 청사진을 국민들에게 제시했다. 그때는 그것이 충분히 가능하다고 집권 세력은 믿었고, 호언장담했다. 그러나 세계 경제의 침체가 한국에 직접적인 타격을 주었고, 각종 개혁 입법들이 야당과 운동권의 거센 반발로 좌초하면서 꿈은 꿈으로 끝나고 말았다.

귀국 전날 밤 이길재와 변하균은 호텔 바에서 위스키를 마시며 쓸쓸한 마음을 달랬다. 변하균은 몸을 가누지 못 할 만큼 심하게 취해서 객실로 돌아올 때 이길재가 부축을 해 주어야 했다.

이길재가 변하균을 침대에 눕히고 샤워라도 할까 하는 찰나에 전화벨이 요란하게 울렸다. 미국 주재 대사 홍철민이었다. 그의 목소리는 무슨 이유에서인지 잔뜩 상기되어 있었다.

"이의원님! 귀국 늦춰주십시오!"

"무슨 소리야? 우리가 여기서 무슨 할 일이 더 있다고. 더 있어봐야 여비만 축내지."

"방금 IMF 사무총장과 통화 했는데, 한국에 긴급 자금 지원 의사가 있다고 합니다."

"그게 무슨 말이야? 지금 농담하는 거야?"

"지금 제가 농담 할 때 입니까? IMF 아시아 위원회에서 한국에 대한 긴급 자금 지원을 논의 중이니 기다려 달라고 했습니다."

"지원 규모는 얼마나?"

"250억 불 정도는 가능할 것 같다고 합니다."

이길재의 주먹에 힘이 들어갔다.

"그 정도면 국가 부도는 막을 수 있어."

"물론이죠."

"그런데 IMF가 갑자기 태도를 바꾼 이유가 뭔지 아나?"

"아마 대주주들의 지시 내지는 동조가 있었겠죠."

티나였을까? 그녀가 한국의 딱한 처지에 동점심이 생겨서 빵 한 조각을 던져준 것인가? 어쨌거나 그 빵으로 한국은 침몰의 위기를 벗어날 수 있게 되었다.

이틀 후 IMF 측은 한국에 긴급 자금 지원을 결정했다는 사실을 기자 회견을 통해 발표했다. 한국의 매스컴은 일제히 이 사실을 헤드라인으로 보도했다.

청와대는 활력을 찾았다. 청와대 춘추관에서 대통령은 직접 기자회견을 열어서 IMF의 결정에 감사를 표하고 긴급 자금은 새로운 일자리 창출과 저소득층의 복지 정책에 주로 투입될 것이라고 발표했다.

기아 상태의 저소득층을 위해 동단위로 생필품이 공급되는 정책이 즉각 실시되었다. 국민들 상당수는 전국의 주민 센터 앞에 길게 줄을 서서 생필품을 배급받았다.

IMF의 긴급 지원을 의혹의 시선으로 보는 세력도 있었다. 일부 언론은 IMF의 한국 길들이기가 아니냐는 사설을 썼고, 국민 운동 본부는 IMF의 지원이 강대국들의 한국 지배 책략이라면서 전 국민이 매국 정권을 심판 하자는 내용의 성명서를 발표했다.

목사가 선별한 다섯 명의 비밀 멤버중의 한 명이 된 얼짱 토마는 뿌듯함을 느꼈다. 누군가에게 선택을 받은 것은 난생 처음이었다. 다섯 명의 비밀 멤버가 선발된 것은 11월 초였다. 목사는 도청과 인터넷 검열을 우려해서 중요한 지시를 내릴 때는 포르노 사이트인 소라가이드를 활용했다. 모임 같은 일상적인 것들은 전화를 이용했지만 보안이 요구되는 지시는 소라가이드의 카페 게시판을 통해 전달되었다.

얼짱 토마는 자신이 다섯 명의 비밀 멤버중의 한 명이라는 사실도 소라가이드를 통해서 알았다.'얼짱 토마''국가중흥''인천사이다''사이버 돌고래' '블루 토마토' 이렇게 다섯 명이었다.

비밀 멤버들은 목사가 운전하는 승합차를 타고 경기도 인근의 아지트에 모였다. 아지트는 오래 사용하지 않은 물류 보관 창고였다.

목사는 몇 장의 사진을 바닥에 펼쳤다. 모두 동일 인물의 사진이었다. 목사는 손 끝으로 사진을 가리키며 말했다.

"이 사람을 납치한다."

그가 어떤 사람인지 자세히 알려주지는 않았다. 그의 이름이 유창서이고 칼럼 기고가라는 것 정도만 언급했다. 악질 친일매국노이며 파쇼주의자라고 설명하며 목사는 이를 갈았다. 목사가 나쁜 놈이라고 생각한다면 모두의 의견도 그러했다. 토론이나 이의 제기 같은 건 용납되지도 않았고, 그럴 멤버도 없었다. 모든 결정은 목사가 내리고 멤버들은 손발이 되어 움직이는 방식으로 그라쿠스는 운영되었다.

곧 작전이 시작되었다.

유창서의 작업실 옆방이 비어 있다는 게 비밀 멤버들에게는 행운이었다. 폭약과 두건, 로프를 준비해서 옆방에 대기하고 있다가 폭약으로 벽을 뚫고 진입해서 유청서를 납치하려는 계획은 일사천리로 들어맞았다. 출입문을 통해 습격하면 예민한 유창서가 알아차릴 것이라는 게 목사의 설명이었다.

고집스럽게 반성을 거부하던 유창서는 국가 중흥이 항문을 겁탈하자 자포자기해서 순순히 촬영에 응했다. 촬영 테이프는 공중파 3사에 우송되어서 그날 오후 전국에 방영되었다.

유창서의 처리 문제가 골머리였는데, 결박한 로프를 풀어주자 못으로 동맥을 찔러서 자살했다. 목사는 유창서의 시체를 차에 태우고 떠났고, 그 다음날 유창서의 시체가 속초 바닷가에서 발견되었다고 매스컴에 보도되었다.

당분간 잠수하라는 목사의 지시에 의해 얼짱 토마는 원래의 생활로 돌아왔다. 드라마 엑스트라를 했고, 새로 나온 게임을 하기 위해 PC방에서 종종 밤을 샜다. 집에는 딱 한 번 들어갔는데, 아버지가 정신병원에 입원 시키려고 해서 다시 도망쳤다. 아스피린조아는 가끔 옥탑방을 찾아왔다. 몰래 지갑을 열어보니 지폐가 꽤 있었다. 굳이 물어보지는 않았지만 몸을 파는 것 같았다.

2012년이 되었다. 새해 초에 매스컴은 한국이 IMF로부터 긴급 구제 금융을 받게 되었다고 대서특필했다. 얼짱 토마는 그게 무슨 의미인지 몰랐다. 다만 목사의 말만 생각했을 뿐이다. 목사는 세계의 강대국들이 한국을 착취하고 있고 한국 정부는 프롤레타리아를 착취 한다고 말했었다. 그런 시각으로 보니 아무것도 믿을 수가 없었다.

구정 며칠 전에 목사로부터 전화가 걸려왔다. 중요하게 할 이야기가 있으니 만나자고 말했다. 어째서인지 목사의 전화를 받으면 상기되었고, 게다가 단 둘이 만나자는 말에 얼쩡 토마는 기분이 우쭐해졌다. 목사는 얼짱 토마에게 태어나서 처음으로 인생의 목표를 준 사람이었다.

약속 장소는 안국동에 있는 도서관이었다. 목사는 인문 사회 열람실의 서재 사이에서 책을 고르고 있었다. 얼짱 토마를 발견한 그는 책을 꽂아두고 얼짱 토마의 어깨를 안으며 밖으로 데려갔다.

추운 날씨였다. 벤치에는 몇 사람의 남자가 담배를 피우고 있었다. 연못에는 살얼음이 얼어 있었고 수초들이 바싹 마른 체 고개를 숙이고 있었다. 목사는 얼짱 토마에게 담배를 권했다가 얼짱 토마가 고개를 젓자 담배를 입에 물고 맛있게 한 모금을 들이킨 후 입을 열었다.

"배신자가 생겼다."

목사의 눈 끝이 양쪽으로 치켜올라갔다. 순간 얼짱 토마는 배신자가 누구일까 하는 궁금증 보다는 자신에게만 그렇게 중요한 일을 의논 하는 목사에게 감격했다.

얼짱 토마가 물었다.

"누가요?"

"사이버 돌고래."

사이버 돌고래는 고등학교를 졸업하고 기술학교에 다니고 있는 비밀 멤버였다. 곱상한 외모와 얌전한 행동거지가 이런 조직에 어울리지 않는다는 생각이 들게 했었다.

"며칠 전에 연락을 해보니 손을 떼겠다더군. 만일 유창서 납치를 하기 전이라면 제명으로 끝날 일이지만 지금은 그럴 수 있는 상황이 아니야. 만일 사이버 돌고래가 경찰에 밀고하면 문제가 복잡해진다고. 물론 우린 점조직으로 되어 있어서 쉽사리 발각되지는 않겠지만."

"내가 한 번 설득해 볼까요?"

"어려울꺼야. 우리를 만나지 않으려고 할 가능성이 높아."

옳은 판단이었다. 얼짱 토마의 생각으로는 배신이라기보다는 흥미를 잃은 게 아닌가 싶었다. 게임이라거나, 스포츠라거나 아무튼 다른 흥미 거리를 발견 했을 것이다.

"일단 좀 불러냈으면 좋겠는데……아스피린조아에게 전화를 걸도록 하면 어떨까?"

"아스피린조아요?"

"그 애가 전화를 걸어서 만나자고하면 응할 가능성이 높다."

그것 역시 옳은 판단이었다. 여자인 아스피린조아가 만나자고 하면 몸을 줄지 모른다는 생각에 약속을 할 것이다. 아스피린조아에게는 상황 설명을 하지 말고 그냥 도움만 요청하면 된다고 목사가 덧붙였다. 얼짱 토마로서는 거절 할 수도, 거절 할 명분도 없었다.

"넌 내 후계자다."

헤어질 때 목사가 얼짱 토마에게 던진 말이었다. 후계자라는 말보다는 그의 관심이 좋았다. 목사처럼 많이 아는 사람을 얼짱 토마는 처음 가까이 했다. 많은 것을 아는 사람은 행동에 동기 부여를 해 줄 수 있어서 좋았다. 얼짱 토마는 신나게 살고 싶었다. 신나고 과격한 삶에 명분을 실어주는 목사가 그에게는 은인이었다.

얼짱 토마는 아스피린조아를 옥탑방으로 불렀다. 아스피린조아는 전화를 건지 30분 만에 옥탑방으로 왔고, 얼짱 토마는 그녀를 정성껏 애무해 주었다. 아스피린조아가 고마워하는 눈치를 보이는 것을 놓치지 않고 얼짱 토마가 부탁했다.

"사이버 돌고래라고, 지난번에 모임에서 봤지? 이유는 묻지 말고 그 자식을 좀 꼬셔봐. 약속만 잡으면 돼. 그 다음은 우리가 알아서 할 테니까."

다행히 아스피린조아는 따지지 않았다. 그녀는 사이버 돌고래의 휴대폰으로 전화를 걸어서 개인적으로 만나고 싶다는 부탁을 했고, 사이버 돌고래는 흔쾌히 응했다.

다음날 얼짱 토마를 비롯한 비밀 멤버들은 목사가 운전 하는 승합차를 타고 약속 장소인 도산 공원으로 갔다. 사이버 돌고래는 공원 입구에 서 있다가 비밀 멤버들이 나타나자 도망치려고 했다. 그러나 비밀 멤버들이 먼저 반강제로 그를 승합차에 태웠다.

"요즘 집에서 못 나가게 해서요. 기회 봐서 모임에 다시 나갈게요."

사이버 돌고래는 계속 변명을 늘어놓았지만 아무도 대꾸를 해주지 않았다.

차는 아파트 신축 공사 현장 한 가운데 멎었다. 동절기라서 공사가 중단된 듯 인적이 없었다. 목사의 지시에 따라서 덩치가 가장 큰 국가 중흥이 사이버 돌고래의 어깨를 손으로 누르고 공사 중인 아파트의 상층부로 올라갔다. 국가 중흥은 얼짱 토마 이상으로 충성심이 강한 멤버였다. 박정희를 신처럼 생각한다는 그가 어째서 프롤레타리아 혁명을 추구 하는 그라쿠스의 열성 멤버가 되었는지는 이해불가였다.

15층 지점에 서 보니 겨울바람이 바늘을 찌르는 것처럼 통증을 주면서 불어왔다. 회색 콘크리트의 아파트 안 여기저기에는 작업 도구가 뒹굴고 있었다. 사방이 뚫려 있어서 멀리 강남의 시가지가 한 눈에 내려다보였다.

"가장 치사한 인간이 혼자만 살려는 인간이다."

목사는 매서운 눈초리로 사이버 돌고래를 노려보았다. 5명의 멤버들에게 둘러싸인 사이버 돌고래의 표정은 서서히 공포감에 젖어들기 시작했다.

사이버 돌고래가 울먹이는 목소리로 말했다.

"잘못 했습니다. 용서해 주십시오."

"한 번 배신한 자는 백 번 천 번 배신하지."

목사가 피도 눈물도 없는 얼굴로 잘라 말했다.

"그러나 나는 민주적인 방법을 좋아한다."

그리고 목사는 비밀 멤버들 얼굴을 하나하나 쳐다보며 말했다.

"사이버 돌고래를 어떻게 처리했으면 좋겠냐?"

5명의 비밀 멤버들 가운데 결정을 내릴 수 있는 사람은 아무도 없었다. 단지 목사가 어떤 걸 원하는지 필사적으로 헤아릴 뿐이었다. 그것을 가장 먼저 캐치한 국가 중흥이 대답했다.

"죽여야 합니다."

"다른 사람은?"

얼짱 토마를 비롯한 다른 비밀 멤버들도 죽여야 한다고 대답하며 칭찬을 기대하는 얼굴로 목사를 쳐다보았다. 사이버 돌고래는 눈앞에서 흘러가고 있는 상황을 믿을 수 없다는 표정으로 목사와 비밀 멤버들을 번갈아 쳐다보았다. 아스피린조아와 섹스를 하리라는 단순한 상상으로 외출을 한 사이버 돌고래는 지금 이 상황을 받아들이기 힘들 것이었다.

갑자기 사이버 돌고래가 두 주먹을 불끈 움켜쥐고 외쳤다.

"좆도, 내가 그렇게 만만해 보여? 나 그렇게 쉽게 죽는 놈 아니라고. 씨팔 이판사판이다!"

그리고 사이버 돌고래는 목사를 가리켰다.

"혁명 좋아하네. 좆도 모르는 애들 꼬드겨서 범죄나 저지르고. 너 같은 놈이 진짜 나쁜 놈이야!"

사이버 돌고래는 목사를 향해 주먹을 뻗었다. 그러나 국가 중흥이 먼저 움직여서 그의 머리를 양손으로 붙잡고 난간 끝으로 밀어부쳤다.

"살려줘! 살려줘!"

사이버 돌고래가 필사적으로 외쳤지만 국가 중흥은 그를 난간 아래로 떨어뜨렸다. 사이버 돌고래는 팔과 다리를 마구 휘저으며 14층 아래로 추락했다. 순식간에 벌어진 일이었기 때문에 모두가 아무 말 없이 난간 아래만 쳐다보고 있었다.

"가자."

목사가 지시를 내리자 비밀 멤버들은 아무 일 없었다는 듯이 그곳을 빠져나갔다.

그날 저녁 얼짱 토마가 옥탑 방으로 돌아와 보니 아스피린조아가 만화책을 읽고 있었다. 사이버 돌고래 문제는 어떻게 됐느냐는 그녀의 질문에 얼짱 토마는 그냥 잘 해결됐다고 얼버무렸다. 아스피린조아가 30분 동안이나 페니스를 애무했음에도 얼짱 토마는 발기가 되지 않았다. 14층 아래로 추락 하던 사이버 돌고래의 마지막 모습이 반복해서 머릿속을 떠돌았다. 얼짱 토마는 수없이 많은 사람을 죽이고도 영웅이 된 모택동을 생각했다. 배신자 하나쯤 죽여 없애도 큰 잘못은 아닐 것이라고 그는 스스로를 위로했다.

18. 이라크에서 날아온 비보

정태는 잠이 덜 깬 멍한 얼굴로 청와대 본관 복도를 걸었다. 시간은 새벽 3시 30분을 막 넘고 있었다. 12시 넘어 퇴근 했으므로 오가는 시간을 제외하면 2시간 남짓 눈을 붙인 셈이었다. 정치 특보와 경제 수석 팀장도 아직 잠이 완전히 깨지 않은 얼굴로 정태 옆을 걷고 있었다.

정치 특보 이용중이 정태에게 물었다.

"사건이 언제 발생한 거야?"

정태는 고개를 저었다.

"나도 몰라. 인질 사건이 발생 했다는 소식만 듣고 곧장 달려왔어."

그러자 경제 수석 팀장 한창일이 한발자국쯤 뒤에서 설명해 주었다.

"어제 12시 30분쯤 발생한 것으로 알고 있어. 범인은 알카에다 소속이고. 이미 다 뉴스에 보도되었어."

이용중이 웃었다.

"우리보다 기자가 더 빠르군."

"골치 아프겠어."

정태가 푸념하자 이용중이 말했다.

"아니지. 우리로서는 호재가 될 수 있어. 국내 문제에 대한 국민들의 관심을 외부로 돌릴 수 있으니까."

그것도 그랬다. 국내에서의 반정부 시위가 연일 계속되고 있는 상황에서 국제 테러 단체에 의한 인질 사건은 국민들을 결속 시키는 계기로 작용할 수도 있었다. 사실 정태도 이라크에서의 인질 사고 발생 소식을 듣는 순간 자연스럽게 그런 계산이 떠오른 건 사실이었다. 단지 청와대 보좌진으로 그런 계산을 입 밖에 내는 게 껄끄러웠을 뿐이다.

청와대 대회의실 안은 대통령을 중심으로 모든 보좌진이 모여 있었다. 외교 안보 수석이 사건의 개요를 설명했다.

"오늘 새벽 12시 30경, 이라크의 카트라크 지역에서 D건설회사 직원 9명이 납치 됐습니다. 알카에다 소속의 카위자위 조직이 알지지라 방송을 통해 자신들의 소행임을 밝히고 한국군의 전면 철수를 요구했습니다. 이상입니다."

대통령은 눈을 감고 생각에 잠겨 있었다. 무슨 생각을 하고 있을까. 이번 인질 시간으로 국민들의 반정부 여론이 잦아들기를 기대할까. 아니면 더 정국이 복잡해졌다고 생각할까. 정태가 그런 생각을 하는 사이 대통령이 입을 열었다.

"정부 내에 인질 사건 대책반을 구성하고 협상을 시작하세요. 대외적으로는 평화 목적의 군대 파병이므로 철수 하지 않겠다는 것을 분명히 밝히고요."

외부에는 강경 대응을 선언하고 물밑에서 인질범들과 협상을 시작하라는 의미였다. 당연한 수순이었다. 국내 담당인 정태는 국내 매스컴에 정부의 입장을 브리핑 하는 역할이 맡겨졌다.

그러나 인질 사건은 뜻대로 풀리지 않았다. 사건 발생 하루 만에 인질 가운데 한 명인 D건설 해외 파트 차장 정범인 씨가 인터넷으로 생중계 되는 가운데 처형됐다. 이것은 정부 입장에서는 악재였다. 반정부 분위기가 일시 소강상태에 접어들었지만 현 정부가 국제적으로 무능하다는 여론이 들끓었다.

인질 사건 희생자가 발생한 다음날 오전 정태는 뜻밖의 인물로부터 전화를 받았다. 특수전 부대의 강인걸 소장이었다. 그와는 대통령의 지방 순시 때 경호 문제로 몇 번 만난 적이 있었다.

"윤 팀장님, 오랜만입니다. 저 기억하고 계시죠?"

"물론입니다."

"중요하게 할 이야기가 있는데, 좀 뵐 수 있을까요?"

"이라크 인질 사건과 관련된 일인가요?"

"그렇습니다."

정태는 망설이지 않고 오후에 시간을 내겠다고 대답했다. 자주 만난 건 아니지만 강인걸에게 사심이 없는 사람이라는 인상을 받았기 때문이었다. 그런 점 때문에 42살의 비교적 젊은 나이에 소장으로 진급해서 요직에 앉을 수 있었을 테고. 또 대체로 군인들은 단순 담백하다. 뇌물을 먹는 부정을 저지를지언정 복잡한 술수로 상대방을 곤혹스럽게 만들지는 않는 사람들이었다.

강인걸은 약속 장소인 코리아나 호텔 커피숍에 먼저 와 있었다. 사복 차림의 그는 한 겨울임에도 땀을 흘리고 있었다. 그는 정태와 안부를 주고받자마자 용건을 꺼냈다.

"지금이 기회입니다."

"기회라니요?"

"인질 사건을 잘 활용하면 현 정부가 정국의 주도권을 되찾을 수 있다는 것입니다."

정태는 잠자코 그의 설명이 이어지기를 기다렸다.

"협상은 계속하되 꼭 거기에 집착하지는 마십시오."

"무슨 말씀인지요? 협상이 실패하면 인질이 모두 처형될 거고, 그렇게 되면 정부가 지탄 받을 게 뻔한데요."

"그렇게만 생각하실 일이 아닙니다. 인질을 구출하는 방법은 협상뿐이 아니잖습니까?"

"그렇다면?"

"특수 작전을 펴서 인질 구출 작전을 벌이는 것입니다. 저의 특수전 부대가 그 임무를 완수하기에 적격입니다."

그리고 강인걸은 길게 알카에다의 전술에 관해 설명했다. 그로서는 많은 생각 끝에 하는 이야기인 듯 싶었다.

정태가 조심스럽게 물었다.

"강장군님의 이야기도 일리는 있습니다. 무력으로 인질을 구출해내면 국민들의 현 정부에 대한 지지도가 높아지리라는 것은 충분히 예상이 됩니다. 하지만 그걸 성공 했을 경우지요. 만일 실패하면 정부에 대한 신뢰가 추락할 것입니다."

강인걸은 무거운 표정으로 말했다.

"윤팀장님 생각에 실패하면 어떤 상황이 벌어질 것 같습니까?"

"정권을 내 놓아야지요."

"이건 정권 차원의 문제가 아닙니다."

"그럼요? 무슨 복안이라도 갖고 계신가요?"

"만일 인질 구출 작전이 실패로 돌아가면 알카에다에게 선전포고를 하는 겁니다."

"예?"

"전쟁을 벌이자는 거죠."

정태는 혹시라도 누가 들을까봐 주위를 두리번거렸다. 다행이 이쪽의 대화에 관심을 기울이는 사람은 없었다.

강인걸은 확신에 찬 어조로 설명을 계속했다.

"국내의 혼란스러운 상황을 타개 할 유일한 방법은 바로 전쟁입니다. 진시황도, 알렉산더 대왕도 모두 국내 문제의 해결을 위해 외부와 전쟁을 벌여서 큰 성공을 거둔 인물들입니다. 만일 국민 운동 본부에 굴복하거나 타협하면 현 집권층은 몰락해서 사법부의 심판을 받게 될 것입니다. 하지만 전쟁을 벌여서 국민 통합을 이룬다면 대통령은 영웅이 되고 보좌진은 훌륭한 참모로 국민들에게 기억될 것입니다."

강인걸은 주먹까지 말아 쥔 열정적인 모습으로 열변을 토했다. 평소 같으면 군인다운 치기로 생각할 일이었으나 시국이 혼란스러운 지금 상황에서는 하나의 방법일 수 있겠다는 쪽으로 정태의 생각이 흘러갔다.

강인걸이 말을 이었다.

"물론 이 자리에서 윤 팀장님이 결정할 수 있는 사안이 아니라는 것 알고 있습니다. 그러니 제게 대통령을 만나게 해 주십시오. 대통령과 단둘이 만나게 해줘도 좋고 윤 팀장님과 셋이 만나서 이 문제를 의논해도 좋습니다."

"알겠습니다. 일단 보고는 드리도록 하겠습니다."

"감사합니다."

헤어질 때 강인걸은 힘내십시오 라고 외치며 활짝 웃어보였다. 결과와 상관없이 그의 활력은 정태에게 묘한 안도감을 주었다.

정태는 청와대로 돌아오자마자 비서실장에게 강인걸과 나누었던 대화 내용을 보고했다. 비서실장도 정태와 마찬가지 입장을 보였다. 극단적인 방법이었지만 현 정부의 어려움을 일거에 해결할 수 있는 지름길이었던 것이다.

정태는 비서실 직원들과 인질 사건 관련 뉴스를 시청했다. 인질범들은 즉각 한국군의 철수가 시작되지 않으면 인질범들을 계속 살해 하겠다고 위협했고, 녹화된 비디오테이프를 통해 인질들은 구원을 호소하고 있었다.

내부적으로 협상은 계속 진행 중이라는 걸 정태는 관련 부처로부터 전해 들었다. 역시 문제는 돈이었다. 인질범들은 8천만 달러를 제시하면서 시간을 끄는 중이었다. 인질들에게 동정심을 가진 사람은 가족 외에는 아무도 없었다. 모두가 이 사건이 자신들에게 미칠 영향만 생각할 뿐이었다. 운동권도 마찬가지고 정부도 마찬가지였다. 똑같은 인간으로서 역할만 다를 뿐인가, 라고 정태는 생각해 보았다.

그날 저녁 8시경 정태는 비서실장의 호출을 받았다. 비서실장실에 들어서보니 대통령을 중심으로 비서실장과 국정원장이 함께 자리하고 있었다. 정태가 자리에 앉아 대통령이 직접 설명을 했다.

"나는 인질들을 무력으로 구출 하는 작전을 실행 하는 것에 긍정적인 입장입니다."

순간 정태는 대통령이 내심 인질 구출 작전을 이미 계획하고 있었지 않나 싶은 생각을 했다. 그러던 중 강인걸의 제안이 있자 반색을 하게 된 건 아닐까.

국정원장이 나섰다.

"저도 찬성입니다. 알카에다가 눈엣가시인 미국도 우리 입장을 지지할 것으로 예상됩니다. 다만 실패할 경우를 대비해야 할 것 같습니다."

비서실장도 거들었다.

"저 역시 지금은 공격적인 정책을 수립해야 한다고 봅니다."

정태는 구태여 찬성 의사를 밝히지 않았다. 강인걸의 대화를 대통령에게 전한 것으로 충분히 자신의 의사가 표현된 것이라는 생각과 함께, 지금 이 자리에서는 팀장에 불과한 자신의 의사가 그리 중요하지 않다는 생각에서였다.

“우선 강인걸 소장을 만나보고 구체적인 의논을 하시는 게 어떻겠습니까.”

비서실장의 의견에 대통령은 그렇게 하라고 지시하고 일어섰다. 정태는 비서실장의 지시에 따라서 강인걸에게 바로 연락을 해서 내일 오전 청와대로 들어오라고 말했다. 강인걸은 상기된 목소리로 고맙다는 인사를 했다.

다음날 새벽, 또 다시 비보가 날아들었다. 인질 가운데 2명이 추가로 살해된 것이다. 그중 한 명은 D건설의 여직원이었다. 두 사람은 전기톱으로 목이 잘려 죽었고, 그 광경이 인터넷을 통해 전 세계에 생중계되었다. 인터넷 댓글을 통해 군사작전을 펴야 한다는 주장이 제기되기 시작했다. 정태는 브리핑을 통해 군사 작전은 전혀 고려하지 않고 있다는 연막을 피웠다.

오전 10시에 정태는 강인걸과 함께 청와대 접견실에서 대통령을 만났다. 강인걸은 앉으라는 권유를 마다하고 우뚝 선 자세로 자신의 소신을 밝혔다.

“망국적인 국론 분열과 집단 이기주의, 떼거리 문화를 일거에 청산 하려면 강력한 지도자가 등장해서 공포 정치를 펼쳐야 합니다. 전쟁은 국론을 결집 시키고 국가의 자존심을 드높일 수 있는 유일한 방법입니다. 수 천 년 역사 동안 한 번도 외침을 하지 않았다는 것은 자랑이 아니라 부끄러운 역사입니다. 거리의 실업자들을 보십시오. 아무 능력도 없이 입만 살아 있습니다. 그들을 몽둥이로 때려서라도 올바르게 살도록 계도 시켜야 합니다. 그것이 국가의 역할입니다. 인질 몇 몇의 목숨은 아무것도 아닙니다. 타협하지 마십시오. 무력으로 인질 구출 작전을 펴서 한국이라는 나라의 자존심을 회복 시켜주십시오. 만일 실패하면 선전 포고를 해서 무력으로 응징해야 합니다. 말없는 다수는 지금 강력한 정부를 원하고 있습니다."

강인걸의 말은 장황하고 앞뒤가 잘 연결되지 않았지만, 어쩌면 그랬기 때문에 더 진정성이 느껴졌는지도 모른다. 그는 말을 마치고 흐르는 땀을 손수건으로 닦아내고 있었다. 말없이 앉아있던 대통령이 입을 열었다.

"잘 알겠소. 곧 지시를 내릴 테니 강소장은 부대로 돌아가서 인질 구출 작전에 대비한 완벽한 준비를 해 두시오."

"감사합니다."

그렇게 해서 무력에 의한 이라크 인질 구출 작전이 결정되었다.

19. 언론과의 대립

외교 통상부의 중동 지역 담당관인 최형찬 과장은 엘리베이터 오른쪽 면의 거울에 비쳐진 자신의 얼굴을 힐끗 쳐다보았다. 40대 중반이니 패기 넘치는 모습을 기대한 건 아니지만 유난히 피로 하고 지쳐보였다. 경제 침체는 민간 기업뿐 아니라 정부 조직에도 가혹한 구조 조정의 한파를 불러왔다. 새 정부 들어서 국장급 이하 가운데 10퍼센트의 공무원이 퇴직한 상태였다. 거기에 휩쓸리지 않으려면 하는 척이라도 해야 했다. 매일 10시까지 자리를 지켜야 했고, 침체된 경제를 호전 시킬 수 있는 아이디어를 짜내서 보고서를 만들어야 했다.

전국의 공무원들이 치열한 경쟁 시스템에 내몰려서 잡무와 씨름을 벌이고 있는 상황이었지만 현 정부에 대한 지지율은 답보 상태였다. 그런 와중에 이라크에서 인질 사건까지 발생해서 외교 통상부 공무원들은 며칠째 밤을 새우고 사우나에서 쪽잠을 자는 생활을 하고 있었다.

최형찬도 신입 공무원 시절에는 고위직을 목표로 세웠지만, 현재는 구조 조정 대상에서 제외되는 것이 유일한 바램이었다. 몇 년만 더 버티면 동네에 마트 정도는 창업할 수 있었다. 그런 사고 방식이다보니 공무원으로 서의 사명감보다는 문제를 야기하지 않으려는 무사안일 주의에 쉽게 빠져들었다.

최형찬은 손바닥으로 얼굴을 한 번 비비고 사무실 안으로 들어섰다. 누구 하나 인사를 건네는 부서원이 없었다. 모두가 바빠서이기도 하고 자신의 업무 외에는 무관심한 세태 탓이기도 했다. 형식적인 인사치레 같은 건 출세에 아무 도움도 되지 않는다는 걸 모두가 잘 알고 있었다.

최형찬은 자신의 자리에 앉아서 컴퓨터를 켜고 이메일을 열었다. 맨 위에 청와대 외교 안부 수석실에서 직접 보내진 메일이 있었다.

쿠웨이트 외무성의 영토 해양과에 연락해서 쿠웨이트 영공으로 2월 14일 밤 11시 경에 한국의 군사용 헬기가 통과 하는 문제 확인해 볼 것.
절대 보안.

최형찬이 이 이메일 내용의 의미를 알아차리는 데는 몇 초 밖에 걸리지 않았다. 이라크 인접 국가인 쿠웨이트에 군사용 헬기가 통과 한다는 것은 인질 구출 작전을 편다는 것이었다. 또한 <조치>가 아닌 <확인> 지시가 내려온 것은 이미 쿠웨이트와 합의가 되어 있는 사항이라는 것이다. 최형찬은 우선 청와대 외교 안부 수석에게 전화를 걸어보았다.

"여보세요? 청와대입니다."

"외교 통상무 최형찬 과장입니다. 이메일 방금 확인 했습니다."

"지금 당장 지시대로 해 주십시오."

"알겠습니다."

가타부타 설명이 없는 이유는 이해가 되었다. 이런 중요한 내용이 외부로 흘러가면 엄청난 파장이 예상되기 때문일 것이었다.

최형찬은 아무리 평상심을 유지하려고 해도 가슴이 뛰는 건 어쩔 수 없었다. 혹시라도 일이 잘못되면 그 책임이 고스란히 자신에게 돌아올 것이었다. 차라리 너무나 단순한 머리 구조를 갖고 있어서 내막을 눈치채지 못했다면 더 편했을 것이다. 그냥 지시대로 움직이면 되니까.

최형찬은 쿠웨이트 외무성에 전화를 걸어서 이메일 내용대로 군사용 헬기의 쿠웨이트 영공 통과에 문제가 없는지를 확인했다. 쿠웨이트 외무성 직원은 잔뜩 긴장한 목소리로 속삭이듯 대답했다.

"14일 오후 9시부터 15일 02시까지 쿠웨이트 영공 비행 가능합니다."

"알겠습니다."

통화를 마치고 이번에는 다시 청와대 외교 안보 수석에게 전화를 걸어서 쿠웨이트 외무성과의 통화 내용을 그대로 보고했다,

그것으로 끝이었다. 혹시 하는 마음에 이메일까지 삭제해 버렸다. 텔레비전에서는 외교 통상부 장관이 인질범들과 협상이 진행 중이라는 기자회견 내용이 방영되고 있었다. 연막전술이었다. 아마도 인질범들을 안심시키고 그 사이 급습 하려는 계획일 것이었다.

2월 14일이라면 이틀 후였다. 그날 현 정권의 진퇴가 판가름 날 것이었다. 성공하면 세계의 이목을 집중 시키고 지지도도 끌어올릴 수 있겠지만, 만에 하나 실패하면 더 버틸 재간이 없을 것이다.

오후에 고교 동창과의 정기적인 모임이 있었다. 이라크 인질 사건 때문에 참석이 어렵다고 거절했지만 몇 번이나 전화를 걸어와서 참석을 종용 하는 바람에 최형찬은 30분 정도 잠깐 얼굴만 비치기로 했다. 그러나 한 두 잔 마시기 시작하자 될대로 되라는 심정이 되어 3차까지 합석했다. 단란주점에서 여섯 명의 동창들이 여자 하나씩을 품에 안고 흥청망청 거리다가 최형찬은 해서는 안 될 말을 발설하고 말았다.

"내일 모레 자정이면 이 정권의 사활이 판가름 난다고. 이라크 말이야. 군사작전을 펼쳐서 인질들을 구출하기로 했다 이거야. 만일 성공하면 분위기가 반전되겠지만 실패하면 이 정권은 끝

이야."

그리고 그는 자신이 오전에 청와대로부터 받은 이메일 내용과 쿠웨이트 외무성과의 통화 내용을 고스란히 떠벌렸다.

술이 깬 아침에도 최형찬은 자신이 왜 그런 말을 꺼냈는지 알 수가 없었다. 아마도 화제가 정치에 관한 것으로 흘러가서 거기에 휩쓸렸을 것이라는 추론밖에는.

술자리에서 동창들에게 그런 이야기를 꺼냈다고 곧바로 문제가 생기지는 않을 것이었다. 모두가 만취 했으므로 귀담아 듣는 동창도 없을 것이다……라고 안도 하려는 데, 문득 떠오르는 얼굴이 하나 있었다.

차성국.

그리 친한 사이는 아니었는데, 언뜻 소개 받을 때 방송국 기자라고 했던 것 같았다. 그가 단란주점에서 자신이 떠벌린 말을 들었는지는 확실하지 않았다. 만일 들었다면 기자인 그가 그냥 넘어가지 않을 수도 있었다.

최형찬은 수첩을 뒤져서 차성국의 번호를 찾아내어 전화를 걸어보았다. 그러나 10여 차례 전화를 걸었음에도 받지 않았다. 불길한 예감이 스쳤다. 어쩌면 일부러 안 받는 것일 수도 있는 것이다.

차성국은 MBC 방송국 보도국에 6시 조금 넘어서 출근했다. 그의 머리에는 외교 통상부에 근무 하는 동창이 술자리에서 했던 말이 한 글자도 지워지지 않고 입력되어 있었다. 만일 다른 동창이 그런 말을 했다면 떠도는 루머로 치부 했겠지만 당사자는 외교 통상부의 과장이었다. 확실한 근거 없이 그런 말을 했을 리 없었다. 사실이라면 특종감 이었다. 하지만 이런 국가적인 중대사를 보도하면 무책임한 폭로 기사라는 비난을 받을 수 있었다. 그것을 피하기 위해서는 기사의 초점을 인질들의 안전에 맞추어야 했다. 정부는 지지도의 만회를 위해 인질들의 생명을 담보로 무리한 구출 작전을 실행 하려 하고 있다, 라는 식으로 기사가 나가면 방송의 공영성에도 부합될 것이었다. 인질 구출 작전이 성공하면 정부는 주도권을 되찾고 강경 드라이브로 정국을 이끌 가능성도 있었다. 그것을 저지하는 것도 기자의 사명이라고 차성국은 생각했다.

정태는 출근하자마자 비서실장의 전화를 받았다. 비서실장은 흥분 상태여서 목소리마저 떨렸다.

"윤 팀장, MBC 방송국에 아는 사람 있어?"

"무슨 일입니까?"

"글세, 아는 사람 있냐고."

"대선 캠프에서 보도 국장과 인사한적 있습니다."

"당장 전화 걸어서 인질 구출 작전 기사 못 나가게 해."

"예? MBC에서 어떻게 알고 기사를 쓴다는 거죠?"

"어디서 새어 나갔나봐. MBC에서 청와대와 쿠웨이트 외무성에 사실 확인 하는 전화를 걸었대."

낭패였다. 철저한 보안을 요하는 사안이었음에도 급박하게 준비된 작전이어서 내부 어딘가에서 새어나간 모양이었다. 설령 그렇다고 하더라도 이런 국가적 중대사를 보도 하려는 방송국을 정태는 이해하기 어려웠다. 공중파 3사의 반정부 성향은 악명이 높았다. 그들은 정부에 타격을 줄 수 있는 모든 소스를 기사화 시켜서 반정부 여론의 확산에 주력했다.

비서실장과 통화를 마친 정태는 지갑을 열어서 명함을 뒤적였다. 현 대통령의 대선 후보 시절 MBC 보도국 국장과 보도 자료를 건네고 명함을 주고받은 기억이 있었다.

정우근.

MBC 보도국 국장이었다. 정태는 잠시 고민했다. 일처리를 어떻게 해야 좋을지 감이 안 잡혔다. 국익을 내세워서 설득한 건 너무 아마추어 같았다. 자신의 이익만 생각하는 사회에서 주고받는 것 없이 정부의 입장을 배려해 줄 리 없었다. 국민의 지지도도 형편없이 추락한 상태의 정부여서 힘으로 밀어붙이기도 어려웠다. 순간 정태의 머릿속으로 아이디어 하나가 떠올랐다. 바로 광고 압박을 하는 것이었다. 광고 수익으로 유지되는 방송국에서 광고 수주는 생명줄과도 같은 것이다. 청와대에서 요청하면 대기업이 광고 수주를 중단 할 것이라는 뉘앙스를 풍기면 어느 정도 압박으로 작용할 수도 있다는 계산을 하며 정태는 MBC 보도국에 전화를 걸었다.

"여보세요? MBC 보도국 국장 정우근입니다."

"안녕하십니까. 청와대 외교 안부 수석 팀장 윤정태입니다."

"아! 오랜만입니다."

뜻밖에도 정우근은 정태를 기억하고 있었다.

"기억해 주셔서 감사드립니다. 그런데 MBC 보도국에서 이라크 인질 사건 관련 정부 비밀 사항을 보도 하려 한다는데, 사실입니까?"

"그 문제라면 확인해 줄 수 없습니다."

"절대 보도되면 안 됩니다."

"뭐라고요? 우리가 청와대의 지시나 압력에 의해 보도를 통제당 할 이유가 없지 않습니까?"

"지시나 통제가 아닙니다. 이건 국가의 안위와 관련된 문제입니다."

"우리도 그 정도는 판단 할 수 있습니다. 우리가 볼 때 인질 구출 작전은 인질들의 생명을 담보로 한 무모한 도박 행위입니다."

설득이 불가능 하다는 현실을 확인한 정태는 곧장 본론으로 들어갔다.

"만일 MBC에서 이라크 인질 구출 관련 정보를 보도할 경우 MBC는 문을 닫게 될 것입니다."

"지금 협박 하는 겁니까?"

"협박이 아니라 사실을 말씀드리는 것입니다. 국익을 심각히 저해 하는 MBC 방송국에 광고주들이 더 이상 광고를 수주 하지 않을 가능성이 높다고 판단되는군요."

"광고 수주를 빌미로 보도 통제를 하려는 군요?"

"서로 극단적으로 가지는 말자는 겁니다."

"지금 바빠서, 나중에 다시 통화합시다."

정우근은 일방적으로 전화를 끊었다. 타협의 여지가 없었다. 그렇다고 정부에 MBC를 움직일 힘이 있는 것도 아니었다. 광고 수주 문제는 당장 눈에 띄는 영향력을 줄 수 있는 사안도 아니었다. 비서실장 주재로 대책회의가 열렸지만 뾰족한 방안은 나오지 않았다. 국정원 측에서 MBC 사장단에까지 연락을 취해 보았으나 만족할만한 대답은 듣지 못했다.

그러는 사이 MBC 10시 뉴스에서 이라크 인질 구출 작전에 관한 첫 보도가 전파를 타고 전국에 방영되었다. 정부가 인질들의 생명을 담보로 무리한 구출 작전을 시도 하려 한다는 비판적 내용이었다. 어쩔 수 없었다. 구출 작전 계획은 백지화 되었고, 청와대는 대변인을 통해 구출 작전을 계획하고 있지 않다는 발표를 해야 했다.

이 문제는 엄청난 참극을 야기했다. 한국 정부의 인질 구출 작전 계획 보도가 나온지 3시간만에 인질범들은 인질 모두를 살해해서 이라크 북부의 이그지차 거리 한복판에 시체를 버렸다.

20. 해밀턴 섬에서

차는 해안가를 왼편에 두고 달렸다. 옥빛 바다와 은색의 백사장이 달력 사진처럼 멋진 모습으로 끝없이 펼쳐져 있었다. 서울의 콘크리트 숲에서 한동안 갇혀 지냈던 윤기는 청량감을 느끼며 차창을 통해 들어오는 신선한 바람에 얼굴을 맡겼다. 운전을 하고 있는 수행원 듀런이 룸 밀러를 통해 윤기를 보며 말을 걸어왔다.

"어떻습니까? 좋은 곳이죠?"

"그렇군. 떠나기 싫어지겠어."

"하하, 사장님께 부탁해서 당분간 이곳에서 쉬도록 하시지요."

"글세……"

윤기는 얼버무리며 다시 창밖으로 시선을 던졌다. 좋은 곳이기는 했지만 시간을 어떻게 보내야 좋을지 생각이 나지 않았다. 근사한 요리로 배를 채우고 수영을 하고 돌고래와 장난을 치며 즐거울 수 있는 시간은 고작 몇 개월일 것이었다. 그 다음에 무엇을 하며 보낼 지만 명확히 계획되어 있다면 영원히 이곳에 머무는 것도 나쁘지 않겠지만.

차는 숲속으로 접어들었다가 다시 해안가를 지나서 야트막한 언덕위의 하얀색 통나무 집 앞에 정차 했다. 차에서 내려 뒤돌아보니 바다가 한 눈에 내려다보였다.

"미스터 리!"

큰 음량의 여자 목소리에 다시 정면을 보니 티나가 집 밖으로 뛰어나오고 있었다. 회색 반바지에 핑크색 셔츠를 입은 그 순간의 그녀는 소녀 같았다.

티나는 양팔을 활짝 벌려서 윤기를 포옹했고, 윤기는 그녀를 번쩍 안아서 몇 바퀴 맴을 돌았다. 티나에게서 맡아지는 레몬향기가 전신에 퍼지자 윤기는 자신이 익숙한 곳에 왔다는 느낌에 사로잡혔다.

"미스터 리, 정말 보고 싶었어."

"나도요."

"정말이야?"

"물론이죠. 그랬으니 사장님의 전화를 받고 단숨에 달려온 것 아니겠어요?"

티나는 흡족한 표정으로 윤기의 손을 잡고 집 안으로 향했다.

티나로부터 호주의 이곳 해밀턴 섬으로 오라는 전갈을 받은 것이 이틀 전이었다. 직접 대면해서 보고해야 할 사항도 있었고, 무엇보다 티나가 윤기를 간절히 원했다. 서울에서 시급히 해결해야 할 일도 없었으므로 윤기는 곧장 호주 행 비행기에 몸을 실었다.

통나무 집 안은 청결하고 간소했다. 바다를 향한 면은 열려 있었고, 그 외의 벽면은 나무 재료로 만들어져 있었다. 남녀 집사 각기 한 명씩 대기 중인 가운데 티나와 윤기는 응접실에 마주 앉았다. 에어컨을 켜지 않았음에도 바닷바람이 불어와서 서늘함을 주었다. 아이스티를 스트롱으로 한 모금 삼킨 후 윤기가 먼저 입을 열었다.

"한국 상황은 대충 아시죠?"

"상당히 복잡하더라고."

"정부에서 특수 부대를 통한 인질 구출 작전을 계획 했는데, 언론에 먼저 보도되는 바람에 인질들이 모두 처형당했습니다."

"알고 있어. 말도 안 되는 일이더군. 한국의 언론인은 최소한의 애국심도 없나?"

"집단 이기주의의 폐해죠. 한국의 언론인들은 정부가 하는 일이면 일단 반대하고 방해해야 한다는 고정관념의 지배를 받고 있습니다."

"IMF의 지원은 효과가 좀 있나?"

"그렇습니다. IMF의 지원으로 국가 부도 상황은 피할 수 있었습니다. 하지만 여전히 반정부 단체가 기세등등한 상황입니다."

"한국 정부에서는 여러 경로를 통해 지원을 요청 하고 있어."

"그럴 겁니다. 한국 정부는 지금 사면초가의 상황에 몰려 있으니까요. 지지율도 계속 하락 추세고, 반정부 단체인 국민 운동 본부가 계속 정부의 약점을 물어 늘어지는 중입니다. 이런 상황을 타개 하려면 경제 부흥 밖에 방법이 없으니 필사적으로 국제 금융계의 도움을 요청 하는 겁니다."

"지원을 해줘서 안정을 찾는다면 해 주겠지만……"

티나는 말끝을 흐리면 고개를 흔들었다.

"신중히 대처해야 합니다. 현 정부가 과연 이 위기를 극복할 만한 리더십을 보여줄 수 있을지 좀 더 지켜보자는 게 저의 의견입니다."

"미스터 리 말이 옳아. 한국 정부는 대체로 유약해. 말썽 피우는 아이를 오냐오냐만 해서는 버르장머리를 고칠 수가 없어. 때로는 엄하게 매를 들어야 할 때도 있는 법이지."

"그렇습니다만, 불행하게도 한국에는 떼거리로 불합리한 주장을 계속하면 통하는 관습이 있습니다. 바로 그런 국민성 때문에 늘 고통 받고 있는 것이고요."

"대통령이 불쌍하군."

"대통령과 참모들, 그리고 소수의 각료들은 최선을 다하고 있습니다만, 역시 책임질 것 없는 사람들이 늘 문제죠."

"선진국 국민과 후진국 국민의 차이점은 스스로 절제 하느냐 못하느냐의 차이야."

"정확히 보셨습니다. 한국인은 때려서 고통을 주기 전까지는 지랄발광을 멈추지 않는 특징이 있습니다."

"미스터 리 말을 듣고 보니 결론이 나는군. 관심은 계속 갖되, 지원은 좀 더 신중히 해야겠다는 거야."

"그렇습니다."

티나는 아이스티를 마저 다 마시고 활짝 웃으며 말했다.

"미스터 리를 더 붙잡고 있고 싶지만 좀 쉬어야 할 테니 해방시켜줘야지. 이제부터 자유 시간이라고."

티나는 윤기를 방으로 안내하도록 집사에게 지시를 내렸다. 윤기는 집사를 따라서 2층의 방으로 들어섰다. 모든 가재도구가 흰색으로 되어 있는 청결한 인상의 방이었다. 간단한 짐을 푼 윤기는 팬티 차림으로 침대위에 누웠다.

눈을 떠보니 주위가 캄캄했다. 열린 창밖을 통해 보는 밤하늘은 고감도의 천체 사진을 보는 것처럼 별들이 아름답게 빛나고 있었다. 윤기는 묵직하게 아래를 눌러오는 통증을 느끼고 손을 팬티 속에 넣어보았다. 페니스가 엄청나게 발기해 있었다. 티나의 몸이 그리워진 윤기는 방을 나서서 아래층으로 내려가 보았다.

다행히 티나의 방문은 열려 있었다. 어둠 속에서 티나의 숨소리가 새근새근 들려오고 있었다. 티나의 다리가 달빛에 반사되어 우우빛을 내고 있었다. 윤기는 포개진 그녀의 다리 사이로 손을 집어넣어 보았다. 팬티 가운데를 만지자 따뜻한 열기가 느껴졌다. 티나는 몸을 잠시 뒤틀었지만 깨어나지는 않았다. 윤기는 그녀의 오른쪽 젖꼭지를 혀로 간질이며 팬티 속으로 손을 넣었다. 손가락 두 개를 질 속에 넣어보니 이미 축축하게 젖어 있었다. 손가락을 질속에 넣고 한참을 휘젓자 잠에서 깨어난 티나가 중얼거렸다.

"미스터 리?"

"네."

윤기가 대답하자 티나는 팬티를 아래로 내린 후 윤기를 안았다. 윤기는 가슴부터 배를 지나서 질 입구를 혀로 간질이기 시작했다.

"지금 넣어."

티나가 지시하자 윤기를 페니스를 서서히 질속에 넣었다. 윤기는 페니스가 질외벽과 마찰을 일으키며 발생 시키는 엄청난 쾌감에 신음소리를 내질렀다. 티나 역시 쾌락에 몸을 떨며 엉덩이를 들썩였다.

아침이 밝았다. 침대에서 함께 잔 윤기와 티나는 10시 조금 넘은 느지막한 시간에 아침을 먹었다. 특급 호텔 주방장 출신의 요리사가 준비한 아침은 새우와 연어구이였다. 특별히 굴 소스로 맛을 낸 것이어서 굴을 좋아하는 윤기의 입맛에 딱 맞았다. 식사를 마친 윤기는 요리사에게 굿을 외치며 엄지손가락을 들어보였다.

윤기는 티나의 요청에 의해 함께 바닷가를 산책했다. 호주의 해밀턴 섬은 세계적인 관광 명소였으나 통나무 집 근처의 바닷가는 티나 소유여서 관광객의 출입이 금지되어 있었다. 해안가 곳곳에 사설 경비원이 경계를 서고 있는 모습만 눈에 띌 뿐 인적이 없었다. 사람의 발길이 뜸한 이곳은 자연 그대로의 원시 바닷가였다. 각양각색의 조개들과 작은 바다 생물들이 수없이 발에 밟혔다.

티나가 앞장서서 걸으며 말했다.

"미스터 리, 왜 당신과 나는 오랫동안 인연을 맺고 있는 걸까?"

윤기도 늘 그게 궁금했다. 특별히 잘나지도 않은 자신을 티나가 왜 버리지 않는지 의아했다. 원한다면 그녀는 어떤 남자도 소유할 수 있는 미모와 재력을 갖춘 여자였다. 그런데 어째서 동양인인데다가 가진 것도 없는 자신을 연인으로 삼고 있는 것일까.

윤기가 발로 모래를 뒤적이며 대답했다.

"서로 통하는 게 있어서 일까요?"

"그럴 수도 있지. 난 헝가리의 가난한 지역 출신이고, 당신 역시 한국이라는 약소국 출신이니까."

"과거는 그러할지 모르지만 현재의 사장님과 저 사이에는 너무나 현격한 격차가 있습니다."

"그런 격차 따위는 서로 따로따로 일 때 느낄 수 있는 거야. 우리가 함께 있는 지금은 똑같은 인간일 뿐이라고."

"그건 그렇습니다."

"내가 미스터 리를 좋아하는 이유는 남의 것을 탐내지 않기 때문이야."

"그런가요?"

"욕심내지 않는다는 건 무관심하다는 거지. 난 많은 남자들을 만났지만 그들은 한결같이 더 오래 나를 붙잡아두려고 했어. 그런 계산된 행동이 드러날 때 마다 나는 외면했고. 하지만 당신은 특이하더군. 내가 무방비 상태로 있어도 어떤 시도도 하지 않았어. 아니, 시도 자체를 할 의사가 없는 사람처럼 보이더군."

윤기는 티나의 설명을 듣자니 그런가보다 하는 심정이 되었다. 그는 티나에게 집착하지 않았다. 단지 경제적 풍요의 우산 아래 있는 것이 좋았을 뿐이다. 만일 티나가 자신을 버린다면 다시 세일즈맨으로 돌아갈 수밖에 없다고 윤기는 늘 생각해왔다. 물론 지금의 풍요를 뒤로하고 세일즈맨으로 돌아가는 건 고통스러운 일이었다. 그러나 달리 어쩔 수 없지 않은가. 고통스러움을 피하기 위해 처절해지는 건 죽음보다 싫었다.

바닷가의 끝에는 야자수 나무들이 서 있었고 그 한복판에 파라솔이 있었다. 테이블 위에는 집사에 의해 맥주 몇 병과 간단한 다과가 차려져 있었다. 윤기와 티나는 그곳에 마주 앉아서 맥주 한잔씩을 마셨다.

맥주잔을 내려놓으며 티나가 입을 열었다.

"인도의 석가모니 알지?"

"불교의 창시자죠."

"불교에 흥미가 있어서 석가모니에 관해 공부를 좀 했어. 왕자로 태어나서 부귀영화를 누리다가 거리에서 고통 받는 사람들을 보고 수행을 하게 되었다지."

"저도 그렇게 알고 있습니다."

"그런데 만일 그가 왕자가 아니라 가난뱅이였다면 어땠을까?"

"생각 안 해봤지만 전혀 다른 인생을 살지 않았을까요?"

"왕자로 살다가 가난뱅이가 됐건, 원래부터 가난뱅이였건 가난하다는 건 마찬가지잖아? 그런데 원래 가난하다면 부에 대한 욕구가 생길 가능성이 높지. 부자는 경험해 보지 않았을 테니까."

"또 다른 깨달음을 얻었을 수도 있겠군요."

"그렇지. 구 공산권의 시민들이 순박하다는 사람들도 가끔 있어. 어리석은 생각이지. 그들의 순수성은 독재 정권에 의해 욕구가 억압되었기 때문에 가능 한 거야. 독재가 사라지면 욕구가 봇물처럼 터져 나와서 더 큰 문젯거리가 발생하지"

"한국도 마찬가지입니다."

"어느 곳이건, 통제 되지 않는 집단은 폭발물처럼 위험해."

윤기는 티나에게서 빈틈을 찾기 어려웠다. 서구의 지식인이나 부자들이 어설프게 후진국 국민들에게 동정적인 경우가 많은 데 반해서 티나는 냉정하게 그들을 분석할 줄 알았다. 그것이 자수성가한 그녀와 원래부터 부자였던 다른 인텔리들과의 차이점일 것이었다. 약자에 대한 공격은 금기시되는 게 관례였다. 그러나 약한 것에 정확히 비례해서 악하다는 인생의 법칙은 누구도 피해갈 수 없는 진실이었다.

윤기와 티나는 나란히 바닷가를 걸어서 다시 통나무 집으로 돌아왔다. 문 앞에 대기 중이던 수행원 듀런이 티나에게 보고

했다.

"뉴욕의 골드 커뮤니티 본부에서 연락이 왔습니다. 한국이 심상치 않다고."

"한국이? 또 무슨 일이지?"

"한국의 대통령이 긴급 조치를 선포 했다고 합니다."

순간 윤기는 결국 올 것이 왔구나, 라는 생각을 했다. 윤기가 목격한 서울에서의 혼란은 민주주의의 의견 표출과는 거리가 멀었다. 무능한 사람들이 권력을 소유하기 위해 무지한 국민들을 끌어들여서 깽판을 만드는 일이었다. 그들은 단지 국민들을 선동하기 위해 끊임없이 루머를 양산했다. 루머는 국민들의 경제적 어려움을 발판으로 거대한 뱀처럼 꼬리를 물고 확산되었다. 한국 정부로서는 더 이상의 혼란을 막기 위해서는 결단을 내리지 않을 수 없었을 것이다.

윤기와 티나는 거실의 텔레비전 채널을 CNN에 맞추고 한국 대통령의 긴급 조치 선포 성명을 시청했다.

"나는 한국의 대통령으로서 민주주의와 국민의 안정을 위하여 헌법에 명시된 대통령의 긴급 조치를 오늘부터 발동합니다. 첫째, 반정부 집회와 시위의 전면 금지. 둘째, 반정부 단체의 해산 및 관계자에 대한 체포. 셋째, 언론에 대한 관계 당국의 사전 검열 의무화. 넷째, 필요시 대한민국 국군을 동원해서 치안유지 및 질서 회복. 이상의 네 가지 긴급 조치를 대통령령으로 선포하니 국민 여러분께서는 맡은 바 소임에 충실하시기 바랍니다. 감사합니다."

화면은 기자의 멘트와 함께 서울 거리 풍경으로 바뀌었다. 시민들은 일상적인 모습이었다. 몇몇 사람들이 모여서 대화를 주고받거나 상점의 텔레비전 화면에 발길을 멈추고 모여 있었다. 따뜻한 이곳의 섬에서 바라보니 서울의 겨울은 유달리 추워보였다.

“어떤 것 같아?”

티나는 흥미로운 얼굴로 팔짱을 낀 채 윤기에게 물었다.

“정부가 초강수를 뒀는데, 과연 이것으로 안정을 되찾을지 의문입니다. 70년대에도 박정희 대통령이 긴급 조치를 발동해서 정국의 주도권을 잡은 적이 있지만, 그때와 지금은 상황이 다르니까요.”

티나는 손뼉을 부딪치며 환호했다.

“아무튼 한국정부 굉장한 플레이였어. 한국 속담에 지렁이도 밟으면 꿈틀한다는 말이 있지? 지금의 한국 정부를 보니 그 속담이 떠오르는군.”

“아무래도 제가 한국에 돌아가야 할 것 같군요. 국제 금융의 지원을 어떤 식으로 정리해야 좋을지 판단을 내리기 위해서요.”

“벌써 이곳이 지겨워진 거야?”

“그럴 리가 있겠습니까. 당장 가겠다는 건 아니고요. 며칠 푹 쉰 다음에.”

“좋도록 해.”

티나는 윤기의 팔을 안았다.

21. 임시 정부 수립 작전

경기도 광주의 영율 미술관 제4 전시장 안은 난방이 제대로 되지 않아서 냉기가 감돌았다. 12명의 참석자들은 두꺼운 외투를 입고 추위를 이기려 몸을 움츠렸다. 모두가 국민 운동 본부 관계자들이었다. 이 미술관은 국민 운동 본보 후원자인 모 기업의 소유였는데, 현재는 사용을 하지 않아서 폐건물처럼 방치되어 있었다.

찬호는 경기도 인근의 폐건물에서 비밀스럽게 열리고 있는 국민 운동 본부의 회의 모습이 흡사 자신들의 현재를 상징 하는 것 같아서 비통했다. 이라크 인질 구출 작전이 언론에 보도되고 그로인해 인질 전원이 처형당하면서 여론이 급반전 되었다. 진보 진영의 입장을 대변해 온 MBC가 질타를 받았고, 반대로 정부와 대통령에 대한 지지도는 급상승 했다. 이것을 호재로 생각한 대통령은 긴급 조치를 발동해서 시위와 집회를 원천적으로 차단했고, 언론도 검열하기 시작했다. 물론 국민 운동 본부는 강력하게 반발해서 결사 투쟁을 선언했으나 사람이 모이지 않았다. 게다가 최홍일 대표를 비롯한 국민 운동 본부 간부진 상당수가 경찰에 체포된 상태였다.

회의가 시작되자 교육 선전 실장인 오광열이 먼저 입을 열었다.

"딱하게 됐습니다. MBC가 무모했어요. 정권 타도도 중요하지만 국민 지지를 먼저 생각 했어야죠."

사무총장인 윤장호가 말했다.

"물론 MBC가 실수를 하긴 했으나 그것을 빌미로 긴급 조치를 발동한 현 정권의 문제가 더 크죠."

"긴급 조치가 가능한 상황을 MBC가 자초 했다는 이야기를 하는 겁니다."

"시기가 문제일 뿐, 현 정부는 어떤 명분으로라도 독재 정치를 강행했을 거예요."

"일단 우리 측의 실수를 인정하고 그 다음 계획을 세워야지요."

"오 실장님은 지금 적전분열을 야기하고 있습니다."

오광열과 윤장호의 논쟁을 지켜보던 여성위원회 위원장 이진숙이 테이블을 가볍게 두드리며 말했다.

"지금 지나간 일을 두고 논쟁을 벌이는 건 무의미합니다. 저들이 초강수를 선택한 이상 우리도 그에 걸 맞는 대책을 세워야 해요.”

이진숙의 말에 모두가 동의 한다는 의미로 고개를 끄덕였다.

찬호 역시 최대한 정부에 타격을 줄 수 있는 방법을 찾아내기 위해 고심을 해 왔다. 그러나 마땅한 아이디어가 떠오르지 않았다. 언론이 통제된 상태여서 국민 운동 본부의 입장은 전혀 보도되지 않았고, 일부 적극 지지자 외에는 집회를 열어도 참석 하지 않았다. 이 상태에서 정부가 국제 금융의 도움을 받는데 성공한다면 시국은 정부의 의도대로 흘러갈 가능성이 농후했다.

“내 생각을 이야기해도 괜찮겠소?”

테이블의 오른쪽 끝에 앉아 있던 석정수가 입을 열었다. 석정수는 조직원들에게 생소한 인물이었다. 어느 날 갑자기 결사투쟁위원회의 위원장이라는 직책으로 회의에 참석하기 시작한 그가 어떤 일을 맡고 있는지 구체적으로 아는 사람은 거의 없었다.

석정수가 말했다.

“솔직히 실망했습니다. 한국의 진보 진영이 총집결한 국민 운동 본부가 겨우 이만한 일로 자중지란에 빠진다는 게 이해가 되지를 않아요.”

그리고 그는 자리에서 일어선 후 말을 이었다.

“진보 진영의 문제는 하향평준화에요. 모든 사람을 만족 시키려하면 최선의 방법은 나오지 않아요. 모두가 개인의 이익만을 추구하기 때문에 정부의 강경책에 속수무책인 것이지요.”

석정수에 대해 잘 모르는 조직원들이었지만 그의 거침없는 말투에 저절로 동화가 되었다. 석정수는 좌중을 둘러보며 하고저 하는 말의 요점을 꺼냈다.

"내가 생각 할 때 우리가 이 위기를 극복하려면 임시정부 수립을 선포 하는 것이 효과적일 것 같소."

그리고 석정수는 물을 한 모금 마셨다. 조직원들은 너무나 엉뚱한 그의 발언에 어떤 의견을 피력해야 좋을지 알 수 없는 얼굴로 서로를 마주 보았다.

석정수의 발언이 계속 이어졌다.

"1980년 광주에서 그랬던 것처럼, 공권력을 몰아내고 자치정부 수립을 선언 하자는 것이오. 지금 인질 처형 사건으로 국민들의 소요가 잦아들었지만 새로운 정부를 선포하면 반드시 국민들의 열광적인 지지를 이끌어 낼 수 있을 것입니다."

순간 찬호의 머릿속에서 반짝하고 빛이 일었다. 석정수의 발언이 오래 생각한 끝에 나온 것인지는 알 수 없었으나 지금의 국민 운동 본부 입장에서는 그것이 최선의 길임이 분명했다. 정부의 긴급 조치 발동을 핑계로 별도의 민주 정부를 구성한다면 흩어진 민심이 재결집 할 가능성이 높았다.

찬호가 손을 들고 발언권을 신청했다.

"나는 석 위원장의 제안에 찬성합니다."

이진숙도 고개를 끄덕이며 말했다.

"제 생각에도 충분히 성공 가능한 발상 같은데요."

몇 명이 더 찬성 의사를 표해서 석정수의 임시 정부 선포 건은 표결을 통해 10:2로 찬성 통과 되었다.

이날의 회의를 통한 변화는 국민 운동 본부가 새로운 목표를 세우고 결집 했다는 것과 석정수가 주요 인물로 부상 했다는 것이다. 모두가 경찰에 체포될까봐 전전긍긍 하고 있는 사이 석정수는 자신감 있는 모습으로 조직을 장악했다. 적어도 임시 정부 수립 건에 대해서는 석정수의 지시가 하나의 명령이 되어 그대로 실행되었다.

국민 운동 본부는 인터넷을 통해 임시 정부 수립 결성 소식을 네티즌들에게 알렸고, 네티즌들은 이를 부지런히 퍼 날랐다.

임시 정부 대통령 후보는 진보 진영 인사 8명이 추천되었고, 인터넷 투표를 통해 2명으로 압축되었다. 임시 대통령은 임시 정부 수립일인 3월 23일 서울 시청 앞에서 시민들의 투표로 선출될 예정이었다. 정보 통신부에서 임시 정부 관련 게시물을 삭제하기 시작했으나 일파만파로 퍼져나가는 관련 게시물을 모두 통제할 수는 없었다.

3월 23일, 국민 운동 본부의 임시 정부 선포 장소인 서울 시청 앞은 경찰의 철통같은 봉쇄로 집회가 불가능 했다. 국민 운동 본부는 장소를 서울역 광장으로 변경 했는데, 이곳 역시 경찰이 긴급 출동해서 집회를 막았다.

경찰은 집회 조짐이 보이면 무력으로 해산을 시도했다. 천여 명 정도가 서울역 광장 오른편에 집결해서 경찰과 대치하며 집회를 준비했다. 경찰은 최루탄을 쏘았고 군중들은 돌멩이로 맞섰다. 여기저기서 시민들이 피투성이의 모습으로 경찰에 끌려갔다. 그 와중에 대학생 한 명이 경찰에게 몰매를 맞고 사망하는 사고가 발생했다. 이 소식을 보고 받은 석정수, 즉 목사는 대학생의 참혹한 시신 모습을 사진기로 촬영해서 인터넷에 게시 하도록 지시했다. 머리의 절반 정도가 날아간 사망자의 사진이 인터넷을 타고 퍼지기 시작했다. 경찰이 무차별적으로 시민들을 학살하고 있다, 라는 소문이 돌면서 저녁부터 시민들이 거리로 쏟아져 나오기 시작했다.

경찰이 주요 도심지를 차단하자 군중들은 골목에 바리게이트를 설치하고 경찰과 투석전을 벌였다. 경찰이 강경 대응을 하면서 계속 사망자가 속출했다. 대부분은 경찰에게 구타당해 두개골 함몰과 내장 파열로 사망한 사람들이었다. 그들의 사진이 인터넷에 게시되면서 시위 참여자는 기하급수적으로 늘어났다.

다음날 새벽, 목사는 시민 자치군의 결성을 지시했다. 시민 자치군 모집 소식이 인터넷과 입소문으로 퍼지자 순식간에 2,000명의 젊은이들이 서울역 앞에 집결했다. 시민 자치군의 지휘권은 얼짱 토마에게 맡겨졌다.

2,000명의 시민 자치군 앞에 선 얼짱 토마는 모든 것이 목사의 계획대로 흘러가고 있음을 깨닫고 탄복했다. 목사는 임시 정부 수립은 경찰의 봉쇄로 무산되겠지만, 시민들의 집결로 경찰과 극심한 충돌이 발생할 것이며, 그 와중에 사망자가 나오면 시위가 일파만파로 확대될 것이라고 예견했었다. 임시 정부 수립건은 시민들을 낚기 위한 미끼에 불과했던 것이다.

시민 자치군 결성 소식을 들은 교육 선전 실장 오광열과 여성 위원장 이진숙이 서울역 내의 사무실에 마련된 국민 운동 본부 상황실로 목사를 찾아왔다.

오광열이 상기된 얼굴로 다그쳤다.

"이보시오. 이건 전쟁이 아니란 말이오. 시민군이 결성되면 대립이 격해져서 사망자가 늘어난다고요."

이진숙도 흥분한 얼굴로 따졌다.

"도대체 당신은 뭘 원하는 거죠? 모두가 공멸하기를 바라나요?"

목사는 칠판을 손바닥으로 세게 치면서 댓꾸했다.

"뭘 원하느냐고? 난 내가 속한 조직이 승리하기를 바래. 무슨 일이 있어도 승리 할 거야. 내 방식이 마음에 들지 않으면 꺼지라고!"

목사의 얼굴은 얼음처럼 차가웠다. 오광열과 이진숙은 더 입을 열수가 없었다. 게다가 목사의 하수인인 그라쿠스 멤버들이 매서운 눈으로 두 사람을 노려보고 있었다. 오광열과 이진숙은 기가 죽은 채 상황실을 나왔다.

두 사람은 서울역 복도에서 인쇄물을 만들고 있는 찬호를 발견하고 그에게 다가갔다. 찬호는 두 사람에게 자판기 커피를 뽑아서 갖다주었다.

이진숙이 물었다.

"지금 어떻게 돌아가는 거죠? 임시 정부 수립은 어떻게 된 거고, 시민군은 또 뭐죠?"

찬호가 대답했다.

"나도 상황이 어떻게 돌아가는 건지 모르겠습니다. 하지만 분명한 건 우리 측에 유리 하다는 거죠."

오광열이 끼어들었다.

"지금 석정수 한 사람의 지시에 의해 조직이 움직이고 있잖소. 우리 역할이 없다고요."

찬호는 다독이듯 말했다.

"지금 상황을 통제 할 수 있는 사람은 석정수 뿐입니다. 지금은 승리하는 것이 무엇보다 중요하지 않습니까?"

"석정수와 똑같은 말을 하는 군요."

이진숙은 그 한 마디를 남기고 돌아섰고, 오광열은 그녀의 뒤를 쫓아갔다.

22. 새로운 리더의 출현

3월 23일 시작된 폭동은 27일 절정에 달했다. 서울 시청을 중심으로 전선이 형성되어 광화문 쪽은 경찰이 장악했고 서울역 쪽은 군중들에게 장악되었다. 어림짐작으로도 백만 이상의 군중들이 집결한 듯 보였다. 확성기를 장착한 트럭들이 군중 사이를 서행 사면서 정부 타도를 독려 하고 있었고, 곳곳에서 시위 지도부가 수 백 명의 시민들을 집합 시켜놓고 경찰의 만행을 고발했다. 공중에서는 여러 대의 경찰 헬기가 선회 하면서 군중들의 움직임을 관찰했다.

얼짱 토마는 500명의 시민 자치군을 이끌고 후암동 네거리 쪽에서 남대문 경찰서를 습격 하려 하고 있었다. 국가 중흥이 이끄는 또 다른 시민 자치군 2,000명은 경찰서 정문을 목표로 공격 준비 중이었다. 그 외 일반 시민들 수 만 명이 남대문 경찰서를 포위하고 투석전을 벌였다. 경찰은 확성기를 통해 경찰서 안으로 진입하면 발포하겠다고 반복해서 경고를 했다.

"지금이다!"

목사의 명령이 핸드폰을 통해 얼짱 토마에게 전해졌다. 얼짱 토마는 정문의 국가중흥에게 먼저 공격을 시작 하도록 지시를 내렸다. 국가 중흥이 이끄는 2,000명의 시민 자치군은 쇠파이프로 무장하고 우 하는 함성과 함께 경찰서 정문을 향해 진격했다.

경찰서 정문에서 시민 자치군과 전투 경찰이 뒤엉켜서 육박전을 벌였다. 시민 자치군에게 붙들린 전투 경찰은 옷이 모두 벗겨진 채 몰매를 맞았고, 전투 경찰에게 붙잡힌 시민 자치군은 곤봉으로 머리를 가격 당했다. 양쪽에서 중상자가 속출했지만 격돌은 계속되었다.

후암동 네거리 쪽에서 기회를 노리던 얼짱 토마가 500명의 시민 자치군과 함께 남대문 경찰서의 담장을 거대한 통나무로 밀어붙였다. 경찰서 담장 한쪽이 10여 회의 충격을 받고 무너져 내렸다. 긴급히 전투 경찰이 달려왔지만 그보다 먼저 시민 자치군이 돌격해서 경찰서 안으로 뛰어들었다.

시민 자치군은 우선 경찰서 건물 안에 준비한 화염병을 투척했다. 경찰서 건물 곳곳에서 시커먼 연기와 화염이 치솟기 시작했다. 500명의 시민 자치군은 정문을 방어중인 전투 경찰에게도 화염병을 투척했다. 전투 경찰은 화염에 휩싸이면서 주춤거렸고, 그틈에 국가 중흥이 이끄는 2,000명의 시민 자치군이 총공격을 가했다. 전투 경찰이 밀리자 경찰서를 포위하고 있던 수 만 명의 시민들이 경찰서 구내로 밀려들었다. 경찰은 항복을 선언하고 시위 지도부에 협상을 요청했다.

경찰서 로비에서 국민 운동 본부 기획실장인 이찬호와 남대문 경찰서 정무 과장 사이에 협상이 시작되었다. 이찬호는 경찰이 무장해제를 하고 경찰서를 포기 하는 선에서 협상을 마무리 하려 했으나 군중들은 경찰에 의해 사망한 사람들에 대한 책임을 한 목소리로 요구했다.

결국 남대문 경찰서장이 군중들에게 끌려나와 뭇매를 맞았다. 경찰서장은 30분간 계속된 집단 뭇매에 의해 사망했고, 그의 시신은 차도에 버려져서 군중들의 발길질을 받았다.

남대문 경찰서는 시민 자치군 본부로 명명되어 시민 자치군의 깃발이 내걸렸다. 깃발은 흰천에 주먹을 말아 쥔 남자의 손이 그려진 형태였다.

남대문 경찰서가 시민 자치군에게 점거된 그날 저녁 목사가 그라쿠스 멤버들의 호위를 받으며 경찰서에 들어섰다. 선글라스에 긴 코트를 입은 목사가 경찰서를 가로지르자 그라쿠스 멤버들이 박수와 환호를 유도했고, 시민들은 그가 누구인지도 모르면서 박수를 쳤다. 목사는 시민들을 향해 손을 흔들려 답례를 하고 경찰서 안으로 들어갔다. 마치 고위 정치인의 지방 방문을 연상 시키는 광경이었다.

목사는 경찰서 보안관에 긴급 설치된 시민 자치군 지휘 본부에서 시민 자치군 지휘관 회의를 열었다. 자치군 제1대대 대장인 얼짱 토마와 제2대대 대장인 국가 중흥이 목사 앞에 나란히 기립해 있었다.

"수고들 했다. 이제 우리는 승리를 위해 중요한 교두부의 마련에 성공했다. 그러나 자만과 방심은 금물이다. 긴장을 늦추지 말도록. 이번 투쟁의 대열에 앞장 선 사람들은 혁명이 성공하면 엄청난 보상을 받게 될 것이다. 그러니 몸을 사리지 말고 적과의 투쟁을 계속하도록."

"알겠습니다."

얼짱 토마와 국가 중흥이 동시에 대답하고 정렬한 시민 자치군 지휘부는 박수를 쳤다. 목사가 얼짱 토마에게 물었다.

"무기는 얼마나 노획했나?"

얼짱 토마가 메모한 내용을 보면서 대답했다.

"M16 920정과 베르타 권총 46정, 그 외 M18연막탄과 G7A 신경 가스탄 다량을 확보했습니다."

국가 중흥이 베르타 권총 한정과 실탄 한 박스를 목사에게 상납했다. 목사는 기분 좋은 얼굴로 권총을 장전해서 주머니에 넣었다.

"무기는 충성도를 잘 판단해서 배신 가능성이 없는 자치군에게 나누어 주도록 하고 무장한 대원들은 지휘부의 지시를 칼같이 듣도록 잘 교육시키기 바란다. 시민 자치군에 대한 지시와 통제는 너희 두 사람을 통해서 이루어지도록 할 것이다."

"감사합니다."

"무장이 끝나는 대로 보고 하도록."

목사는 마지막 지시를 내리고 서울역의 국민 운동 본부 상황실을 향해 경찰서를 나섰다. 목사가 서울역의 2층 복도를 걸을 때 크루쿠스 멤버인 인천 사이다가 상황실 쪽에서 뛰어왔다.

"선생님, 지금 상황실에 국민 운동 본부 간부들이 모였습니다."

"그래?"

"그런데 분위기가 심상치 않습니다. 아무래도 선생님을 몰아내려는 듯 합니다."

목사로 서는 충분히 예상했던 일이었다. 목사 한 사람에 의해 조직이 움직이자 반발심이 생겼을 것이다. 목사는 알았다고 대답하고 상황실로 들어섰다.

상황실 안에는 8명의 국민 운동 본부 간부들이 자리하고 있었다. 그들은 목사가 들어서자 굳은 얼굴로 쳐다보며 하던 이야기를 뚝 멈추었다. 그중 오광렬과 이진숙은 감정이 상한 얼굴로 목사를 째려보고 있었다. 목사는 그런 분위기에 전혀 개의치 않는 듯한 표정으로 자신의 자리에 착석했다.

상임위원장인 유인형이 먼저 입을 열었다.

"석 위원장, 도대체 임시 정부 수립은 언제 할 거요? 지난 번 회의에서 합의한 사항 아닙니까?"

그러자 갑자기 목사가 웃음을 터트렸다.

"지금 상황에 그런 쇼가 필요 하다고 생각하나요?"

"쇼건 뭐건 회의를 통해 합의를 했으면 실천을 하는 게 조직원의 도리 아니오?"

"그런 구태의연한 사고방식을 갖고 있으니 진보 진영이 맨날 그 타령이었던 것 아닙니까?"

"뭐요? 그걸 말이라고 하시오? 국민 운동 본부는 수많은 시민 단체들의 결집체란 말이오. 당신의 소유물이 되도록 내버려둘 수는 없다고."

유인형은 50대 중반의 나이답게 쉽게 흥분해서 얼굴이 벌겋게 변했다. 그 옆자리에 앉아있던 대회 협력실장 마태석이 유인형을 진정 시킨 후 입을 열었다.

"시민들의 결집을 이끌어 낸 석 위원장의 능력은 우리도 인정을 하겠소. 하지만 계속 우리 간부들을 소외 시키고 중요한 결정을 내린다면 우리도 가만히 있지 않겠소."

그러자 목사가 되물었다.

"가만히 있지 않으면, 어떻게 하겠다는 거요?"

"국민 운동 본부에서 당신을 제명 시키겠소."

마태석은 무거운 얼굴로 그렇게 말했고 나머지 간부들도 동의한다는 표정으로 목사의 표정을 살폈다. 잠시 침묵하던 목사는 주머니에서 베르나 권총을 꺼냈다. 순간 국민 운동 간부들의 얼굴에 공포가 서렸다.

"이게 뭔지 아시죠? 바로 권총입니다. 우리는 지금 총으로 무장한 상태에요."

그리고 목사는 벌떡 일어섰다.

"죽고 죽이는 전선의 한 복판에서 당신들처럼 기회주의 속성에 물든 인간들이 뭘 할 수 있다고 보나? 총을 들고 적과 맞서 싸울 의지가 있나? 아니, 적을 향해 돌멩이 하나라도 던질 용기가 있나?"

아무도 대답 못했다. 할 말이 없어서가 아니라, 이 순간 이견을 내면 당장이라도 방아쇠를 당길 것 같은 목사의 결연한 태도 때문이었다.

잠시의 침묵이 지난 뒤 이찬호가 입을 열었다.

"석 위원장, 오해는 하지 마십시오. 우리는 모두 승리를 바라고 있습니다. 단지 방법론에 약간의 견해차가 있을 뿐 아니겠소?"

정책 연구실장인 강우만도 이찬호의 의견에 동조했다.

"그래요, 서로 극단적으로는 생각하지 맙시다. 우리는 모두 진보 진영의 승리를 바라고 있는 사람들입니다."

몇 명의 간부진이 더 나서서 목사를 달래는 듯한 발언을 했다. 목사는 다소 누그러진 표정으로 다시 자리에 앉아 입을 열었다.

"지금은 적과의 투쟁에서 승리하는 게 가장 중요한 일이라서 다소 절차상의 무리가 있더라도 너그러이 양해 바랍니다. 승리가 확실시 되는 순간부터 정상적인 절차에 의거해서 안건들을 처리하겠음을 약속드립니다."

국민 운동 본부 간부들은 간간히 헛기침만 할 뿐 말이 없었다. 모두가 목사의 흥분이 가라앉은 것으로 안도하는 분위기였다.

이찬호가 억지로 웃으며 회의를 마무리 했다.

"자, 오늘 유익한 회의였습니다. 서로 오해가 풀렸으니 오늘

회의는 이것으로 종료하고 다음에 또 만나도록 합시다.”

아무 것도 달라진 게 없었지만 국민 운동 본부 간부들은 서로 인사를 나누고 상황실을 나섰다. 그들은 나갈 때 약속이나 한 듯이 목사에게 90도로 고개를 숙여서 인사를 했다.

23. 새벽의 기습

남대문 경찰서가 군중들에게 점거되었다는 소식이 전해지자 대통령은 긴급히 청와대 지하 별관에서 관계자 대책회의를 열었다. 이 회의에는 보좌진 전원과 내무부 장관, 국정원장, 국방부 장관 등이 참석했다.

대통령의 목소리는 의외로 차분했다.

"충분히 예견했던 상황입니다. 우리는 지금 한국 사회의 가장 중요한 문제와 정면으로 맞닥뜨리고 있습니다. 나는 대한민국 대통령으로 서 국가의 정체성 확립을 위해 타협하지 않고 의연하게 맞서 싸울 준비가 되어 있습니다."

분위기가 숙연해졌다. 정태는 대통령의 자신감에 놀라지 않을 수 없었다. 서울 시내의 치안이 마비되고 경찰서가 점거당한 이 긴급한 상황에서도 대통령은 여유를 갖고 대처하려 노력하고 있었다.

회의에 참석하기 전까지만 하더라도 정태는 혼란스러움을 느꼈었다. 상황이 이렇게 악화되었다면 더 이상 정권을 유지하기 어렵지 않나 싶어졌던 것이다. 그러나 타협하지 않겠다는 대통령의 의지 표명을 접하는 순간 정태 내부에서 끝까지 대통령과 함께 하겠다는 의지가 솟아올랐다.

내무부 장관이 입을 열었다.

"현재 광화문을 중심으로 청와대 인근은 경찰에 의해 철저하게 봉쇄된 상황입니다. 다만 시민 자치군이 무장을 한 상태라는 점이 우려스럽습니다. 우리 경찰도 무장을 하고 대기 중이라서 총격전이 발발 할 경우 무수한 인명 피해가 예상됩니다."

"우선은 더 이상 시위가 확산되지 않도록 하는 것이 중요합니다."

"알고 있습니다. 주요 도로에 무장 경찰을 배치시켜서 시위 확산 차단에 주력하고 있습니다."

국방부 장관이 나섰다.

"우리 군은 만반의 준비가 되어 있습니다. 자시만 내리신다면 언제 건 출동해서 치안 질서를 확보 하겠습니다."

"군이 동원되면 대량의 인명 피해가 우려되니 신중히 결정하도록 하겠소."

"알겠습니다."

회의 참석자들 사이에서 몇 가지 긴급 사안이 더 논의되고 회의는 종료되었다. 결론적으로 이 상황에서의 최선은 시위가 확산되는 것을 막는 일이었다. 군중들을 고립 시켜서 시위 열기를 가라앉힌 후 적극적으로 진압 하자는 것이 정부 고위층의 대체적인 의견이었다. 그러나 정부의 예상처럼 시위가 수그러들지는 누구도 자신 있게 장담할 수 없었다. 군중들이 무장 상태이므로 내전으로까지 치달을 수도 있었다.

비서실장이 정태를 따로 불러서 국민 운동 본부의 입장을 타진 해 보라고 지시했다. 비서실장은 정태가 이찬호와 접촉한 사실을 알고 있었다.

시위가 확산되었으므로 기세등등하리라는 예상과 달리 이찬호의 목소리는 가라앉아 있었다.

"지금의 상황은 우리 국민 운동 본부도 통제할 수가 없어. 이건 완전히 자발적인 민중 혁명이야. 그러니 아무리 나에게 협박을 하더라도 해결할 수가 없다고."

정태가 물었다.

"그럴 리가 있어? 조직적으로 경찰서를 습격한 것으로 봐서는 국민 운동 본부의 치밀한 전략 아래 군중들이 움직이고 있는 것으로 보이는 데?"

"그건……"

이찬호는 말끝을 흐렸다. 순간 정태는 국민 운동 본부에 내부적인 문제가 발생한 건 아닐까 싶어졌다. 확실히 이번 시위는 전과 다른 점이 있었다. 임시 정부 수립 예고로 군중들을 결집시킨 후 시위를 폭력화 시켜서 사망자를 나오게 하고, 그에 자극 받은 시민들이 경찰서까지 습격했다. 모든 것이 정확한 시나리오에 의한 움직임처럼 느껴졌다. 시위를 발발 하게 해 놓고 나 몰라라 하는 지금까지의 국민 운동 본부 전술과는 여러 면에서 상이했다. 어쩌면 북한이 이번 시위에 개입했을 가능성도 있었다.

이찬호가 말했다.

“아무튼 지금 나로서는 어떤 말도 해 줄 수가 없는 상황이야. 지도부와 좀 상의를 해 보고 다시 통화 하던지 하자고.”

이찬호와의 통화를 통해 구체적으로 알아낸 건 아무 것도 없었다. 다만 국민 운동 본부 내부의 혼선을 감지했을 뿐이다. 정태는 이찬호와의 통화 내용과 자신이 느낀 점을 상세히 비서실장에게 보고하고 국정원 고차장에게 전화를 걸어 특별한 정보가 있는지 문의 했다. 고차장 역시 이번 시위가 예전과 달리 조직적이고 담대하다는 자신의 인상만 전할 뿐 별다른 정보는 없다고 했다.

그때 비서실 안으로 군복을 입은 남자가 들어와서 두리번거렸다. 정태는 그와 눈이 마주치고 나서야 그가 강인걸 소장임을 알아차렸다. 강인걸은 큰 동작으로 걸어와서 악수를 청해왔다.

“얼마나 고생이 많습니까.”

“감사합니다. 그런데 무슨 일로?”

“대통령 각하를 만나게 해 주십시오.”

강인걸은 중요하게 할 이야기가 있다면서 대통령을 대면할 수 있게 해 달라고 부탁했다. 지난번 대통령과 대면했을 때 강인걸에 대한 대통령의 태도가 호의적이었던 게 기억나서 정태는 비서실장에게 연락을 취했다. 다행히 대통령은 비서실장을 통해 흔쾌히 만나겠다는 의사를 전해왔다.

청와대 접견실에서 대통령과 정태, 비서실장, 강인걸이 대면했다. 강인걸은 지난번과 마찬가지로 부동자세로 서서 정면을 주시하고 있었다.

"각하, 저에게 맡겨주십시오."

강인걸은 우렁찬 목소리로 서두를 열었다.

"저에게 지시를 내린다면 부하들과 함께 서울 시내를 점거한 쓰레기 같은 인간들을 모두 처리하겠습니다."

대통령은 고개를 끄덕였다.

"강소장의 충성심은 이해하겠소. 하지만 군이 나서면 대량의 인명 피해 발생이 우려되어 주저하고 있소."

"제 생각은 다릅니다. 긴 역사의 안목으로 볼 때 한국인의 떼쓰기 근성을 뜯어고치려면 군을 동원해서 몰살 시키는 방법밖에 없습니다."

강인걸은 충심이 강하면서도 주관이 확고했다. 대통령이 주저하는 것에도 아랑곳없이 그는 또렷하게 자신의 소신을 밝혔다.

"이 세상에 선한 민중 같은 건 어디에도 없습니다. 그들은 강자의 배려로 생존해 나가면서도 기회만 되면 불평을 하고 잔꾀로 나라를 어지럽히는 족속들입니다. 그들을 몰살 시킨다고 동정할 하나님은 어디에도 없습니다. 제가 지휘를 맡고 있는 특수전 부대를 투입해서 저들에게 본때를 보여주고 그 이후 공포정치를 펼쳐야 합니다. 그렇게 한다면 대통령께서는 국가의 존립을 지킨 위대한 지도자로 후세 역사가들의 칭송을 들을 것입니다."

대통령은 잠시 생각에 잠겨 있다가 정태와 비서실장 쪽을 쳐다보며 물었다.

"강소장의 생각에 대해 어떻게들 생각하시오?"

비서실장이 먼저 대답했다.

"강소장의 말이 과격하기는 하지만 현실적인 방안이기도 한 것 같습니다. 이 기회에 떼거리 쓰면 통하는 이 나라의 관습을 고칠 필요도 있고요."

정태도 긍정적인 대답을 했다.

"군이 투입되면 문제가 쉽게 풀리는 것은 사실입니다. 양측이 대치한 상태에서 시간을 끄는 것 보다는 어느 정도의 인명 피해를 감수하고 군을 통한 신속한 진압을 하는 것도 고려해 볼 필요가 있습니다."

"알겠소."

대통령은 결심을 한 얼굴로 고개를 끄덕였다.

그 날 밤 특수전 부대 2천명의 병력이 경복궁 내의 수도 경비사령부 연병장에 집결했다. 당장 진압 명령이 내려진 건 아니었고 중무장을 한 채 비밀리에 대기를 하도록 조치가 되었다. 그 사이 국민 운동 본부의 시민 자치군 일부가 광화문 네거리에서 경찰을 향해 발포를 했다. 경찰도 응사를 하면서 양측의 교전으로 경찰2명과 시민자치군 3명이 사망했다. 이 사실을 보고 받은 대통령은 즉각 특수전 부대의 투입을 지시했다.

4월 1일 새벽이었다. 강인걸은 3백명의 부대원과 함께 광화문 네거리로 진출했다. 군 투입을 예상 못한 듯 시위대는 축제 분위기 속에 빠져 있었다. 시민 자치군이 전면에서 무장한 상태로 경계를 서는 가운데, 수많은 시민들이 운동 가요를 부르고 있었다.

대부분 술에 만취해서 비틀거렸고, 일부는 공중을 향해 소총을 발사 하기도 했다. 광화문 네거리는 해방구가 되어 이러저리 몰려다니는 사람들로 북새통을 이루었다. 성적으로도 개방되어 골목에서 선 자세로 섹스를 나누는 남녀를 쉽게 목격할 수 있었다. 지하도 근처에서는 10 명 가량의 남녀가 그룹 섹스를 하고 있었고, 그 광경이 캠코더로 촬영되어 동아일보 사옥의 광고판에 그대로 상영되었다.

강인걸은 부대원을 3개조로 나누어서 1조는 세종문화회관 앞, 2조는 이순신 장군 동상 앞, 그리고 3조는 교보 빌딩 근방에 배치하도록 명령을 내렸다. 지시대로 배치되었다는 보고를 받은 강인걸은 어둠속에서 부관에게 짧은 명령을 내렸다.

"공격 개시."

그의 지시가 무전기를 통해 배치된 부대원들에게 빠르게 전달되었고, 곧 찢어질 듯한 총성이 새벽하늘에 울려 퍼지기 시작했다. 군중들이 총소리에 놀라 우왕좌왕 하는 가운데, 갑자기 몇 명의 시민들 머리가 폭발 하듯이 날아가 버렸다. 축제는 갑자기 중단되고 군중들이 흩어지기 시작했다. 군중들의 비명은 요란한 기관총 소리에 덮혀버렸다. 아스팔트 위로 몸의 일부가 사라진 시체들이 뒹굴고 있었다. 갑자기 광화문 네거리는 지옥으로 변했다.

시민 자치군이 응사를 하려 했지만 아직 어둠이 가시지 않은 새벽이어서 어느 곳을 향해 사격을 해야 알지 알 수 없어 우왕좌왕 했다. 그러는 사이 군의 조준 사격에 의해 시민 자치군은 하나 둘 쓰러져갔다.

20분만에 3백여명의 사망자가 발생한 광화문 네거리에는 몸의 일부가 사라진 처참한 주검 외에는 아무도 남지 않았다. 강인걸은 사격 중지를 명령하고 부대원들을 비밀리에 경복궁으로 철수 시켰다. 경찰이 재빨리 나서서 시체를 한곳에 쌓아두고 휘발유를 뿌려 소각했다.

인터넷으로는 광화문 네거리의 참상이 빠르게 퍼져나갔으나 매스컴은 철저한 보도 통제에 의해 한 줄의 기사도 나가지 않았다.

24. 한국 붕괴의 그림자

"어쩜 그럴 수가 있죠?"

예희는 창가 쪽을 향해 서 있었다. 윤기는 무어라고 변명을 하면 그녀의 화가 더 심해질 것 같아 잠자코 있었다.

"난 역시 당신에게 아무 것도 아닌 존재라고요. 다 알고 있었지만, 이렇게 확인을 해보니 너무 비참해져요."

예희는 두 손으로 얼굴을 가린 채 흐느끼기 시작했다. 윤기는 천천히 걸어가서 예희를 등 뒤에서부터 안았다. 예희는 몸을 돌려서 윤기의 가슴에 얼굴을 묻으며 말했다.

"당신이 다시 와 주어서 기뻐요. 당신이 사라졌을 때 끝이라고 생각했어요. 언젠가는 끝나리라고 생각했지만 이런 식은 싫어요."

윤기는 호주의 해밀턴 섬으로 티나를 만나러 갔을 때 예희에게 아무 언질도 해 주지 않았다. 그것은 예희의 자신에 대한 감정이 어느 정도인지를 몰랐기 때문이었다. 윤기는 자신이 사라지면 예희는 하루 이틀 심란해하다가 곧 잊어버릴 것이라고 생각했었다.

윤기가 말했다.

"난 예희가 상처 받는 걸 원하지 않아. 미래를 약속할 수는 없지만, 이번처럼 사라지는 짓은 다시 하지 않을 게."

"정말이죠?"

예희가 윤기를 올려다보았다. 울음은 그쳤지만 눈망울이 촉촉하게 젖어 있었다. 윤기는 그녀의 이마에 입 맞춘 후 대답했다.

"물론이야."

윤기는 예희와 섹스를 나누고 잠이 들었다. 잠에서 깼을 때 예희는 소파에 앉아 텔레비전을 보고 있었다. 윤기는 샤워를 하고 예희 옆에 앉았다. 텔레비전에서는 뉴스가 방영되고 있었는데, 대통령이 자동차 회사를 방문해서 노동자들을 격려하는 장면이 길게 보도되었다. 서울에서 무장 봉기가 발발하고 군이 출동해서 수 백 명의 사망자가 발생한 사실은 어느 매스컴에서도 볼 수 없었다. 다만 인터넷 게시판에 사진과 동영상이 떠돌 뿐이었다. 그것들도 게시가 되자마자 삭제되고 있었다.

예희는 자신이 출연한 프로그램이 시작될 시간이라면서 리모컨으로 채널을 돌렸다. M뮤직 채널이었다. 예희의 <파국>이 1위에 올라 있었다. <파국>의 뮤직 비디오가 흐르고 그녀가 직접 스튜디오에 출연해 MC와 대담을 나누었다.

윤기가 웃으며 말했다.
“믿어지지 않는군. 내가 대한민국 톱 가수와 방금 섹스를 나눈 운 좋은 사나이라니.”
“이상해요. 전에는 다시 예전만큼 인기를 얻으면 더 바랄 게 없을 것 같았는데, 지금은 생각이 달라졌어요.”
“어떻게?”
“아무리 돈을 많이 벌고 인기를 누리더라도 그리 행복할 것 같지 않아요.”
“그런 생각 마. 남들이 그런 걸 얻기 위해 얼마나 많은 노력을 하는데.”
“물론 그렇다고 모든 걸 포기하겠다는 말은 아니에요. 단지 인생관이 달라졌을 뿐이라는 거죠.”
티나도 그럴까? 원하는 걸 그 즉시 손에 넣을 수 있고, 가고 싶은 곳이 있으면 언제건 갈 수 있는 부의 힘……그것이 티나에게도 공허함을 주고 있을까?
윤기가 예희의 머리를 쓰다듬으며 물었다.
“우리 어딘가로 도망칠까?”
“진심이에요?”
“이 순간은.”
“그런데 어디로 가죠? 도망칠 곳이 있나요?”
“이 순간부터 주변 사람들과 연락을 끊으면 그게 도망치는 거지.”
“제 소속사에서 어떻게 해서 건 찾아낼 거예요. 그러면 문제가 더 커지죠."

"예희도 혼자가 아니군."

"그럼요. 재능이 있다고 자기 마음대로 살 수는 없어요. 모두가 공생 관계죠. 난 노래를 부르고 인기를 누리는 대신 그들이 원하는 방향으로 삶을 살아야 해요."

그건 윤기도 마찬가지였다. 단지 예희에 비해 단순한 유대에 묶여 있을 뿐이었다.

오후 4시에 예희는 잡지사 인터뷰가 있다면서 일어설 채비를 했다. 헤어지기 전 그녀는 윤기의 볼에 입을 맞춘 후 말했다.

"당신과 함께라면 무슨 댓가가 따르더라도 도망칠 수 있을 것 같아요."

윤기는 복도에 서서 예희가 엘리베이터 안쪽으로 사라질 때까지 지켜보았다. 예희의 빨간색 코트가 유난히 예뻐보였다.

10분 후 국정원 조차장으로부터 전화가 왔다. 그는 우선 감사하다는 인사부터 했다. 한국이 IMF의 금융 지원을 받은 것이 정태의 도움 때문이라는 걸 대충 알고 있는 눈치였다. 고차장은 윤기에게 시간을 내 달라고 부탁했고, 지난 번의 만남이 그리 나쁘지 않았던 정태는 알겠다고 대답했다.

고차장은 청와대 안보 수석 팀장인 윤정태와 함께 나타났다. 윤기가 묵고 있는 호텔의 커피숍 이었다. 시국 때문인지 호텔 안은 유난히 인적이 드물었다. 커피숍 안에는 윤기 일행과 중년의 남녀 커플 뿐이었다.

고차장이 먼저 입을 열었다.

"시국이 어떻다는 건 좀 아시죠?"

윤기는 고개를 끄덕였다.

"국내에는 보도가 안 되고 있지만 해외에서는 서울에서 일어난 시민과 군의 충돌을 상세히 보도하고 있습니다."

윤정태가 나섰다.

"현 정부는 최선을 다해 치안을 유지하려고 노력하고 있습니다. 이럴 때 국제 금융의 도움이 꼭 필요합니다."

"당신들의 입장은 이해합니다. 하지만 제가 이 자리에서 결정할 수 있는 문제는 아니군요."

"알고 있습니다. 다만 협조를 바랄 뿐입니다."

윤정태의 얼굴에서 절박함이 묻어나왔다. 현 정부로 서는 외길 수순을 밟은 것이나 마찬가지였다. 국민을 상대로 전투를 시작한 이상 한국의 불합리한 관습을 송두리째 바꾸어 놓거나 국민들에게 몰려서 비참한 심판을 받는 방법 외에는 없었다.

윤기가 잠시 생각한 끝에 입을 열었다.

"궁금한 게 있습니다. 군이 출동해서 다수의 사망자가 나온 이상 민심의 지지를 얻기가 쉽지 않을 텐데, 특별한 민심 회유책이 있습니까?"

그러자 윤정태가 기다렸다는 듯이 대답했다.

"그래서 국제 금융의 지원이 필요한 것입니다. 여러 가지 민심 회복 방안이 있지만, 그중 대표적인 것 하나는 국민 모두에게 현금을 지원해 주는 것입니다."

"현금을요?"

"그렇습니다. 만일 국제 금융으로부터 차관을 받는 데 성공한다면 국민 1인당 수 백 만원씩 아무 조건 없이 지원을 할 계획입니다. 그렇게 한다면 민심도 수습될 것이고 시장 경제도 활성화될 것입니다."

고차장이 거들었다.

"그 외에도 현재 우리 정부에서는 많은 아이디어를 준비하고 있습니다. 문제는 아이디어를 실현 시킬 자금이 없다는 것입니다."

윤기는 윤정태와 고차장의 태도가 전과는 180도 달라졌음을 느꼈다. 어떻게 통치를 해야 좋은가를 깨달은 듯싶었던 것이다. 섣불리 서구의 민주주의를 흉내 냈다가는 나라를 망치고 말 것이라는 사실을 정부 고위층에서도 자각하기 시작한 것이다.

윤기가 입을 열었다.

"한국 정부가 한국이라는 나라를 완벽하게 통치한다면 국제 금융은 저절로 도움의 손길을 내밀 것입니다. 그러니 우선은 시국을 안정시키고 혼란의 징조를 제거 하는 일에 전력을 기울이십시오. 장담할 수는 없습니다만, 저도 한국이 잘 되기를 바라는 사람입니다."

윤정태가 빙그레 웃으며 악수를 청해왔다.

"긍정적인 대답 감사합니다."

"저도 만나서 즐거웠습니다."

커피숍 앞에서 헤어질 무렵 고차장이 윤기에게 물어왔다.

"별 뜻은 없고……언제 술 한 잔 어떻습니까?"
"전 술을 잘 못합니다."
윤기는 솔직하게 대답하고 돌아서서 엘리베이터 앞으로 걸어갔다. 문득 윤기는 누군가와 어울려서 술을 마신 게 아주 오래되었다는 사실을 깨달았다.

인천 사이다도 죽고 불루 토마토도 죽고, 그 외에 얼굴을 아는 그라쿠스의 멤버 6명이 죽었다. 얼굴을 모르는 시민들도 수 백명이 죽었다. 서울역 1층 대합실에 마련된 합동 분양소에는 죽은 자들의 명패가 한 면 가득 걸려 있었고, 그들에게 조의를 표하러 온 사람들이 서울역 앞 광장까지 길에 줄을 서 있었다.
얼짱 토마는 2층 대합실 난간에서 합동 장례식 광경을 내려다보았다. 사망한 사람들의 가족들이 울부짖는 소리가 거대한 함성처럼 서울역 안을 흔들고 있었지만 얼짱 토마는 별다른 감흥을 느낄 수 없었다. 누구나 언젠가는 죽는다는 상식적인 이야기만 반복해서 떠오를 뿐이었다. 모택동의 군대는 이 보다 몇 백배나 많이 죽었다. 전쟁이란 그런 것이다. 개개인의 사정은 중요하지 않다. 이기느냐 지느냐 그것뿐이다, 라는 생각이 언제부터인가 얼짱 토마의 가슴에 응고되어 있었다.
정부는 국민 운동 본부의 허를 찔렀다. 유약한 정부여서 대규모의 군중이 모이면 군을 투입하지 못하리라는 예상을 깨고, 정부는 군을 동원해서 피의 진압을 강행했다. 훈련되지 않은 시민 자치군은 변변한 저항 한 번 못하고 궤멸되었다. 국민 운동 본부는 점령지였던 광화문 네거리를 내 주고 서울역 인근을 사수한 것으로 만족해야 했다. 군은 전면에 나서지 않았다. 20분간 무차별적인 난사를 한 후 뒤처리는 경찰에게 맡겼다. 경찰은 광화문 네거리를 정상화 시키고 숭례문 인근까지 밀어붙였다.

수 십 만 명의 군중이 서울역을 중심으로 인의 장막을 형성해서 국민 운동 본부는 최후의 보루를 지킬 수 있었다. 서울역 근처의 빌딩 곳곳에 시민 자치군 저격수가 배치되어 경찰을 조준하고 있었으나, 군의 투입을 재촉할까봐 선제공격은 자제 했다. 군이 또다시 개입하면 국민 운동 본부는 궤멸될 것임을 모두가 알고 있었던 것이다.

얼짱 토마의 휴대폰이 울렸다. 목사로부터 당장 상황실로 오라는 메시지가 와 있었다. 얼짱 토마는 지체 없이 상황실로 뛰어갔다.

상황실 안에는 목사와 국민 운동 본부 간부 6명이 둘러앉아 있었고, 입구에는 그라쿠스 멤버들이 경계를 서고 있었다. 얼짱 토마가 들어섰음에도 목사는 별 말 없이 힐끗 쳐다보기만 했다. 상황실 안의 분위기는 어두웠다. 국민 운동 본부의 궤멸이 눈앞에 현실로 닥친 상황 때문일 것이었다.

상임 위원장 유인형이 하던 말을 계속했다.

"더는 두고 볼 수 없다 이 말입니다. 석 위원장을 믿고 기다렸다가는 우리도 목숨 부지하기 어렵겠어요."

목사가 침착하게 응대했다.
"이것은 긴 전쟁입니다. 하루아침에 승부가 결정 날 전쟁이 아니라고요. 이럴 때일수록 단결합시다."
이진숙이 나섰다.
"석 위원장은 도대체 타협을 몰라요. 유리가 유리 했을 때 정부와 타협을 했다면 실리를 얻었을 텐데, 지금은 제로섬 게임이 되어버렸어요. 모두 갖거나 모두 빼앗기거나, 둘 중의 하나라고요. 그런데 무력으로 정부를 이길 방법이 있나요? 결국 우리는 전멸 할 것이라고요."
목사는 고개를 저었다.
"아직 게임은 시작도 되지 않았습니다."
오광렬이 끼어들었다.
"그렇다면 석 위원장의 생각을 좀 들어봅시다. 앞으로 국민 운동 본부를 어떻게 이끌어 갈 것이고, 어떻게 투쟁을 할 것인지 속 시원히 털어놓아 보시오."
"그건 내게 맡겨 두십시오."
목사의 말에 오광렬이 테이블을 꽝 내리쳤다.
"여기 있는 사람들을 모두 허수아비로 만들 생각이오?"
그러자 목사가 자리에서 일어섰다.
"광화문에서의 패배는 우리 측의 실수였음을 인정합니다. 방심한 시민 자치군 지휘부에 책임을 묻겠습니다."
책임을 묻겠다는 목사의 말이 어떤 의미인지 알 수 없어서 국민 운동 본부 간부는 물론 그라쿠스 멤버들까지 일순 긴장했다. 목사는 주머니에서 권총을 꺼내더니 입구에 기립해 있던 국가 중흥을 겨누었다.

"4월 1일 광화문의 방어는 시민 자치군 제 2대대가 맡고 있었다. 그러니 제 2대대 대장인 국가 중흥 너의 책임이다."

총구가 자신을 향해 다가오자 국가 중흥은 출입문 쪽으로 달아나려 했다. 그러나 그 보다 먼저 목사의 권총이 불을 뿜었다. 국가 중흥의 눈과 눈 사이에 구멍이 생기면서 붉은 피가 물총을 쏘는 것처럼 앞으로 뿜어져 나왔다.

국가 중흥은 허공으로 팔을 휘저었으나 그를 부축 하는 사람은 아무도 없었다. 모두가 창백한 얼굴로 바라보고만 있을 뿐이었다. 국가 중흥은 나무토막처럼 쓰러져서 잠시 몸을 떨다가 축 늘어졌다.

목사는 권총을 테이블 위에 올려놓고 말했다.

"난 지금 목숨 걸고 싸우고 있습니다. 나보다 더 담대하게 이 전쟁을 이끌 사람이 있다면 나와 보시오."

아무도 입을 열지 않았다. 국민 운동 본부 간부들뿐 아니라 그라쿠스 멤버들도 한 방 얻어 맞은 얼굴로 멍하니 서 있었다.

국민 운동 본부 간부진 회의가 종료되자 목사는 시민 자치군 회의를 열었다. 목사를 중심으로 시민 자치군 지휘부가 테이블에 도열했다. 지휘부는 모두가 그라쿠스 멤버들이었다. 이들은 방금 전 국가 중흥의 죽음을 목격한 뒤여서 반쯤 넋이 나간 모습이었다.

그러나 목사에게 대항 하려는 멤버는 없었다. 설령 이 자리에서 목사가 권총을 꺼내 사살 하려 한다고 하더라도 묵묵히 받아들일 수밖에 없었다. 얼짱 토마도 마찬가지였다. 그 이유는 알 수 없었다. 2차 대전 때 유대인들이 죽을 줄 알면서도 아무런 저항 없이 가스실로 행진 했을 때가 지금의 상황과 흡사할 것 같다고 얼짱 토마는 생각했다.

“잠시 위기가 닥쳤다. 적이 예상치 못한 공격을 가해왔기 때문이다. 하지만 이것은 승리로 나아가는 과정의 일부분일 뿐이다.”

목사의 목소리는 소름 끼칠 정도로 변화가 없었다. 수 백 명이 사살 당하고 문 밖에서 그들의 죽음을 애도하는 흐느낌이 계속되는 이 혼란스러운 상황을 어떻게 저렇게 침착하게 받아들일 수 있는지 얼짱 토마는 신기했다.

목사의 말이 계속 이어졌다.

“죽음이 두려운 자는 지금 당장 떠나라. 그러나 이 전쟁에서 낙오하면 자신의 설 자리가 없다는 것을 곧 깨달을 것이다.”

그것은 정곡을 찌르는 말이었다. 얼짱 토마는 시위에 참여하면서 난생 처음 존재감을 느꼈다. 시위가 끝나고 혼자가 되었을 때는 무서운 고립감이 엄습해와서 견디기 힘들었다.

목사가 다시 입을 열었다.

“나는 고심 끝에 새로운 전략을 세웠다. 우리에게 지금 필요한 것은 대중들이다. 그러나 인터넷으로만 선전을 하는 것에는 한계가 있을 수밖에 없다.”

목사는 시민 자치군 지휘부를 둘러보며 결론을 이야기 했다.

"그래서 MBC방송국을 장악할 계획이다."

탄성이 흘러나올 만큼 적절한 계획이라고 얼짱 토마는 생각했다. MBC라는 거대 방송국을 점거해서 대 국민 선전 활동을 한다면 대중들의 지지도가 폭발적으로 증가할 것은 틀림없었다.

"현재 경찰이 청와대 진입만을 막고 있기 때문에 여의도 MBC로 이동하는 것에는 별다른 애로가 없다. 시민 자치군 주요 병력은 버스를 타고 이동하고 시민들로 하여금 MBC 사수 여론을 만들어서 MBC 방송국에 인의 장막을 형성해야 할 것이다. 대규모 군중이 동원되면 군도 함부로 공격해 오지 못 할 것이다. 만일 군이 공격해 오면 학살 과정을 그대로 국민들에게 보여줘서 반정부의 불길이 전국화 될 것이다."

반정부 성향의 MBC와는 이미 타협이 되어 있는 상황이라고 목사는 덧붙였다. MBC도 보도 통제에 대한 반감으로 시민 자치군의 방송국 장악에 수긍하는 입장일 것이었다. MBC 방송국을 방어하고 있는 경찰 병력이 문제인데, 속전속결로 공격을 가하면 쉽게 뚫리리라는 것은 누구나 예측할 수 있었다.

곧 작전이 실행되었다.

버스 운송 노조가 국민 운동 본부와 연대한 상황이어서 버스는 쉽게 구할 수 있었다. 시민 자치군 8백명이 20대의 버스에 분승해서 여의도로 출발했다. 또한 국민 운동 본부 산하 선전부에서는 인터넷을 통해 시민들이 MBC 방송국 인근에 집결하도록 선전 활동을 하기 시작했다.

예희는 MBC 방송국 4층의 제 5 스튜디오에서 창밖을 내다보고 있었다. MBC 정문 앞의 도로는 군중들로 인산인해를 이루었다. 천 명이 넘는 경찰이 방어를 하고 있었지만 군중의 수가 계속 불어나는 상황이어서 위태로워 보였다.

군중들은 격앙되어 있었다. 시위도중 수 백 명이 사망 했음에도 방송에서 전혀 보도가 되지 않은 까닭일 것이었다.

예희도 광화문에서 군의 발포로 군중들이 학살당했다는 소식은 매니저를 통해 들은 바 있었다. 이따금 인터넷에서 사망한 시민의 사진을 발견한 적도 있었다. 그러나 특별한 관심이 생기지는 않았다. 최근 몇 년간 지루하게 되풀이 되어 온 정부와 시위 지도부의 갈등 중 하나라고만 여겼던 것이다. 그만큼 이 나라에서는 시위대와 당국의 충돌이 일상화 되어 있었다.

그런데 지금은 예희의 눈앞에서 군중과 경찰이 대립하고 있었다. 예희의 인생 속으로 시국의 혼란이 침입한 것이다. 그 순간의 예희는 경찰 편이었다. 친정부적인 가치관을 지녀서가 아니라 분노로 격해져 있는 군중이 두려웠기 때문이었다.

"예희씨, 녹화는 일단 중단 한답니다."

매니저가 다가와서 그렇게 전해주었다.

예희가 말했다.

"그럼 서둘러 돌아가죠."

"지금은 어렵습니다. 군중들에 의해 방송국이 포위되어 무슨 봉변을 당할지 모릅니다. 탈렌트 김윤미 씨도 방송국을 나가려다가 군중들로부터 돌팔매질을 당하고 다시 돌아왔다고 합니다."

"그럼 우리 여기 갇힌 거예요?"

"지금으로서는."

매니저는 소속사와 의논해서 대책을 마련하겠다며 대기실을 나갔고, 예희는 다시 창밖으로 시선을 돌렸다. 군중들의 수는 기하급수적으로 늘어나서 끝이 보이지 않을 정도였다. 경찰은 정문에 바리게이트를 치고 밀고 들어오려는 군중들을 향해 곤봉을 휘두르고 있었다. 군중들의 함성과 욕설이 예희가 있는 곳까지 들려왔다.

군중들 대부분은 20대에서 30대의 젊은 사람들이었지만, 간간히 중년층도 보였고, 이따금 여자도 끼어 있었다. 그런데 그들의 표정은 한결같이 지금 이 순간에 도취되어 있는 듯이 보였다. 평소 동경의 대상이었던 방송국이 난장판으로 변하는 데서 오는 희열 같은 것이리라. 물론 저들을 이곳에 집결 시킨 힘은 시민들의 죽음에 대한 분노였을 것이다. 하지만 그 저변에 있는 것은 이유를 알 수 없는 상실감과 고립감이 아닐까 싶었다. 자신의 인생이 행복 하다면 누구도 정치 따위에는 관심을 갖지 않을 것이다. 어떤 동기에 의해서건 다수가 모이면 그 순간은 외로움이 사라진다. 그렇다고 거기에 미래가 있는 건 아니다. 설령 승리해서 새로운 정부를 세운다 하더라도 또 다른 문제가 꼬리를 물어 이어질 것이다. 더 행복하게 살고 싶은 것이 목적이라면 자신이 처한 현실에서 구해야 할 것이라고 예희는 늘 생각해왔다.

예희는 복도로 나가보았다. 방송국 직원들이 상기된 얼굴로 오가고 있었고, 휴게실에는 남자 직원 몇 명이 담배를 피우며 대화를 나누고 있었다. 예희는 비상계단으로 나가서 윤기에게 휴대폰을 걸었다. 여느 때와 같은 윤기의 목소리가 건너왔다.

"예희, 어디야?"

"MBC 방송국이에요."

"별 일 없지?"

"아니오. 지금 여기 군중들에게 포위되어 있어요."

"무슨 소리야? 자세히 이야기 해봐."

"방송국 앞에 사람들이 인산인해를 이루고 있어요. 경찰이 막고 있지만 뚫릴지도 모르겠어요."

"그렇다면 녹화 포기하고 돌아오는 게 어때?"

"그럴 수가 없어요. 사방이 포위돼서 무슨 봉변을 당할는지 몰라요."

"심각한가보군."

"아직까지는 경찰이 막고 있어서 안전에는 문제가 없지만 시간이 더 지나면 어떻게 될는지 모르겠어요."

"내가 도와줄 수 있을까?"

"고마워요. 아직까지는 괜찮으니 더 어려워지면 연락할게요."

"그렇게 해."

"사랑해요."

"나도."

예희가 휴대폰 폴더를 덮는 순간 천둥이 치는 듯한 총성이 밖에서 들려왔다. 예희는 뛰어서 창가에 서 보았다. 그녀가 밖을 내다보았을 때 처음 목격한 광경은 머리가 으깨어진 전투 경찰 한 명을 다른 두 명의 전투 경찰이 부축하는 광경이었다. 곧 이어 다시 총성이 울리고 두 명의 전투 경찰이 더 쓰러졌다. 전투 경찰들은 방어를 포기하고 사방으로 흩어지기 시작했다. 군중들도 총소리에 놀라서 여러 방향으로 도망쳤다. 조금 전까지 경찰과 군중이 대립했던 방송국 정문에는 쓰러진 세 명의 전투 경찰과 그들을 부축하는 몇 명의 동료 밖에는 없었다.

"예희씨, 이쪽으로!"

복도 중간쯤에서 매니저가 손짓을 하고 있었다. 복도는 이리저리 뛰어다니는 사람들로 붐볐다. 예희는 매니저를 따라서 출연자 분장실로 들어갔다. 분장실에는 예희와 같은 출연진들 거의 모두가 모여 있었다. 그들은 상기된 얼굴로 누군가와 휴대폰 통화를 하거나 동료들과 대화를 주고받고 있었다.

예희는 탤런트 이미경의 옆자리에 앉았다. 이미경은 예희와 비슷한 또래로 개성 있는 조역 연기자였다. 그녀가 눈물을 훌쩍이며 말했다.

"사람들이 총으로 무장하고 MBC방송국 안으로 쳐들어 왔대요. 어쩌면 여기 있는 사람들을 다 죽일지도 몰라요."

예희가 이미경을 다독였다.

"우리를 죽일 이유가 없잖아요. 너무 걱정하지 마세요."

"사람을 죽이는데 이유가 있나요? 원래 보통 사람들은 우리 같은 연예인을 증오한다고요."

"그럴리가요. 저들도 민주주의를 위해 싸우는 사람들인데."

그렇게 이미경을 위로 하기는 했지만 예희도 앞으로 어떤 일이 생길지 두려워하고 있었다. 이미경의 말대로 보통 사람들은 연예인에게 이중적인 감정을 지니고 있었다. 그들은 연예인에게 열광 하면서도 연예인의 안락한 생활에는 질투심을 품고 있는 게 보통이었다.

총성은 더 이상 들리지 않았고, 대신 열린 문 밖으로 남자들이 다급히 오가는 모습만 보였다. 30분 정도가 지난 후 예능국의 문창률 프로듀서가 분장실 안으로 들어왔다. 예희는 그가 MBC 방송국 노조의 간부진이라는 소개를 언젠가 들은 바 있었다.

문창률은 분장실 입구에 서서 출연자들에게 말했다.

"지금 모두들 당황스럽고 두려울 것입니다. 간략하게 현재 상황을 설명 드리자면, 당국의 보도 통제에 분노한 시민들과 국민 운동 본부가 저희 MBC 방송국을 물리력으로 장악했습니다. MBC 이사진과 우리 노조는 국민 운동 본부의 오늘 행동에 긍정적인 입장입니다. 국민 운동 본부의 제안에 의해 여기 계신 출연자들은 당분간 방송국 내에 상주해 주셔야 할 것 같습니다. 출연자 여러분도 제작진과 함께 현 정부 퇴진 운동에 동참해 주시기를 바랍니다. 다른 소식이 전해지는 대로 여러분께 알려드릴 것을 약속드립니다."

여기저기서 질문이 터져나왔지만 문창률은 대답을 회피하고 분장실을 나갔다.

잠시 후 두 명의 남자가 들어왔다. 20대로 보이는 그들은 소총을 어깨에 걸고 있었다. 총을 본 출연자들은 더욱 분위기가 어두워졌다. 두 명의 남자는 자신들을 국민 운동 본부 산하의 시민 자치군이라고 밝힌 후 분장실 입구에서 나란히 경계를 서기 시작했다. 화장실에 볼 일을 보러 갈 때 외에는 출입이 금지되었고, 화장실에 갈 때도 시민 자치군 한 명의 감시속에 다녀와야 했다.

시민 자치군이 경계를 서는 모습을 보면서 예희는 자신이 갇혀 있다는 것을 실감하기 시작했으며, 나아가서 뭔가 저들의 뜻과 다른 행동을 하면 죽을 수도 있다는 위기감에 사로잡혔다. 출연진 가운데 지금의 상황을 정확히 이해하고 있는 사람은 아무도 없었고, 자신들의 미래를 예측하는 일은 더더욱 불가능했다. 이런 상황에서의 최선은 눈에 띄지 않는 일이었다. 그것을 모두가 인식하고 있어서일까. 조금전까지만 해도 옆사람과 대화를 주고받던 출연진들은 약속이나 한 듯이 입을 다물었고, 휴대폰 통화를 하는 사람도 없었다. 텔레비전을 통해, 인터넷을 통해, 그리고 이따금 차창을 통해 목격했던 한국 사회의 혼란이 어느 날 갑자기 현실로 예희의 눈앞에 등장한 것이다.

윤기는 예희로부터 문자를 받고서야 MBC 방송국이 국민 운동 본부에 의해 점거 당했음을 알았다. 그녀는 자신이 현재 분장실에 다른 출연진들과 함께 감금되다시피 하고 있으며 소총으로 무장한 시민 자치군의 감시를 받고 있다고 알려줬다. 하지만 텔레비전 방송에서는 이 소식이 전혀 보도되지 않고 있었고, 특히 MBC 방송에서는 예전 것인 듯한 드라마가 재방송되고 있었다. 인터넷에서는 방송국으로 집결 하라는 게시물이 가끔 올라왔으나, 누군가에 의해 그때그때 삭제되었다. 예희의 문자가 아니라면 한국은 현재 아무 일도 일어나지 않는 평화로운 나라였다.

윤기의 머릿속으로 극단적인 생각들이 자꾸 떠올랐다. 정부와 군중이 충돌해서 수 백 명의 사망자가 나온 상황이라면 방송국에서도 참사가 일어날 개연성이 농후했다.

예희가 죽을지도 모른다.

그렇게 생각하자니 호텔 객실 안에 한가로이 앉아 있는 자신이 한심하게 느껴졌다. 당국의 조치를 마냥 기다리는 건 무책임한 일이라는 생각이 들었다. 지금의 한국 상황은 공권력이 제 역할을 하는 상식적인 국가가 아니었다. 연예인 몇 명의 생명을 누가 보호해 주겠는가.

예희의 소속사도 마찬가지였다. 그들에게 예희는 돈을 벌어다 주는 수단일 뿐이었다. 무리한 희생을 하면서까지 예희를 구출하는 일에 최선을 다할 리가 없었다. 가족이라야 시골에 계신 부모님뿐인 예희의 가장 가까운 상대는 지금 이곳에 있는 윤기 한 사람이었다.

무엇인가 해야 한다.

그런 생각이 반복해서 떠올랐지만, 어디서부터 실마리를 풀어야 좋을지 알 수 없었고, 자신이 움직인다고 해결이 될는지도 의아스러웠다.

윤기는 가장 쉬운 일부터 하기로 했다. 예희를 안심 시키려면 자신이 그녀를 생각하고 있다는 것부터 확인시켜줘야 했다. 윤기는 먼저 문자부터 보냈다.

'예희, 내가 노력해 볼 테니 너무 겁내지 마.'

몇 초 지나지 않아서 답장이 왔다.

'무리하지 마세요. 아직은 위험하지 않아요'

위험하지 않다는 예희의 답장은 어딘가 위태로워보였다. 그것은 마치 가파른 벼랑 한 가운데서 겨우 중심을 잡고 있는 것 같은 인상을 주었다. 불안하지만 당장 사살 당하지는 않을 것 같다는 표현인 것이다. 그녀를 그 상태로 그냥 내버려 둘 수는 없었다.

정태는 정부 고위층인 고차장과 윤정태를 떠올렸다. 그들을 통해 현장의 상황을 파악할 수 있을 것이었다. 지금과 같은 경우는 청와대가 더 정확한 정보를 지니고 있으리라는 생각에 윤정태에게 먼저 전화를 걸었다.

"청와대 국내 치안 담당 윤정태입니다."

"안녕하십니까. 이윤기입니다."

"아, 예."

윤정태의 간략한 대답 속에는 지금 긴 통화를 나눌 여유가 없다는 표현이 함축되어 있었다. 그래서 윤기는 장황한 인사를 생략하고 곧장 용건부터 꺼냈다.

"MBC 방송국이 지금 어떤 상황 입니까?"

"현재 국민 운동 본부에게 무력으로 점거 당했습니다. 하지만 염려 마십시오. 우리 정부는 능히 해결할 수 있습니다."

윤정태는 혹시라도 이번 사건이 국제 금융의 지원을 받는 것에 부정적인 영향을 끼칠까봐 염려 하는 듯 했다.

윤기가 물었다.

"정부는 구체적으로 어떻게 대처할 예정인가요?"

"보안상 자세히는 설명 못 드립니다만, 일단 협상을 시도해 보고 만일 실패한다면……무력으로라도 제압할 예정입니다."

"군이 출동 하나요?"

"최악의 경우."

"알겠습니다."

윤기는 통화를 마치고 잠시 생각해보았다. 정부와 국민 운동 본부 사이에 협상이 가능할까? 국민 운동 본부 조직만의 일이라면 가능할 수도 있었다. 적절히 이권을 주고받으면 되니까. 하지만 지금은 군중들이 가세한 형국이었다. 설령 국민 운동 본부 지도부가 정부와 타협하더라도 군중들이 그것을 용납하지 않을 가능성이 높았다. 대규모 군중의 지지로 설 자리가 생긴 국민 운동 본부가 그런 바보 짓을 할 리 없었다. 그들은 어쨌거나 끝장을 보려 할 것이었다.

그렇다면 남은 것은 무력 충돌이었다. 단순한 전력의 비교만으로는 시민군이 정부의 특수 부대를 이긴다는 건 불가능하다. 다만 군중들이 변수였다. 군중들이 인의 장막을 형성해서 군의 진압을 막는다면 사태는 예측 불가능한 쪽으로 흘러갈 수 있었다.

그렇다면 예희는 어떻게 될 것인가. 양측이 총격전을 벌이는 동안 시위와 관계없는 방송국 출연자들이 희생될 수도 있었고, 국민 운동 본부 측이 그들을 인질로 삼을 수도 있었다. 아니, 그런 과정을 모두 생략하고, 단지 번거롭다는 이유로 지금 당장 몰살 시키는 시나리오도 가능했다.

윤기는 다시 예희에게 문자를 보냈다.

'예희 곁에 항상 내가 있다는 걸 잊지 마.'

이번에도 곧장 답장이 왔다.

'사랑한다고 말해줘요.'

'사랑해.'

사랑해라는 세 글자를 찍은 순간 윤기의 눈에서 눈물이 핑 돌았다. 한국의 운명 같은 건 어떻게 되건 상관없었다. 이 순간 윤기는 오직 예희를 살려야 한다는 생각만 했다. 예희보다 더 멋진 여자는 수도 없이 많을 수도 있다. 그러나 지금 윤기가 이 나라에서 마음을 열고 있는 상대는 예희 뿐이었다.

윤기는 객실을 나가서 엘리베이터를 타고 지하 주차장으로 내려갔다. 오랫동안 사용하지 않았던 자신의 포르쉐 승용차에 몸을 싣고 호텔을 빠져나가며 윤기는 문득 자신이 타인을 위해 뭔가를 시도 하는 것이 아주 오랜만이라는 걸 깨달았다.

희생.

그것은 굳어진 화석처럼 어휘로만 존재하는 것이었다. 이해관계에 얽매이지 않고 타인의 안전을 진심으로 바라는 사람이 몇이나 될까. 아주 없지는 않을 것이다. 그러나 윤기는 한국이라는 나라에서 진정한 의미의 휴머니즘을 맛 본 기억이 한 번도 없었다. 얻을 것이 없으면 곧장 적으로 몰려서 공격을 당하는 사회……작은 이익을 도모하려 꾸역꾸역 모여들던 사람들…… 윤기는 그들에게 지쳐 한국을 훌쩍 떠났던 것이다.

차는 시속 120킬로미터의 속력으로 올림픽 대로를 달렸다. 시국 탓인지 도로는 거의 비어 있었고, 주변의 건물들은 대부분 불이 꺼져 있었다. 서울은 죽은 도시였다. 경제는 바닥을 기었고, 치안은 마비되었다. 한 때 선진국을 눈앞에 두었던 나라의 수도가 왜 이 지경이 되었을까. 누구 책임이냐고 국민들에게 물으면 그들은 이구동성으로 대통령과 정부와 부자들 탓을 할 것이다. 물론 그들에게도 한계는 있을 것이다. 그러나 더 궁극적인 이유는 소중한 것이 무언지를 모르는 국민들 개개인의 책임이었다.

행복해지기 위해서는 인간으로 서의 존엄이 지켜지는 사회가 되어야 한다. 그 목표를 잃은 국민들이 대다수인 국가의 미래가 밝을 리 없었다. 설령 국민 운동 본부의 혁명이 성공해서 한국이 프롤레타리아의 지배를 받게되면 나라가 조용해질까? 그럴리 없었다. 지배 계급은 이전보다 더 치열한 권력 투쟁에 돌입할 것이고, 국민들은 또 다시 거리로 쏟아져 나올 것이다.

차가 노들길로 접어들자 그나마 띄엄띄엄 눈에 띄던 차들이 완전히 사라지고 4차선의 도로를 윤기 혼자 달리고 있었다. 얼마쯤 더 달리자 여의도 입구인 서울교가 나타났는데, 입구를 경찰이 봉쇄 하고 있었다. 수십 명의 경찰이 바리게이트 앞에서 경계를 섰고, 여러 대의 경찰차가 경광등을 밝힌 채 서 있었다.

윤기의 차가 다가오자 경찰이 정지 신호를 보냈다. 윤기는 속도를 늦추었다가 바리게이트 앞에서 정차했다. 경찰은 거수경례를 하고 차창을 내리라는 신호를 보냈다. 윤기가 차창을 내리자 경찰이 물었다.

"어디 가십니까?"

"여의도로 가려고 합니다."

"죄송합니다. 지금 여의도로의 진입이 봉쇄 되었습니다."

예상했던 일이었다. 군중들의 결집을 막기 위해 봉쇄를 했을 것이다. 윤기는 경찰에게 잠시 기다려 달라고 말하고 휴대폰을 꺼내 국정원의 고차장에게 전화를 걸었다. 윤기의 번호가 저장되어 있는 듯 고차장은 전화를 받자마자 윤기에게 인사를 건네왔다.

"이 선생님, 무슨 일입니까?"

"부탁 좀 드리려고요."

"말씀 하십시오."

"내가 본사의 지시로 여의도 상황을 파악하려고 하는데 서울교 입구에서 경찰이 진입을 막고 있습니다."

"위험 할 텐데요."
"차로 한 바퀴만 둘러 볼 예정인데, 별일이야 있겠습니까?"
"그렇다면 경찰과 함께 움직이는 게 어떻겠습니까?"
"그럴 필요는 없을 것 같습니다."
"알겠습니다. 조치해 드리겠습니다."

잠시 기다리자 경찰 지휘관이 윤기 쪽으로 걸어왔다. 그는 윤기에게 여권을 보여달라고 정중하게 부탁했다. 윤기가 여권을 건네자 지휘관은 자신의 상관과 숙의한 후 다시 돌아와서 여권을 돌려주고 차의 앞 유리창 하단에 '공무'라는 글자가 써 있는 파란색 스티커를 붙여주었다.

경찰이 바리게이트를 열어주자 윤기는 차를 출발 시켰다. 윤기의 차가 지나가자 양편에 도열한 경찰들이 일제히 거수경례를 했다. 그들을 뒤로 하고 윤기는 서울교로 접어들었다. 눈앞에서 여의도가 가까워지고 있었다. 육안으로는 별 변화를 감지할 수 없었다. 그러나 지금 저곳은 한국이라는 나라의 미래가 결정될 중요한 전쟁이 시작된 장소였다. 윤기는 전쟁의 한복판으로 빠르게 차를 몰았다.

25. 얼어붙은 봄

국민 운동 본부 지도부 가운데 MBC에 가장 먼저 도착한 인물은 찬호였다. 그가 도착했을 때 방송국은 이미 시민 자치군에 의해 점거가 끝나 있었다. 방송국 정문 앞에는 수 십 만은 족히 되는 군중들이 승리의 기쁨을 즐기고 있었다.

시민 자치군이 방송국 입구 마다 수 십 명씩 배치되어 출입을 통제하고 있었다. 사람들을 뚫고 정문으로 간 찬호는 국민 운동 본부 간부임을 확인 받고 방송국 안으로 들어갔다. 방송국 로비에서도 시민 자치군이 삼엄한 경계를 서고 있었다. 그들 대부분은 10대 후반에서 20대 초반으로 소총을 어깨에 건 자세로 사방을 매섭게 노려보고 있었다. 이번에는 광화문에서의 실수를 되풀이 하지 않겠다는 의지가 묻어나왔다.

찬호가 로비를 가로질러 걸으려는 순간 시민 자치군 한 명이 막아섰다. 머리 한 쪽을 빨간색으로 염색한 스무 살 안팎의 남자였다. 찬호는 그가 얼짱 토마로 불리고 있으며, 현재 시민 자치군을 총 지휘하는 인물이라는 걸 알고 있었다.

"무슨 일입니까?"

그렇게 물어보는 얼짱 토마의 표정에서 이유를 알 수 없는 적대감이 느껴졌다. 찬호 역시 목사의 부하들인 그라쿠스 출신들에게 이질감을 느꼈다. 그들은 보통의 운동권과는 전혀 다른 사람들이었다. 국민 운동 본부 조직원들과 융화도 되지 않았고, 오직 목사의 지시에만 복종했다. 굳이 비교한다면 남미의 공산 게릴라를 떠올리게 하는 집단이었다. 그러나 현재의 투쟁 국면에서 그라쿠스 출신들의 활약이 눈부시다는 것은 인정할 수밖에 없는 사실이었다.

찬호가 대답했다.

"석 위원장의 지시로 왔습니다. 내가 먼저 방송국 측과 입장 조율을 할 필요가 있어서."

계산이 빠른 찬호는 국민 운동 본부가 석 위원장의 1인 체제로 유지될 수밖에 없는 현실을 받아들였다. 그렇다고 그라쿠스 멤버들처럼 그를 숭배하는 방식은 싫었다. 또 그건 자신과 맞지도 않는다고 생각했다. 찬호는 가급적 목사를 조력하면서 자신의 설 자리를 찾으려고 노력했다. 시민 자치군의 등장으로 MBC 쪽도 혼란스러울 것이었다. 가능하면 양측이 마찰 없이 협력을 할 수 있도록 하기위해 찬호가 자청해서 먼저 MBC를 찾아온 것이다.

얼짱 토마는 목사와 통화를 해 보고 찬호의 말이 사실임을 확인 한 후 통과시켜 주었다. 찬호는 방송국 직원의 안내를 받아서 보도국 국장 정우근의 사무실로 들어섰다. 오래전 시민 단체에서 일 할 때 찬호는 그와 만난 일이 있었다. 그때 그는 사회부 기자였다.

정우근은 찬호가 들어서자 책상을 돌아나오며 악수를 청 해왔다.

"오랜만입니다. 우리 구면이죠?"

"오래전 일인데 기억해 하고 계시군요."

"앉읍시다."

찬호는 정우근과 소파에 마주앉았다. 두 사람 모두 웃음을 잃지 않았지만, 내적으로는 혼란스러웠다. 소총으로 무장한 시민군이 곳곳에 배치되어 있고 밖에서는 군중들이 당장이라도 방송국을 집어삼킬 기세로 압박을 하는 가운데 중요한 것들을 정리해야 하는 입장에 처해 있기 때문이었다.

정우근이 입을 열었다.

"우리 MBC는 어떤 부당한 보도 통제도 거부해 왔습니다. 다만 정부가 긴급 조치를 발동해서 어쩔 수 없이 침묵할 수밖에 없었죠. 하지만 시민군이 이렇게 우리를 도와주는 이상 앞으로는 당당하게 공정보도를 할 예정입니다."

찬호에게 정우근의 말은 물에 빠진 사람이 걱정 없다고 허세를 부리는 것으로 밖에는 보이지 않았다. 시민 자치군이 목숨을 걸고 MBC를 점령한 이유가 언론 탄압으로부터 해방 시켜

주려는 착한 의도 때문이라고 믿고 싶은 것인가.

찬호는 냉정하게 말했다.

"지금부터 MBC는 국민 운동 본부의 통제를 받습니다. 모든 프로그램의 제작 및 방영은 저희의 지시에 따라주십시오."

정우근은 고개를 저었다.

"그건 곤란합니다. 방송이 특정 단체의 사유물이 될 수는 없습니다."

"그렇다면 할 수 없지요."

찬호는 휴대폰을 꺼내서 목사에게 정우근의 입장을 사실대로 보고했다. 10분 후 방송국 어딘가에서 총소리가 났고 그 직후 정우근 책상의 전화벨이 울렸다. 전화를 받은 정우근은 어두운 목소리로 알겠다는 대답을 되풀이하고 전화를 끊었다.

"방금 저희 MBC 사장님의 사무실에 시민군이 난입해서 총으로 협박을 했다는 군요."

"내가 한 번 더 전화를 하면 그땐 협박으로 그치지 않을 것입니다."

찬호의 말에 정우근은 시선을 아래로 떨어뜨리고 대답했다.

"알겠습니다. 원하는 것 모두 수용하겠습니다."

방송의 전권을 국민 운동 본부 지도부가 갖는 것에도 합의했고, MBC 방송국 6층 이사진 사무실이 긴급히 국민 운동 본부 사무실로 변경되었다. 모든 정리가 끝나자 목사가 방송국에 도착했다. 그는 우선 생방송으로 대국민 성명서부터 발표했다.

간단한 분장을 한 목사는 스튜디오 중앙에 앉아 프로듀서의 사인을 기다리고 있었다. 군복을 입고 허리에 권총을 찬 목사의 모습은 쿠데타를 성공시킨 장군을 연상 시키는 모습이었다. 카메라에 불이 들어오고 프로듀서가 큐 사인을 보내자 목사가 성명서를 낭독하기 시작했다.

"국민 여러분 안녕하십니까. 저는 국민 운동 본부 결사 투쟁 위원회 석정수입니다. 무능하고 부패한 현 정부를 몰아내고 국민이 주인되는 새나라 건설을 위해 저희 국민 운동 본부는 가열찬 투쟁을 벌여왔습니다. 그동안 현 정부는 국민의 저항을 억누르려 수많은 비도덕적 행위를 서슴치 않았습니다. 그 과정에서 수많은 무고한 시민들이 목숨을 잃었습니다. 특히 지난 4월 1일 광화문에서는 군의 발포로 수 백 명이 학살 당했습니다. 그러나 당국의 보도 통제로 어느 매스컴에서도 이 사실이 보도되지 않았습니다. 분노한 시민들과 저희 국민 운동 본부는 목숨을 걸고 이곳 MBC 방송국을 국민의 이름으로 탈환했습니다. 이제부터 국민 여러분께서는 MBC방송을 통해 진실을 확인하시기 바랍니다. 저희 국민 운동 본부는 시민들과 함께 현 독재 정권이 붕괴되는 그날까지 선두에 서서 싸워나갈 것입니다. 전폭적인 지지를 부탁드립니다."

목사의 성명서 발표에 이어서 국민 운동 본부의 투쟁 과정을 소개하는 영상이 방영되었다. 시위 현장을 담은 영상을 편집한 영상이었다. 애국가가 흐르는 가운데 시민들의 시위 모습과 경찰의 폭력 진압을 주로 다루어서 시청자들의 공분을 야기 시키려는 의도가 다분했다. 특히 캠코더로 촬영된 군에 의한 광화문의 학살 장면은 처참하기 이를 데 없었다. 총격을 받아 신체의 일부가 사라진 주검들이 여과 없이 방영되었다.

청와대에서도 대통령과 보좌진이 MBC 방송을 함께 시청했다. 국민 운동 본부의 입장에서만 다루어진 선전 영상은 시청자들로 하여금 정부와 군을 악마처럼 인식하게 할 가능성이 농후했다. 사실 대개의 시위는 군중들의 폭력이 경찰의 강경 진압을 부르는 형태로 이루어진다. 엄격하게 법의 테두리 안에서 이루어지는 시위라면 경찰이 개입할 이유가 없었다. 정부쪽에서 촬영한 영상 중에는 쇠꼬챙이와 쇠파이프로 경찰을 무지막지하게 공격하는 장면도 무수히 많았다. 그러나 그런 건 방송에 거의 보도되지 않았다. 한국 사회는 시위대 쪽을 비판하는 것을 하나의 금기사항으로 여기는 관습이 있었기 때문이다. 정부로서는 긴급 조치를 통해 보도 통제를 할 수 밖에 없는 사정이 있었던 것이다.

MBC 방송 시청 후 청와대 지하 별관에서는 대통령 주재로 보좌관 회의가 열렸다. MBC 방송국 점거로 인해 분위기가 어두웠다.

비서실장의 지시로 정태가 먼저 보고했다.

"경찰이 군중들의 청와대 진출을 막는 일에 집중하는 사이 국민 운동 본부가 MBC 방송국을 타깃으로 정해서 집중 공략했습니다. 인터넷 선전을 통해 군중들이 MBC 인근에 집결토록 한 후 무장한 시민군이 경찰 3명을 사살하고 방송국을 무력 점거 했습니다. 국내 치한을 담당하고 있는 보좌관으로 서 국민 운동 본부의 방송국 점령을 막지 못한 책임을 통감 합니다."

대통령이 고개를 저었다.

"지금은 누구의 책임을 따질 때가 아닙니다. 지금의 비정상적인 시국을 하루 빨리 정상화 시키는 일에 모두가 노력해야 한다고 봅니다. 현재 MBC는 어떤 상황에 처해 있습니까?"

"정확한 정보는 없으나 평소의 반정부 분위기가 강한 MBC 측에서 국민 운동 본부와 손을 잡고 있는 것으로 추정됩니다. 1천명 가까운 무장 시민군이 MBC 사옥 안팎에서 경계를 서고 있고 여의도 전체에 30만 군중들이 운집해 있습니다."

"경찰을 통한 해결은 어렵겠군요."

"그렇습니다. 현재 경찰은 여의도로 향하는 교각을 모두 봉쇄해서 더 이상 시위가 확대되는 것을 막고 있을 뿐 적극적인 진압 시도는 하지 않고 있습니다."

"결국 군을 동원하는 수밖에 없는데……"

"그렇습니다만, 군중의 수가 너무 많아서 대량의 인명 피해가 예상됩니다."

비서실장이 끼어들었다.

"지난번 광화문에서의 총격전을 계기로 군중들 사이에서 군이 투입돼도 밀리지 말자는 여론이 확산되고 있습니다."

대통령은 잠시 눈을 감고 생각에 잠겼다. 자신이 대통령이라고 하더라도 쉽게 결정을 내릴 수 없는 문제라고 정태는 생각했다. 경복궁에 상주하고 있는 특수전 부대를 투입하면 쉽게 해결이 될 수도 있었다. 그러나 수 십 만의 군중이 해산하지 않고 격렬하게 저항한다면 역사상 가장 커다란 인명 피해가 발생할 수도 있었다. 광화문에서의 3백 여명 사망을 끝으로 더 이상의 희생자를 막고 싶은 게 정부의 입장이었다. 그러나 시국은 대통령과 정부의 기대와는 다른 방향으로만 자꾸 흘러가고 있었다.

좀 더 상황을 지켜보자는 애매한 결론을 내리고 보좌관 회의는 종료되었다. 정태는 비서실장의 허락을 받아서 이찬호와의 접촉을 시도해 보기로 했다. 협상을 통한 해결의 실마리가 있는지 타진해 보고 싶었던 것이다. 전화를 건지 5분만에 이찬호는 발신자 표시 제한으로 전화를 걸어왔다.

"오랜만이다."

"어디냐?"

"어디겠어. MBC 방송국이지."

나라를 이 지경으로 만들어 놓고 태연하게 대답하는 이찬호에게 화가 났지만 다른 한 편으로 생각하면 그도 그의 조직을 위해 최선을 다하고 있을 뿐이라는 생각이 들어서 정태는 차분하게 응대했다.

"좀 만날까?"

"어디서?"

"마포쯤이 좋지 않을까. 마포대교 통과 시키도록 조치해 놓을 테니 가능하면 오늘 보자."

"좋아, 오후 2시. 장소는 네가 정해."

"마포 불교 방송국 옆에 '사랑 마을'이라는 카페가 있어."

"오케이."

정태는 통화를 마치고 비서실장에게 이찬호와의 약속 사실을 보고했다. 비서실장은 국민 운동 본부의 입장을 잘 경청하되, 정부쪽에서 군을 투입해서라도 조속히 진압할 예정이라는 사실을 통보하라고 지시를 내렸다.

오후 2시 정국에 도착한 카페 '사랑 마을'은 굳게 잠겨 있었다. 정태가 문을 두드리자 이런 시국에 무슨 차를 마시느냐고 투덜거리며 주인이 문을 열어주었다. 정태는 중요한 약속을 이곳에서 정했다고 사정을 해서 들어갈 수 있었다.

10분 후에 이찬호가 들어왔다. 지난번 보다 머리가 길었고, 표정이 굳어있었다. 두 사람은 웃음기 없는 얼굴로 악수를 나누고 마주앉았다.

정태가 먼저 입을 열었다.

"이제 그만 끝낼 때도 됐잖아."

이찬호는 빙그레 웃으며 응대했다.

"한국인은 말야, 누르면 누를수록 저항 하는 습성이 있어. 정부가 힘으로 억누르려 하니 사태가 더욱 악화되는 것 아니겠어?"

"타당한 정책에 대해서는 수긍을 하는 게 선진국 방식이야."

"그런 사고방식을 갖고 있으니 문제가 안 풀리지. 진작에 우리 국민 운동 본부를 인정하고 타협을 했으면 벌써 해결 됐을 거야."

그것이 국민 운동 본부의 논리였다. 저들은 자신들을 통해서 국민을 통치하라고 요구하고 있는 것이다. 다시 말해서 권력을 나누어 달라는 것이다.

흔히 사람들은 곡식이 넘쳐나서 바다에 버리는 미국의 식량을 아프리카의 빈국에 나누어주면 해결되지 않느냐고 비판한다. 외부에서 보면 식량이 남아돌아 바다에 버리는 미국과 쌀 한 톨이 없어 수 백 만명이 굶어죽는 아프리카 최빈국이 양립하고 있는 것은 모순이다. 그러나 인도주의에 입각해서 식량을 원조하려고 하면 아프리카 빈국의 지도자는 복잡한 요구 조건을 내건다. 아니면 원조 식량을 팔아서 무기를 구입하거나. 그래서 결국 해 마다 미국은 식량을 바다에 버리고 아프리카에서는 수 백 만 명이 굶어죽게 되는 것이다. 미국의 이라크 침공이 정당했는지 여부는 역사가 판단 할 문제지만, 미국의 이라크 침공으로 이라크에 민주주의의 기회가 생긴 것은 엄연한 사실이다.

이찬호가 말을 이었다.

"지금이라도 늦지 않았어. 우리 국민 운동 본부와 위원회를 구성해서 함께 나라의 안정을 도모하자고. 너도 어차피 영원히 청와대에 근무할 수 없는 처지잖아. 지금부터라도 살 길을 찾아야지. 만일 정권이 무너지면 너도 책임에서 자유로울 수 없다고."

"사람에게는 신념이라는 게 있는 거야. 나는 지금의 대통령과 끝까지 함께 하리라고 마음먹고 있어."

"나도 마찬가지야. 나도 내가 옳다고 생각하기 때문에 싸우는 거라고."

지난번 만났을 때와 동일한 패턴의 반복이었다. 서로 자신이 지닌 기득권을 움켜쥐고 상대방의 굴복만을 요구할 뿐이었다. 사실 정태도 힘들었다. 수 백 명의 시민이 사망한 이 상황에서 더 이상의 인명 피해는 막고 싶은 것이 솔직한 심정이었다. 힘들기는 이찬호도 마찬가지일 것이었다. 군이 투입되면 백퍼센트 패배가 확실한 상황에서 언제까지 싸움을 계속할 수 있겠는가. 그럼에도 두 사람은 자신의 의도에 상대가 맞추어지기를 바라고 있었다.

정태가 말했다.

"계속 저항을 포기하지 않으면 최후의 수단을 쓸 수밖에 없어."

"순진한 건 여전하군. 그렇게 압박한다고 내가 달라질 것 같아? 이봐, 난 어차피 젊은 날부터 이 길로 접어들었어. 죽이되든 밥이되든 진보 진영에 설 수밖에 없는 거라고."

이찬호의 어조가 조금 달라졌다. '우리'혹은 '국민 운동 본부'를 지칭하던 것이 '나'로 바뀐 것이다. 결국 이찬호도 자신만 생각하고 있는 것이다. 그에게 진보 진영 외의 길은 도피와 마찬가지일 것이었다. 당장 먹고 살 길도 없을지 모른다. 그렇다면 차라리 노골적으로 현실적인 댓가를 바라면 더 편할 것이다. 그러나 저들은 절대로 그런 내색을 하지 않는 특징이 있다. 상황이 자신들의 현실적 이익에 부합되도록 타인을 선동하고 부추기는 방식이 진보 진영의 생리였다. 그런 의미에서 최근 국민 운동 본부의 투쟁 방식은 의외였다. 경찰서 습격이나 방송국 점거처럼 희생을 필요로 하는 대담한 전략은 지금까지의 진보 진영 생리와 현격한 격차가 있었다. 어쩌면 국민 운동 본부 내부에 변화가 생겼는지도 모른다, 그 와중에 이찬호는 자신의 설 자리를 찾으려고 조율하는 것은 아닐까, 하는 쪽으로 정태의 생각이 흘러갔다.

더 할 이야기가 없었으므로 정태와 이찬호는 카페를 나왔다. 헤어지기 전 악수를 청해오며 이찬호가 중얼거렸다.

"어쩌면 이게 마지막일지도 모르겠군."

"글쎄……"

정태는 애매하게 대답하며 그의 손을 맞잡고 돌아섰다. 고교 졸업 후 이찬호를 만난 것은 이번이 두 번째였다. 그런데 어째서인지 그와 사적인 이야기를 좀 나누고 싶은 기분이 되었다. 만일 이찬호와 이런 의도적인 만남이 아닌 그냥 고교 동창으로 만났으면 어땠을까. 그냥 남들처럼 술 한 잔 나누고 어깨동무를 하며 함께 교가를 합창 하는 그림이 정태의 머릿속에 떠올랐다.

부질없는 상상이었다. 이쪽이 살기 위해서는 저쪽을 죽여야 하는 냉엄한 시국에서 마음이 흔들리면 이쪽이 손해라는 자각이 생겼다.

정태는 차를 몰고 도로를 달리며 얼어붙은 서울을 살펴보았다. 물론 계절은 봄이었다. 하지만 정태의 눈에는 모든 것이 얼어서 다시는 녹지 않을 것처럼 을씨년스럽게 다가왔다.

26. 파국

개그맨 김치익이 예희를 소개했다. 예희는 대기실의 커튼을 제치고 스튜디오로 나갔다. 방청석이 비어 있었기 때문에 박수 소리는 들리지 않았다. 스텝의 수도 평소의 절반 밖에 되지 않았다. 스튜디오 입구에는 소총으로 무장한 시민군이 경계를 서고 있었다. 오케스트라는 당연히 없었고, 반주용 릴 테이프가 돌아가고 있었다.

예희는 스튜디오에 똑바로 서서 <파국>을 부르기 시작했다. 힐끗 모니터용 화면을 보니 두 대의 카메라가 상반신을 교차해서 보여주고 있을뿐, 쇼 프로그램 특유의 연출은 보이지 않았다. 이런 분위기에서 노래를 부르는 게 예희는 태어나서 처음이었다.

MBC가 국민 운동 본부에 검거된 후 방송 내용 대부분은 선전용 다큐멘터리와 국민 운동 본부 관계자들만의 토론회, 성명서 발표 등으로 채워졌고 짜투리 시간에 일반 프로그램을 내 보냈다. 출연진들은 분장실이나 대기실에서 쪽잠을 자고 정해진 시간에 한꺼번에 식사를 해야 했다. 평소와 같은 분장은 생각할 수도 없는 일이었고, 모두가 개인 화장품으로 간단히 해결했다. 의상은 소품실에서 공수된 것 중 적당한 것을 골라 입었다.

창가에 서면 방송국 주위에 운집한 군중들을 볼 수 있었다. 만 하루가 지났음에도 군중의 수는 조금도 줄지 않았다. 그들은 구호를 외치거나 운동가요를 합창하며 단결력을 과시했다. 밤이면 수 천 개의 크고 작은 모닥불이 사람들 사이에서 타올랐다. 경찰 헬기가 군중들의 동태를 관찰 하는 듯 지나다녔다.

화려했던 빛들이 자취를 감추고,
남은 것은 쓸쓸한 우수뿐,
희망도 꿈도 사라진 이곳에,
내겐 그대 향한 짙은 그리움만 남았어,
마지막이라고 말하지 마,
날 두고 떠나지 마,
모든 것이 부숴져도 내 사랑은 변하지 않아,
세상에 파국이 와도,
그대만 있다면,

예희는 <파국>의 2절을 불렀다. 예희가 노래를 부르는 동안 모두가 그녀를 주목했다. 스텝은 물론 경계를 서고 있는 시민군까지 그녀에게서 눈을 떼지 못했다. 예희 스스로가 생각해도 <파국>이라는 노래는 그녀 자신과 잘 맞았다. 음율이 현대적이면서도 전통적인 가요의 감수성이 살아 있어서 젊은 세대뿐 아니라 40대 50대 사이에서도 인기를 끌었다. 더구나 <파국>이라는 제목과 파국을 암시 하는 가사 내용은 현재의 한국 상황을 연상시켜서 시대 분위기와도 잘 맞아떨어졌다.

노래가 끝나자 사회를 보는 김치익이 무어라고 농담을 했지만 표정만 웃을 뿐 예희는 그가 무슨 이야기를 하고 있는지 정리를 할 수가 없었다. 김치익 역시 사회자로 서 의무적인 농담을 건넬 뿐인 것으로 보였다. 예희는 고개를 숙여 인사하고 대기실로 돌아왔다.

대기실에는 출연을 기다리는 다른 가수들이 심각한 표정으로 나란히 앉아 있었다. 예희는 시민군 한 명의 감시를 받으며 분장실로 돌아왔다. 30명이 넘는 연예인들이 지친 얼굴로 여기저기 쓰러져 있었다. 불만을 터트릴 법한 상황이었으나 그보다 공포가 앞서서 누구 하나 이의를 제기하지 않았다. 그저 위에서 내려오는 출연자 명단과 스케줄에 맞춰서 움직일 뿐이었다.

분장실에 들어선 예희는 먼저 휴대폰 폴더를 열어보았다. 윤기의 메시지가 도착해 있었다.

'여기서 보니 이 상황이 오래 갈 것 같아. 사람들이 돌아갈 생각을 안 해. 예희는 지금 괜찮아?'

문자 교환을 통해 예희는 윤기가 방송국 인근에 있다는 걸 알고 있었다. 어젯밤 늦게 도착한 그는 차 안에서 잤다고 했다. 걱정이 되기는 했지만 윤기가 가까이 있다는 사실은 예희에게 안정감을 주었다.

예희는 누가 볼세라 조심스럽게 문자를 찍었다.

'방금 방송 하고 왔어요. <파국>을 불렀는데, 이렇게 썰렁한 분위기의 무대에서 노래를 부르는 게 처음이에요'

몇 초 후 윤기의 답장이 도착했다.

'방송 봤어. 건강해 보여서 다행이더군. 당장이라도 데려오고 싶지만 그럴 수 없는 게 안타까워.'

예희의 안타까움도 형언키 어려울 정도였다. 그와 둘만의 시간을 가졌던 오래지 않은 과거가 꿈속의 일들처럼 아스라이 떠올랐다. 언젠가는 파국이 오리라는 불안감은 있었으나 이런 식의 상황은 전혀 예상치 못했었다.

'설마 영원히 이곳에 갇히겠어요? 꼭 필요한 기술 스텝도 아니니 적절한 조치가 있겠죠.'

'그랬으면 좋겠어.'

'보고 싶어요.'

'나도 그래.'

'사랑한다고 한 번 더 말해줘요.'

'사랑해.'

사랑해라는 말은 너무나 흔한 표현이었지만 이 상황에서 윤기가 직접 찍은 문자를 읽자니 가슴 저 아래서부터 아련한 감동이 밀려왔다. 이렇게 갇히기 전 까지는 한 번도 주고받은 적이 없는 말이었다. 이런 상황이 되니 백 마디의 위로보다 사랑해라는 세 글자가 엄청난 힘이 되었다. 예희는 되풀이해서 사랑한다고 말해 달라는 문자를 보냈고, 윤기가 보낸 사랑해라는 문자를 읽고 또 읽었다.

문창률 프로듀서가 대기실 안으로 들어왔다. 그는 국민 운동 본부의 MBC 점거 이후 국민 운동 본부 지도부와 출연자 사이의 메신저 역할을 충실히 수행하고 있었다.

"여러 가지로 고생이 많습니다. 우리도 힘들지만 이번 투쟁을 선두에서 지휘하는 국민 운동 본부 지도부와 MBC를 수호하려고 모여든 시민들도 고생을 하고 있습니다. 그러니 조금 힘들더라도 견뎌내도록 합시다. 조금 전에 국민 운동 본부를 이끌고 있는 석정수 위원장님께서 출연자 여러분을 위로 해 주고 싶다는 의사를 전해오셨습니다. 지금부터 호명하는 출연자는 앞으로 나와주십시오."

그리고 문창률은 메모지를 꺼내서 출연자의 이름을 부르기 시작했다.

"김치익, 송달수, 한예희, 이문희, 천성경 이상의 다섯 분은 나와주십시오. 저와 함께 석정수 위원장님을 뵈러 가야 합니다."

자신의 이름이 호명되자 예희는 창백해졌다. 가능하면 눈에 띄지 않고 이 상황을 넘기고 싶었던 그녀였다. 그런데 시위 지도부와 조우하게 되면 어떤 식으로 건 엮이게 될 가능성이 있었다. 그렇다고 무장한 시민군이 득실거리는 이곳에서 저들의 지시를 거부 했다가는 무슨 화를 당할는지 알 수 없었다. 호명된 다른 출연자들도 마찬가지로 부담스러운 기색이 역력했다.

"자, 간단하게 끝날 일이니 어서 갑시다."

문창률이 재촉하자 예희를 포함한 다섯 명은 어쩔 수 없다는 얼굴로 일어섰다. 두 명의 시민군이 감시 하는 가운데 다섯 명의 출연자들은 6층의 국민 운동 본부 임시 상황실로 이동했다. 상황실 안에는 군복에 베레모를 쓴 30대 중반의 남자 혼자 팔짱을 껴고 서 있었다. 긴 테이블 위에는 매점에서 공수해 온 듯한 과자와 음료수가 마련되어 있었는데, 전혀 먹음직스럽지 않은 모습이었다.

"반갑습니다. 난 국민 운동 본부 결사 투쟁 위원회의 석정수라고 합니다. 내 부하들은 나를 목사라고 부르기도 하죠."

목사는 약간 마른 체구에 집요함이 느껴지는 눈을 가지고 있었다. 어째서인지 혁명 투사가 아니었다면 전방의 군인이 직업으로 서 적합하다는 인상을 주었다. 그것은 보통의 사회적 유대와는 담을 쌓고 살아온 것 같은 그의 외모 때문이었다.

시민군의 안내로 예희를 비롯한 다섯 명은 테이블 앞에 섰다. 다과가 마련된 것으로 미루어 사담을 나누는 게 이 모임의 목적 같았는데, 출연자들은 한결 같이 입을 다물고 있었다.

목사가 말했다.

"고생이 많습니다. 여러분의 일상적인 생활을 방해한 것에 대해서는 양해를 구합니다. 하지만 지금은 중요한 시기입니다. 독재 정부의 탄압이 나날이 심해졌기 때문에 우리 국민 운동 본부는 어쩔 수 없이 MBC를 무력으로 점거한 것입니다."

그러자 가수인 천성경이 손을 들었다.

"저, 질문 하나 해도 될까요?"

"예."

"우리 언제까지 이곳에 있어야 하죠?"

"머지않아 나갈 수 있으니 염려 마십시오. 밖을 보시면 알겠지만 시민들도 한 마음으로 MBC 주변에 집결해 있습니다. 불편하더라도 좀 더 기다려 주십시오. 자, 제가 성의껏 준비 했으니 테이블의 다과를 좀 드십시오."

테이블을 자세히 보니 초등학생들이 즐겨 먹을 법한 값싼 스낵류와 잘 팔리지 않는 메이커의 음료수들이 전부였다. 그래도 출연자들은 내색을 안 하고 봉지를 뜯어서 과자를 먹기 시작했다.

목사는 테이블의 오른쪽으로 천천히 걷기 시작하며 출연자들의 얼굴을 하나하나 살폈다. 그러다가 그의 발길이 예희 앞에서 멈췄다. 순간 예희는 심장이 멎을 것 같은 불안감에 휩싸였다.

"노래 잘 들었습니다."

목사의 말에 예희는 시선을 들었다. 목사는 대답을 기다리며 예희를 향해 웃고 있었다. 예희는 간신히 대답했다.

"감사합니다."

"내 취미는 음악 감상입니다. 왠지 아십니까?"

예희는 고개를 저었다.

"음악 감상은 돈이 안 드니까, 하하하."

목사는 파안대소했다. 예희도 웃었고 다른 출연자도 웃었다. 하지만 자신들이 왜 웃어야 하는지는 아무도 몰랐다.

그 뒤 10분 가량 대화가 더 오고 갔지만 예희의 귀에는 아무 말도 들어오지 않았다. 목사가 질문을 하면 출연자들이 간신히 대답하는 형식이었다. 목사로부터 벗어났을 때 예희는 감옥에서 풀려나온 것 같은 해방감을 느꼈다. 분장실로 돌아와서 휴대폰을 열어보니 윤기의 문자가 도착해 있었다.

'예희, 곧 군의 작전이 시작될 것 같아. 믿을만한 당국자로부터 들은 거의 확실한 정보야. 군이 작전을 하면 불가피하게 총격전이 일어날 것이고, 그러면 예희도 위험해질 수 있어. 어떻게든 그곳을 벗어나야 해.'

예희의 손이 부르르 떨렸다. 윤기의 말 대로 군이 투입되면 엄청난 참극이 예상되었다. 국민 운동 본부에서 출연자들과 방송국 직원들을 인질로 삼을 수도 있었다. 최근 정부의 강경 노선으로 미루어 인질의 안전을 무시하고 MBC 탈환 작전을 펼 가능성도 있었다. MBC 방송국을 벗어나는 게 최선이었지만 살기등등한 기세로 경계를 펴고 있는 시민군의 눈을 피할 자신이 없었다.

여의도 거리는 축제 분위기였다. 만 이틀이 지났음에도 군중들은 해산 할 기미조차 보이지 않았다. 곳곳에서 불길이 타올랐다. 어디선가 주워온 나무를 태우기도 했고 상가의 간판을 떼어내기도 했으며 몇 군데서는 자동차가 불에 타기도 했다.

술에 만취한 시민들이 어깨동무를 하고 거리를 휩쓰는 모습도 보였고, 24시간 체인점에 몰려들어서 물건을 강탈해 가기도 했다. 어느 곳에서는 카스테레오를 크게 틀어놓은 한 떼의 젊은이들이 춤을 추는 모습도 목격할 수 있었다. 청바지를 입은 여자 한 명이 차 위에 올라서서 유방을 드러낸 채 섹시댄스를 추고, 주변의 남자들이 환호 하는 모습도 볼 수 있었다.

윤기는 차를 서행시키며 증권 거래소 앞을 지나고 있었다. 거리가 사람들로 메워져 있었기 때문에 걷는 것보다 느린 속도로 차를 몰아야했다. 윤기의 차를 발견한 사람들은 비명에 가까운 환호성을 지르며, 더러는 차의 보네트를 손바닥으로 두드리기도 했다.

아직 군대가 투입되리라는 걸 아는 사람은 없는 듯 했다. 아니, 설령 군대가 투입되더라도 군중들은 축제를 계속 이어나갈 것 같은 분위기였다. 엄청난 참사가 불을 보듯 뻔하게 예측되었다.

윤기에게 군의 투입 예정 소식을 알려준 사람은 청와대 국내안보 팀장 윤정태였다. 그는 윤기가 여의도에 있음을 알고 서둘러 대피 할 것을 권유했다. 윤기는 알겠다고 대답했지만 여의도를 떠나지 않았다. 물론 예희 때문이었다. 상황이 급박할수록 그녀를 구해야 한다는 절박함은 더 커졌다. 이 순간은 그것 외에는 생각할 수가 없었다.

윤기는 기업은행 정문 앞에 차를 세우고 MBC 정문을 바라보았다. 벌써 몇 번째 이곳을 배회했으나 방송국으로 들어갈 마땅한 방도가 떠오르지 않았다. 방송국 정문은 시민군이 2열 종대로 서서 출입자를 통제하고 있었다. MBC 직원도 출입을 금지 당했다. 오직 국민 운동 본부 관계자만이 복잡한 확인 절차를 거쳐서 통과할 수 있었다.

윤기는 시위대의 일원인 것 같은 태도로 사람들 사이를 걸어서 MBC의 왼편으로 이동했다. 그곳에는 미술실로 이어지는 작은 후문이 있었다. 그러나 그곳에서도 시민군이 2열 종대로 경계를 서고 있었다. 단지 후문이어서 그런지 시민군의 경계가 다소 느슨한 편이었다. 자기네끼리 대화를 주고받기도 했고 한 명은 담배를 피워 물고 있었다.

잠시 지켜보니 식료품을 공급 받을 때 식료품 회사 직원들을 통과 시켜주었다. 그러나 식료품 직원들은 파란색 유니폼으로 통일되어 있는데다가 일일이 신원 확인을 거쳤기 때문에 그들 사이에 끼어서 들어가는 건 불가능해 보였다. 시민군이 급조된 병사들이라는 건 오히려 위험요소였다. 체계가 잡혀있지 않았으므로 조금만 수상해도 발포를 할 가능성이 높았다. 군대에서도 신병들이 군기가 가장 잘 잡혀 있는 것과 마찬가지 이치였다.

윤기는 짧은 순간 여러 가지 생각을 해 보았으나 마땅한 계책이 떠오르지 않았다. MBC 직원이라고 하면 부서에 확인을 해 볼 것이고, 또 직원이라고 하더라도 출입이 금지되는 상황이었다. 컴퓨터 같은 걸 수리 하러 왔다고 하는 방안도 떠올랐으나 이것 역시 담당 부서에 확인을 해 보면 금방 탄로 날 것이었다.

순간 윤기의 머릿속으로 예희와 관련된 사람이면 통과가 가능할 수도 있다는 생각이 떠올랐다. 예희의 소속사 직원이라고 하고 예희가 그것을 확인해 주기만 하면 되는 일이었다. 물론 출연자의 소속사 직원도 출입을 금지 시킨다는 원칙을 세웠다면 통과가 어렵겠지만 적어도 발각되어 목숨이 위태로워지는 상황은 피할 수 있으리라는 게 계산되었다.

결정을 내린 윤기는 재빨리 예희에게 문자를 보냈다.

'여기 방송국 입구야. 내가 예희의 소속사 직원이라고 둘러댈 테니 시민군이 확인 전화를 하면 맞다고 대답해줘. 방문 이유는 새로운 의상이 필요해서라고 말할게'

의상은 차 안에 있는 적당한 옷을 준비할 계획이었다. 잠시 후 예희의 답장이왔다.

'그렇게 할게요. 단지 의상은 분장실에서 공급 받고 있으니 감기약을 가지고 왔다고 하세요.'

'오케이.'

윤기는 방송국 주변의 약국에서 감기약을 구입한 후 후문을 향해 걸어갔다. 윤기가 다가오자 시민군은 일제히 긴장한 얼굴로 쳐다보았다. 그들은 모두 총구를 윤기에게 조준했다. 조금이라도 이상한 행동을 하면 즉각 사격을 할 태세였다. 어린 아이가 총을 쥐고 있는 것처럼 불안해 보았다.

맨 앞의 시민군이 험악하게 노려보며 물었다. 20대 중반으로 보였으며 예비군복을 입고 있었다.

"당신 뭐요?"

윤기는 웃음을 머금고 머리를 긁적이며 대답했다.

"출연자 중에 한예희 씨가 몸이 좀 안 좋아서 감기약을 준비해 왔습니다. 저는 한예희 씨의 소속사 직원으로 예희 씨의 상태를 확인해 보고 오라는 지시를 받았습니다."

"우리는 그런 지시 받은 적 없는데."

"부탁드립니다. 예희 씨가 워낙 안 좋은 상태라서요."

"잠깐 기다려요."

예비군복은 경계 병력 지휘관으로 보이는 시민군에게 윤기의 사정을 전했고, 지휘관은 휴대폰으로 통화를 시작했다. 바로 예희에게 연락을 하는 건 아닌 듯 했고, 아마도 출연자들을 통제하는 시민군과 통화를 하는 것 같았다. 어쨌거나 일은 긍정적인 방향으로 흘러가고 있었다. 하지만 아직은 불안했다.

통화를 마친 지휘관이 걸어와서 윤기를 아래위로 살피고 감기약도 확인해 본 후, 시민군을 향해 말했다.

"무적 초코파이!"

그러자 10대 후반의 앳돼 보이는 시민군 한 명이 뛰어왔다.

"네가 이 사람 데리고 4층 분장실로 안내해 드려라."

무적 초코파이는 알겠다고 대답하고 윤기에게 따라오라는 눈짓을 보냈다. 작전이 성공한 것에 안도하며 윤기는 무적 초코파이를 따라서 방송국 안으로 들어갔다.

미술실 안에는 시민군 백 여 명이 여기저기서 쉬고 있었다. 경계 병력의 대기실 같았다. 경계를 서고 있는 시민군에게는 두려움이 느껴졌으나 쉬고 있는 그들은 아직 어린애처럼 보였다.

하지만 모택동의 문화 혁명을 주도 한 것도 10대의 홍위병들이었고, 캄보디아 공산 혁명의 주도 세력도 10대 청소년들이었다. 맹목적인 이념의 도구로 활용되기 가장 적합한 세대였다.

미술실을 지나 1층으로 올라가는 계단에 접어들었을 때 무적 초코파이가 윤기에게 물었다.

"아저씨 기획사 직원이라면서요? 나도 연예인 될 수 있을까요?"

"물론. 나중에 우리 회사로 찾아와요."

"회사 이름이 뭔데요?"

"가수 한예희 소속사 검색하면 금방 나오잖아요."

"아, 그렇구나."

무적 초코파이는 윤기를 추호도 의심하지 않는 듯 했지만 소총만은 양손으로 꽉 쥐고 있었다. 힐끗 얼굴을 보니 공부와는 담을 쌓고 나이트클럽 꽤나 출입했을 법한 외모였다. 무슨 생각으로 시위에 가담하고 목숨을 담보로 하는 시민군에까지 가입했을까. 어쩌면 사회의 책임일지도 모른다는 생각이 들었다. 윤기도 한국에서 20대를 보내던 시절, 마땅한 아르바이트 자리 하나 구하기 어려웠다. 어느 곳에서건 월급을 제 때 주지 않았고, 그래서 저절로 반사회적인 가치관이 형성되었다.

어느 업주 건 강제적인 수단이 동원되지 않으면 정당한 임금을 주지 않으려 했고, 그 스트레스로 병이 생길 지경이었다. 그러나 그들은 모두 영세업자들이었다. 대기업이나 정부의 책임이 아닌 것이다. 그런데 젊은 사람들은 분노의 대상을 정확하게 조준하지 못하고 반국가적인 분노로 확대시킨다. 운동권과 재야는 그것을 적절히 이용하고.

그런데 예희와 조우할 생각을 하며 무적 초코파이와 함께 들어선 분장실에는 예희가 없었다. 텔레비전에서 본 적이 있는 연예인들이 지친 얼굴로 윤기를 쳐다볼 뿐이었다. 분장실을 지키는 시민군이 사정을 설명 해 주었다.

"한예희씨 방금 스튜디오로 갔어요. 녹화가 있어서요."

순간 윤기는 가슴이 철렁 내려앉았다. 물론 방송 출연은 예상 가능한 이동 범위였다. 그러나 하필 자신의 방문을 몇 분 앞두고 갑자기 이루어졌다는 것에서 불운의 그림자가 엿보였다. 불운의 힘이 얼마나 강한 것인지를 윤기는 잘 알고 있었다. 그것은 운명의 엇갈림과 사소한 실수를 먹고 괴물처럼 비대해져서 인간의 영혼을 갉아먹는다.

낭패한 얼굴로 서 있는 윤기에게 무척 초코파이가 말했다.

"특별히 전할 말이 있는 게 아니라면 약은 우리에게 맡기고 돌아가시는 게 어때요?"

윤기는 고개를 저었다.

"소속사 입장에서 한예희 씨의 건강이 무척 중요합니다. 잠깐 얼굴이라도 봐야하니 스튜디오로 날 좀 안내 해 주십시오."

"사실은 나도 방송국 구경이 하고 싶은데, 겸사겸사 가 보도록 하죠."

다행히 무적 초코파이는 대수롭지 생각하고 앞장서서 스튜디오로 향했다. 이상하게 윤기의 머릿속에서는 스튜디오에서 또 다른 문제가 발생해서 예희를 만나지 못할 것 같다는 불안이 떠돌았다. 그리고 그것은 곧 현실에 되어 눈앞에 등장했다.

윤기와 무적 초코파이가 2층으로 내려가는 계단을 걷고 있을 때 5~6명의 시민군이 다급히 뛰어올라왔다. 무적 초코파이가 무슨 일이냐고 묻자 그중의 한 명이 대답했다.

"군인들이 공격해 온대. 지금 탱크가 다리를 건너는 중이래."

그리고 그들은 다급히 계단을 뛰어올라갔다. 무적 초코파이는 자신이 지금 어떤 처신을 해야 좋을지 망설이는 얼굴로 서 있었다. 윤기가 재촉했다.

"일단 스튜디오로 가 봅시다."

그러자 무적 초코파이가 말했다.

"못 들었어요? 군인들이 공격해 온대잖아요. 지금 감기약 따위가 문제가 아니라고요."

"그럼 나 혼자라도 가겠소."

"좋도록 하세요. 난 원래 위치로 돌아갈테니까."

1층에서 무적 초코파이는 후문 쪽으로 뛰어갔고 윤기는 지하의 제2스튜디오로 뛰어갔다. 그러나 스튜디오에서의 녹화는 긴급히 중단된 듯 했다. 몇 명의 방송국 직원들만이 서성거릴 뿐 출연자도 시민군도 보이지 않았다. 윤기는 다시 4층의 분장실로 뛰어올라왔다. 분장실에도 역시 출연자와 시민군의 모습은 보이지 않았다. 복도로 나오자 방송국 직원들이 분주히 뛰어다니고 있었다. 다급히 예희의 휴대폰 번호를 누르자 밧데리가 소모되어서인 듯 연결이 되지 않았다. 윤기는 지나가는 방송국 직원을 붙잡고 물어보았다.

"여기 있던 출연자들 어디로 이동했습니까?"

그는 천정을 손가락으로 가리키며 대답했다.

"시민군이 옥상으로 데려갔을 겁니다."

"옥상으로요?"

"군의 공중 침투 공격에 대비해서 인질로 삼으려는 것 같습니다."

최악의 시나리오였다. 육상에서의 공격은 군중들로 하여금 막도록 하고 공중에서의 침투는 출연자들을 인질 삼아 막으려는 계획일 것이었다. 하지만 효과가 있을지 의문이었다. 군이 탱크까지 동원해서 작전을 펴기 시작했다면 어느 정도의 인명 피해는 각오 했다는 것이었다. 물론 다수의 사망자가 발생하면 시위가 전국화 하리라는 국민 운동 본부의 예측은 옳을 수 있지만, 그것은 차후의 문제였다.

엘리베이터가 작동하지 않아서 윤기는 16층까지 뛰어올라갔다. 예상대로 옥상 입구는 시민군에 의해 막혀 있었다. 통과할 수 있는 방법은 통사정을 하는 것 뿐이었다.

"한예희 씨 소삭사 직원인데, 그 분이 몸 상태가 안 좋습니다."

윤기의 말에 험악한 인상의 시민군 한 명이 눈을 부라리며 응대했다.

"씨팔, 지금 여기서 몸 상태 좋은 사람이 어딨어."

"그럼 잠깐 얼굴이라도 보게 해 주십시오."

"자꾸 시끄럽게 하면 쏴 버릴 거야."

험악한 시민군은 총구를 윤기의 가슴에 조준했다. 다른 시민군도 흥분 상태여서 여차하면 방아쇠를 당길 기세로 윤기를 노려보았다. 여기서 더 시간을 끌었다가는 개죽음 당할 수도 있다는 생각이 들어서 윤기는 발길을 돌렸다.

복도는 텅 비어 있었다. 시민군은 곳곳에 배치되어 방어 준비를 할 것이었고, 방송국 직원들은 한 장소에 수용되어 있을 것이었다. 이렇게 어중간하게 배회하다가는 시민군의 의심을 받을 가능성이 높다는 생각에 윤기는 화장실로 몸을 피했다.

세면대에 서서 거울을 보니 초췌한 얼굴의 윤기가 거울 속에서 있었다. 무력감이 엄습해왔다. 아무 것도 할 수 없었고 도움을 요청할 상대도 없었다. 이대로 있다가는 자신도 희생될 수 있다는 두려움이 찾아들었으나 예희를 내버려두고 혼자 빠져나가기는 싫었다.

그때 화장실 안으로 누군가 들어왔다. 거울을 통해보니 군복을 입은 남자였다. 그러나 시민군으로 보기에는 너무 나이가 들어보였다. 그 남자는 소변기 앞에 서서 볼일을 보기 시작했다. 윤기는 곁눈질로 그의 옆모습을 보고나서야 그가 국민 운동 본부의 리더라는 걸 깨달았다. 분명했다. 텔레비전을 통해 성명서를 발표하던 석정수라는 인물이었다. 성명서를 발표하는 석정수의 모습을 보고 윤기는 그가 이 혼란의 총 지휘자임을 직감 했었다.

그렇다면 지금 이곳에서 석정수를 살해하면 상황을 종료시키는 것도 가능했다. 어느 집단이건 리더가 사라지면 지리멸멸하기 마련이었다. 허리에 권총을 차고 있었지만 재빨리 덮치면 저항하기 어려울 것이었다.

문제는 화장실 밖에 시민군이 경계를 서고 있을 가능성이었다. 그렇다고 문 밖을 확인 할 사이가 있는 것도 아니었다. 윤기가 주저 하는 사이 석정수는 옷을 추스르고 윤기 옆에 섰다. 거울을 통해 윤기는 그와 눈이 마주쳤다. 석정수는 군복의 카라를 세우며 윤기에게 말을 건네 왔다.

"방송국 직원이요?"

윤기는 얼떨결에 대답했다.

"그렇습니다."

"빨리 대피 하시오. 곧 총격전이 벌어질 테니까."

"네."

석정수는 나갔고 윤기는 우두커니 제 자리에 서 있었다. 지금이라도 쫓아가서 경계병이 없다는 게 확인되면 살해를 시도할 기회는 있었다. 그러나 윤기는 아무 것도 하지 않았다. 그는 그 자리에서 서서 떨리는 가슴을 진정 시키려 가쁘게 숨을 내쉬었다.

27. 대통령의 결단

군 투입이 결정된 것은 4월 6일 새벽이었다. 대통령은 새벽4시에 긴급 보좌관 회의를 소집했다. 정태를 비롯한 대부분의 보좌관들은 청와대 내에 대기 중이었고, 몇 몇 외부에 머물던 보좌관들은 연락을 받고 황급히 청와대로 들어왔다.

청와대 지하 별관에 도열한 보좌관들은 대통령이 중대 결심을 했으리라는 걸 어렵지 않게 예측할 수 있었다. 대통령의 얼굴에서는 단호함이 묻어나왔다. 수 년 동안 대통령을 지켜보아온 정태는 이 순간처럼 대통령이 경직되어 있는 걸 처음 보았다.

대통령이 입을 열었다.

"나는 한 나라의 대통령으로 서 이 순간 역사적인 결정을 내리기로 했습니다. 지금 여의도에서 일어나고 있는 광란의 폭동을 군을 투입해서 진압하기로 마음 먹었습니다. 저는 집권 이후 망국적인 떼쓰기 관습이 국가 정체성을 훼손한다는 걸 인식하고 이를 바로 잡으려 노력해왔습니다. 그럼에도 우리 사회 저변에는 선진국으로의 진입을 가로막는 잘못된 풍토가 아직도 만연해 있습니다. 국가에서 아무리 진정성이 담긴 호소를 하더라도 통하지 않는다면 앞으로 누가 대통령이되건 올바른 통치가 불가능합니다. 그래서 저는 야수의 심정으로 법에 명시된 대통령의 권한을 최대한 활용하기로 했습니다. 저는 이미 긴급조치 발동을 통해 군을 통한 치한 질서 회복을 합법화 시킨 바 있습니다. 어떤 대가가 따라도 좋고, 후세에 어떤 대통령으로 기록되어도 좋습니다. 이 나라의 왜곡된 관습을 뿌리 뽑을 때까지 대통령으로 서의 책임을 다 할 것입니다."

분위기가 숙연해졌다. 보좌관 사이에서는 어떤 이의도 제기되지 않았다. 어쩌면 모두가 이 순간을 기다려왔는지도 모른다. 학살자라고 불리는 것이 두려워 어설프게 타협한다면 여생은 비교적 안락하지 모른다. 그러나 그것은 식물 대통령이나 마찬가지였다. 대통령은 원칙을 위해서는 언론의 조롱이나 지지도의 하락에 개의치 말고 적법한 권한을 행사해야 옳다고 정태는 늘 생각해왔다.

갑자기 어디선가 흐느낌 소리가 들려왔다. 민정 수석실 수석 유선철이 입술을 깨물며 울고 있었다. 그는 흐느끼며 나즈막이 말했다.

"이럴 수밖에 없는 게 안타깝습니다."

대통령은 천천히 일어나서 유선철에게 걸어가 손수건을 내밀었다. 유선철은 터져 나오는 울음을 간신히 삼키며 대통령의 손을 맞잡았고, 대통령은 그의 등을 어루만져주었다.

대통령은 국방부 장관과 협의해서 군 투입 계획을 완료했다. 수도권 인근의 3개 사단이 교각을 통해 여의도로 진입하고 강인걸 소장이 지휘하는 특수전 부대가 헬기를 타고 MBC 방송국에 침투해서 방송국을 장악한다는 계획이었다. 이번 작전의 총 지휘자는 강인걸 소장으로 결정되었다.

모든 계획이 완료되자 강인걸이 보좌관 회의에 참석해서 대통령에게 마지막 보고를 올렸다.

"저희 군은 대통령 각하의 뜻을 받들어 국가의 정체성을 뒤흔드는 패거리들을 이번 기회에 완전히 소탕하겠습니다. 작전은 신속하고 정확하게 실행되어 다시는 이런 혼란이 발생 하지 않도록 만들겠습니다."

대통령이 말했다.

"만 명이 죽어도 좋고 백 만 명이 죽어도 좋습니다. 이런 식의 떼쓰기 근성으로는 아무 것도 얻을 게 없다는 것을 만 천하에 보여주십시오. 그래서 다시는 이와 같은 불행한 역사가 되풀이 되지 않도록 만들어야 합니다."

"대통령 각하께서 올바른 판단을 내리셨다는 건 역사가 기억할 것입니다."

"고맙소."

강인걸은 곧 작전을 실행에 옮겼다. 우선은 군중들을 해산시키기 위해 2개 보병 사단이 마포 대교와 서울교를 통해 여의도로 이동하기 시작했다.

여의도의 전경련 회관 앞에서 첫 교전이 발생했다. 탱크와 보병이 눈앞에 모습을 드러내자 10만에 가까운 군중들이 자동차를 불태우며 바리게이트를 만들고 투석을 시작했다. 그러자 병사들의 총구가 불을 뿜기 시작했다. 자동 소총이 난사되자 그 자리에서 천 여 명이 쓰러졌다. 해산하지 않고 밀집해 있는 시위대를 조준해서 탱크가 포탄을 발사했다. 군중들의 시체가 조각조각 분해되어 공중으로 떠올랐다가 아스팔트 위에 내팽개쳐졌다. 사망한 시신에서 흘러나오는 피가 개울물처럼 흘러넘쳐서 하수구 속으로 빨려들어갔다. 공포에 질린 군중들이 골목으로 숨어들어갔지만 장갑차가 그들의 뒤를 쫓아가서 M60 기관총을 난사했다. 골목에는 순식간에 수 백 구의 주검이 나뒹굴었다.

금융감독원 빌딩의 옥상에서 소수의 시민군이 소총으로 응사를 해 왔다. 그러자 탱크의 포신이 불을 뿜는 것과 동시에 금융감독원 빌딩의 일부가 무너져 내렸다. 빌딩의 절반이 무너져 내리자 시민군은 무너지지 않은 쪽으로 밀집했고, 그 순간 탱크의 포신이 다시 한 번 불을 뿜으며 남은 건물을 박살냈다. 무너진 건물 잔해에는 군중들의 시체가 찢어진 천 조각처럼 너덜너덜하게 매달려 있었다.

라이프 상가 앞에서 10만의 군중이 버스를 앞세워서 저항을 시작했다. 군중들은 애국가를 합창하며 진격해 오는 군인들을 증오의 눈으로 바라보았다. 군은 광장 아파트에 전열을 갖춘 후 포격을 시작했다. 우레와 같은 박격 포탄이 군중들 사이에 투하되었다. 순식간에 3천 명의 시체가 산처럼 쌓였다. 팔다리를 잃은 수 천 명의 시위대가 미친 것 같은 얼굴로 고통을 호소하며 굴러다녔다. 몇 명의 시위대가 버스에 올라타서 자살 공격을 감행했다. 버스는 100킬로미터의 속력으로 달려와서 탱크와 충돌했다. 병사들은 자살 공격을 감행한 시위대를 끌어내서 머리에 자동 소총을 난사했다. 머리를 잃은 시위대는 허공으로 손을 휘젓다가 바닥에 나뒹굴었다.

청와대 지하 별관에서는 대통령과 보좌관들이 경찰 헬기가 촬영한 진압 광경 영상을 시청하고 있었다. 모두가 굳게 입을 다물고 여의도의 아비규환 현장을 묵묵히 바라보았다.

정태는 오늘의 비극으로 한국이 안정을 되찾을 수 있을까 생각해 보았다. MBC 채널에서는 군의 진압을 생중계 해 주고 있었다. 어쩌면 군의 강경 진압에 자극 받은 국민들의 시위가 전국으로 확산될 수도 있었다. 그러나 대통령의 모진 결심으로 미루어 혼란을 방치하지 않을 것이라고 그는 생각했다. 대통령의 주관은 확실했다.

올바로 살아라.

바로 그것이었다. 정부는 양심적으로 사는 국민이라면 얼마든지 존중해 줄 준비가 되어 있었다. 그러나 정부의 정당한 공권력 행사에 떼쓰기로 저항하고 목소리 큰 사람이 대접받는 풍토를 확대시키기 위해 노력하는 국민들이라면 제거되어 마땅하다는 것이 대통령의 생각이었다.

만 명이 죽어도 좋고, 백 만 명이 죽어도 좋다, 라고 대통령은 분명히 천명했다. 만일 백 만 명이 죽어서 한국이라는 나라가 제 정신을 찾는다면 그들의 죽음은 분명 값진 것이 될 것이었다. 작은 계산과 아집, 지독한 의심, 비열함 등으로 무장한 한국인이라면 설령 수 천 만이 학살당해도 동정할 하나님은 어디에도 없다는 것이 대통령과 보좌진의 사상이었다. 불교의 윤회론에 따르면 인간은 죽음을 거듭하면서 발전한다고 했다. 그렇다면 쥐처럼 비열한 계산과 음모적인 사고를 지닌 사람들이 몰살당하는 것은 축복 받을 일이었다. 그들은 죽음 직후에 자신의 인생을 플래시백으로 되돌아보고, 자신의 삶이 잘못된 것임을 자각할 것이었다. 오히려 자신의 잘못된 삶을 정지 시켜준 대통령에게 감사할지도 모른다.

그렇다, 다시 시작해야 한다. 한국이라는 나라도, 개인도 처음부터 출발해야 한다, 지금 여의도에서의 전쟁은 학살이 아닌, 축제로 불리어야 옳다, 자유와 민주주의는 그것을 누릴 자격이 있는 자에게만 주어져야 한다, 한국은 아직 아니다, 개 패듯 때려야만 올바로 살아가는 인간이 다수인 국가는, 반드시 붕괴할 수밖에 없고, 붕괴되어야 마땅하다, 라고 정태는 생각했다.

경찰 헬기가 보내는 영상은 여의도의 거리를 부감으로 비춰주고 있었다. 여기저기서 총소리가 들리는 가운데, 수 십 만의 군중들이 몰려다녔다. 그것은 영혼의 방황이었다. 자각이 없는 동물의 방황은 동정 받을 수 있지만, 영혼을 가진 인간의 방황은 경멸의 대상이었다. 그들은 지금 주검을 붙들고 울부짖고 있지만, 그들 가운데 진정한 휴머니즘을 가진 인간은 거의 없으리라는 걸 정태는 알고 있었다. 무책임한 시위가 아니라면 그들은 서로를 질시하는 적일뿐이었다.

"오늘을 넘기지 말고 끝내도록 하시오."

대통령은 비서실장에게 지시를 내리고 일어섰다. 비서실장은 알겠다고 대답하고 강인걸 소장에게 연락을 취했다. 보좌진들은 모니터를 끄고 자신의 자리로 돌아갔다.

정태는 비서실로 돌아와서 커피 한 잔을 탔다. 그러고 보니 오늘은 모닝커피를 마시지 않았다. 여의도의 폭동이 진압된다고 태평시절이 곧 오지는 않겠으나, 정태의 마음이 훨씬 차분해진 건 사실이었다. 대통령은 힘든 결정을 내렸지만, 그로 인해 한국의 역사는 새로운 시대로 접어들 것이다.

정태는 커피 잔을 들고 창밖으로 시선을 돌렸다. 맑은 봄날이었다. 사태가 마무리되면 비서실 직원들과 봄의 운동장에서 공차기라도 하자고 제안해야겠군, 하고 생각하며 정태는 커피 잔을 입으로 가져갔다.

MBC 방송국 6층의 국민 운동 본부 상황실에는 목사 혼자 있었다. 방송국 점거 이후 목사는 거의 혼자 상황실에서 지냈다. 몇 차례 국민 운동 본부 지도부의 회의가 이곳에서 열렸으나 대부분 30분을 넘지 않는 짧은 시간에 회의가 끝났다.

목사는 그때 그때 시민 자치군 지휘부를 불러서 지시를 내리는 방식으로 전체를 통솔했다.

대다수가 그라쿠스 멤버인 시민 자치군 지휘부는 목사의 말을 한 글자도 틀리지 않게 그대로 실행에 옮겼다. MBC의 방송 프로그램도 마찬가지였다. 프로그램 선별권은 전적으로 목사에게 있었으며, 간혹 내용도 목사의 지시에 의해 급조되었다.

지난 며칠간 MBC는 목사의 왕국이었다. 그런데 이제는 어떤 식으로 건 종말이 다가오고 있었다.

얼짱 토마가 상황실로 들어섰을 때 목사는 창가에 서 있었다. 그는 얼짱 토마가 들어온 걸 알고는 몸을 돌려서 똑바로 걸어왔다.

얼짱 토마가 보고했다.

"시민 자치군을 정문과 후문에 3천명씩 배치했고 옥상에는 출연자 42명을 인질로 억류중이며 시민 자치군 120명이 배치되어 있습니다."

"수고했다."

목사는 짧게 대답했다.

얼짱 토마는 목사가 지금 무엇을 원하고 있는지를 알고 싶어서 안색을 살펴보았으나 얼굴에서는 아무런 변화를 감지할 수 없었다.

얼짱 토마가 군이 다리를 건너 이쪽으로 진군해 오고 있다는 소식을 들은 것은 1시간 전이었다. 예상과 달리 군중들의 수는 거의 줄지 않았으며 시민 자치군의 이탈자도 거의 없었다.

얼짱 토마는 목사의 지시에 의해 시민 자치군을 배치시켰다. 옥상에 출연자들을 모아놓고 인질로 삼은 것도 목사의 아이디어였다.

상황실을 나오려는 얼짱 토마에게 목사가 물었다.

"두렵니?"

얼짱 토마는 걸음을 멈추고 목사를 쳐다보았다.

"두려움은 없습니다만, 궁금한 건 있습니다."

"뭐가 궁금하지?"

"하나님은 우리 편일까요?"

얼짱 토마는 질문을 해 놓고도 자신이 왜 지금 그런 질문을 던졌는지 알 수 없었다. 하나님 같은 건 한 번도 생각해본 적이 없는 그였다.

그러나 그라쿠스 멤버가 되고 숱한 시위와 테러에 참여하면서 막연한 의문이 생겼다. 사람을 죽이고 국가를 혼란에 빠트리는 것이 정당성을 가지려면 더 숭고한 목표가 있어야 한다. 물론 그것은 누구도 판단할 수 없는 문제다. 그래서 얼짱 토마는 하나님을 빌린 것이다. 만일 하나님이 존재한다면 정부와 시위대 가운데 어느 쪽을 지지할 것인가, 하는 의문이 언젠가부터 얼짱 토마의 내부에 존재하기 시작했던 것이다.

목사가 대답했다.

"바다 거북 새끼들이 바다로 가기 위해 몸부림치는 광경을 본 적이 있어. 백 여 마리의 새끼 중에 바다에 도착하는 놈은 10마리도 되지 않아. 하나님은 어느 편일까? 도태되는 90마리의 편일까? 아니면 바다에 도착하는 10마리의 편일까?"

얼짱 토마도 텔레비전의 동물 다큐멘터리 프로그램에서 그 장면을 본 일이 있다. 대부분의 바다 거북 새끼들은 갈매기에게 잡아먹히고 소수만이 바다로 헤엄쳐 들어갈 수 있었다.

목사가 말을 이었다.

"사람은 옳아서 어떤 일을 하는 것이 아니다. 운명적으로 그 일 외에는 할 수 없기 때문이다."

얼짱 토마는 목사의 말을 절반쯤은 이해할 것 같았다. 지금 이곳에 있는 사람에게는 이곳에 있을만한 이유가 있는 것이다. 달리 살 길이 없어서, 정부를 전복 시키려고, 혁명을 위해서 등등 제 각각의 수 천 가지 이유가 있겠지만 이곳에서 곧 들이닥칠 군대와 맞서 싸워야 하는 것이 눈앞의 현실이었다. 그것만 생각하면 되는 것이다.

얼짱 토마는 상황실을 나와서 복도를 걸었다. 아직은 고요했다. 그러나 얼마 후면 이곳은 지금과 전혀 다른 모습으로 변할 것이다.

죽음.

얼짱 토마는 한 번도 진지하게 생각해 본 적이 없는 자신의 죽음을 떠올렸다. 두렵지는 않았다. 단지 생경할 뿐이었다. 총탄이 머리나 심장에 박히면 잠시 고통스럽겠지만 그 시간만 견디면 암흑으로 돌아간다. 천국이나 지옥에 흥미는 있지만 믿지는 않았다. 사후 세계에 관한 책을 흥미롭게 읽은 경험은 있지만 실제 한다고는 생각하지 않았다.

여러 사람들의 모습이 눈앞에 스쳐갔지만 가장 분명하게 떠오른 얼굴은 슈가였다. 그 애와 나란히 시내를 걸으며 웃던 일이 선명하게 기억에 남아 있었다. 얼짱 토마는 지금에서야 사랑이 뭔지 알 것 같았다.

MBC 정문에는 시민 자치군 수 천 명이 모래주머니를 쌓아놓고 방어 태세를 갖추고 있었다. 얼짱 토마는 그들을 지나쳐서 자신의 자리에 섰다. 그 역시 다른 시민 자치군과 똑같은 모습으로 싸울 것이었다. 나이도 어리고 배운 것도 부족한 얼짱 토마가 무난하게 시민 자치군을 통솔 할 수 있었던 이유는 권위를 내세우지 않았기 때문이다. 얼짱 토마는 보통의 시민 자치군과 똑같이 식사를 했고 똑같이 근무를 했다.

얼짱 토마는 자신이 참호에 엎드려서 전방을 주시했다.

이윽고 먼 곳에서 총소리가 들리기 시작했다. 군과 군중이 격돌하기 시작한 것이다. 그 순간 얼짱 토마는 아스피린조아의 목소리가 듣고 싶어졌다. 어째서 이 중요한 순간에 슈가가 아닌 아스피린조아와 통화가 하고 싶어졌는지는 그 자신도 알 수 없는 일이었다.

휴대폰 번호를 누르자 아스피린조아의 목소리가 건너왔다.

"여보세요?"

"나야."

"오랜만이네."

"어디야?"

"수색. 네 방에 갔다가 네가 없어서 뚝방 길을 걷는 중이야. 넌 어디야?"

"그냥……"

얼짱 토마가 머뭇거리자 아스피린조아가 다그쳐 물었다.

"너 아직도 그 모임에 나가니?"

"응."

"정신 차려. 그런 거 하다가 잘못되면 감옥에 간다고."

"상관없어."

"오늘 들어올꺼야?"

"잘 몰라."

"만일 들어오면 내가 저녁 차려줄게."

"응."

그리고 잠시 침묵이 이어졌다.

얼짱 토마의 눈앞에서 군중들이 분주히 움직였다. 군과 군중들과의 충돌이 격해진 모양이라고 얼짱 토마는 생각했다. 얼짱 토마가 한참만에 입을 열었다.

"미안해."

"뭐가?"

"널 아무렇게나 대해서."

"신경 쓰지 마. 네가 날 좋아하지 않는다는 거 다 알아. 어차피 난 누구에게도 사랑받지 못하는 사람이니까. 그래도 넌 나를 때리지 않았잖아. 그 점이 마음에 들었어."

그 순간 얼짱 토마의 목이 메었다.

때리지 않아서 마음에 들었다는 아스피린조아의 말에 감동해서가 아니었다. 아스피린조아가 있는 세계에서 자신이 너무 멀리 벗어나 있다는 자각이 생겨서였다.

PC방에서 밤새 게임을 하고, 텔레비전 코메디 프로그램을 보며 배꼽을 잡고 웃고, 여자와 자고 싶어서 안달하는.....

그런 일들이 다시 돌아오지 않을지 모른다.

하지만 얼짱 토마는 여기서 최후를 맞더라도 이곳을 벗어나지 않기로 했다. 그라쿠스에 가입한 후 그에게는 난생 처음 소속감이 생겼다. 그것은 운명과도 같은 것이었다.

어차피 언젠가 한 번 죽는다면 이곳에서 군과 격돌하다가 죽는 것이 어떤 가능성보다 더 가치 있게 느껴졌다. 그런 의미에서 자신은 지금 인생의 최고 절정기를 누리고 있는 것이라고 얼짱 토마는 생각했다. 총을 쥔 그의 손에 힘이 들어갔다.

찬호는 군의 진격 소식을 전해들은 순간 도망쳐 버릴까 생각했다. 극단적인 상황을 머릿속에서 예상하는 것과 그 일이 눈앞의 현실이 되었다는 것은 전혀 다른 이야기였다. 아무리 군의 투입을 예상했더라도 그것이 현실이 되면 극심한 공포를 느끼는 것이 인간이었다.

교각이 모두 봉쇄되었기 때문에 여의도를 벗어나는 건 불가능했다. 하지만 어딘가에 숨어 있을 수는 있었다. 국민 운동 본부 지도부인 찬호는 MBC 방송국의 출입이 자유로웠다. 간단한 핑계를 대고 이곳을 벗어나서 민간 아파트에 은신하면 살 수는 있었다. 나중에라도 체포될 수는 있겠지만 죽는 것과는 비교할 수 없는 일이었다. 게다가 시민 자치군 외의 국민 운동 본부 관계자 대부분이 여의도 밖에 있었다. 그들은 군의 작전 후 상황 변화에 따라서 노선을 결정 할 태세였다.

그럼에도 찬호가 쉽게 도주 결정을 내리지 못한 이유는 세상의 중심이 지금 이곳에 있다는 확신 때문이었다. 국민 운동 본부의 이름으로 도심을 점령하고 MBC 방송국을 점령한 것은 한국의 운동권 역사상 기념비적인 쾌거였다. 찬호는 마지막까지 이곳에 남아 역사의 현장을 지켜보고 싶었다.

하지만 그 욕구를 위해 목숨을 거는 것이 합리적인가 하는 의문이, 아니 사실은 죽는 것에 대한 두려움을 벗어나기 힘들었다.

찬호는 이러지도 저러지도 못한 채 MBC 로비를 서성거렸다. 시민 자치군은 정문에 참호를 설치하느라 분주히 움직이고 있었다. 저들 사이에 합류 하던가 도주를 하던가 이제는 결정을 내릴 시기였다.

더 이상 이곳에서 시간을 지체하면 의심 받으리라는 생각에 찬호는 우선 계단을 올라갔다. 계단을 올라가는 사이 그는 갑자기 석정수를 만나고 싶어졌다. 무슨 할 말이 있어서는 아니었다. 단지 군의 진압 작전을 앞 둔 지금도 석정수가 미래를 낙관하고 있는지 궁금했다. 서구의 노동 운동가 가운데 몇몇은 처형당하는 순간까지 역사의 진보를 믿는다는 유언을 남겼다고 한다. 석정수에게도 그런 식의 치열한 진정성이 있는지 찬호는 확인하고 싶었다.

6층으로 올라서니 시민 자치군 여러 명이 분주히 상황실을 출입하고 있었다. 찬호는 상황실 입구에서 경계병에게 목사와 잠깐 할 이야기가 있다고 말했고, 경계병은 무전으로 목사에게 보고했다. 다행히 목사의 허락이 떨어졌다.

목사는 테이블 위에 MBC 방송국 인근의 항공 지도를 올려놓고 시민 자치군과 방어 계획을 짜고 있었다. 찬호는 그를 방해하고 싶지 않아서 잠시 서 있었다. 목사는 찬호 쪽을 힐끗 쳐다보며 물었다.

"아직 안 갔어?"

의외의 질문에 찬호는 당황한 목소리로 대답했다.

"이 상황에서 빠져나가는 건 무책임하잖아."

목사는 고개를 저었다.

"지금 네가 할 일은 없어. 더 늦기 전에 몸을 피하는 게 좋을 거야."

"내게도 총을 줘."

그렇게 내뱉어 놓고도 찬호는 자신이 왜 그런 말을 입 밖에 냈는지 스스로를 이해할 수 없었다. 자신이 필요 없다는 목사의 말에 자극 받아서인지, 아니면 끝까지 싸워야 한다는 사명감이 갑자기 생겨서인지는 알 수 없는 일이었다.

목사는 허리를 세우고 찬호를 향해 똑바로 섰다. 잠시 찬호를 쳐다보던 목사는 시민 자치군에게 소총을 건네받아서 찬호에게 던졌다. 탄창이 장착된 M16 소총이었다.

"진심이라면 옥상에 올라가서 군의 옥상 침투를 막는데 참여해."

찬호는 고개를 끄덕이고 상황실을 나왔다. 옥상으로 향하는 계단을 밟고 올라가며 찬호는 어렴풋이 자신이 목사에게 왜 총을 달라고 했는지 이해했다. 그것은 변함없는 목사의 태도 때문이었다. 목사는 대학 시절의 운동권 동아리 멤버 때부터 현재까지 일관된 태도를 유지했다. 그것은 삶에 대한 진정성이었다. 대개의 운동권이 적당한 출세의 도구로 사회 운동에 관심을 갖는 것에 반해서 목사는 실제로 혁명이 가능하다는 확신을 갖고 있었고, 그 힘으로 지금의 상황을 만들었다. 기존의 운동권이 주로 하는 토론은 민주주의의 이름으로 각자의 이해관계를 나누는 요식행위였다. 다시 그 속으로 들어가는 것이 찬호는 지긋지긋하게 느껴졌다.

옥상 입구는 두 명의 경계병이 막고 있었다. 그들은 이미 목사에게 지시를 받은 듯 찬호가 걸어오자 문을 열어주었다.

옥상으로 나아갔을 때 가장 먼저 눈에 들어 온 것은 사십 명 가량의 방송국 출연자들이었다. 그들은 옥상 한 복판에 열을 맞춰 앉아 있었다. 대부분은 텔레비전에서 낯을 익힌 얼굴들이었다. 여느 때 같았으면 화려한 스포트라이트를 받고 있어야 할 그들이 지금은 난민처럼 인질이 되어 있었다. 하지만 강경진압을 결정한 당국이 몇 십 명의 연예인 생명을 보호하기 위해 진압을 주저할지는 의문이었다. 아마도 목사는 대중들에게 잘 알려진 연예인들이 진압 과정에서 사망하는 장면을 전국에 내보내서 시위의 전국화를 꾀하려는 의도를 갖고 있을 것이었다.

“이쪽으로 오십시오.”

시민 자치군 한 명이 찬호를 향해 손짓을 했다. 찬호는 그의 지시에 따라서 모래주머니 앞에 섰다.

“뭘 해야 할는지 알죠? 군이 헬기로 공격해 오면 여기서 응사를 하면 됩니다. 우리도 모두 초보기 때문에 특별히 가르쳐 줄 건 없습니다.”

찬호는 모래주머니에 총을 기대고 공중을 응시했다. 구름 몇 점이 흩어져 있는 맑은 봄날이었다. 찬호는 방송국 옥상에서 군의 공격을 방어하고 있는 지금의 현실을 받아들여야 한다는 생각과 동시에, 지금까지의 삶이 방황처럼 느껴지기 시작했다. 자신의 자리를 찾지 못해서 느끼는 방황이 아니었다. 잘못된 목표를 세우고 그것을 정의라고 착각한 것이 진정한 의미의 방황이었다. 깨어 있는 자의 시각에서 본다면 자신의 인생이 얼마나 구차스럽게 보일까를 생각하며 찬호는 얼굴을 붉혔다. 군의 기관총에 벌집이 되도록 난사 당하고 거리에 버려져도, 누구를 탓 할 수 없을 것 같은, 그런 심정이었다.

28. 사랑의 확인

중무장한 특수전 부대 부대원 16명씩을 태운 CH-53 헬기 4대가 경복궁 수도 경비 사단 연병장에서 동시에 이륙했다. 제1호 헬기에 타고 있는 나용선 소령은 창밖의 서울을 내려다보았다. 여의도의 격전이 믿어지지 않을 만큼 고요했다. 나용선 외의 15명 부대원들은 침묵속에 총기를 점거하는 등 마지막 준비를 하고 있었다.

곧 무전이 울렸고, 무전병이 무전기를 나용선에게 건넸다.

"나용선 소령입니다."

나용선이 대답하자 강인걸 소장의 목소리가 건너왔다.

"어딘가?"

"현재 명동 상공을 지나고 있습니다."

"문제없겠지?"

"물론입니다."

"대통령께서 오늘 내에 해결되기를 바라고 계신다. 신속하게 작전 완수 할 것을 다시 한 번 지시한다."

"알겠습니다!"

나용선은 무전을 끝내고 다시 창밖을 내려다보았다. 이제 광화문을 지나 마포 쪽이 가까워지고 있었다. 몇 분 뒤면 여의도 상공에 접어들 것이었다.

외부의 적이 아닌 국내의 적을 대상으로 하는 작전이어서 마음 한쪽이 불편했다. 그러한 부대원들의 심리 상태를 잘 알고 있는 듯, 강인걸 소장은 외부의 적보다 내부의 적이 더 위험하다는 논리로 정신 무장을 시켰다. 나용선 역시 강인걸 소장의 말에 동화되었다. 뱀처럼 꼬리를 물고 이어지는 루머로 인한 한국 사회의 대 혼란은 군이 나서지 않으면 해결이 불가능한 상태에 이르렀다. 돈이 필요하면 돈을 달라고 당당하게 말하는 것이 아니라 집단을 형성해서 국가의 기강을 뒤흔드는 방식으로 원하는 것을 달성 하려는 집단 이기주의가 한국 사회 전반에 퍼져 있었다. 떼만 쓰면 모든 것이 다 이루어진다는 풍토가 확산되다보니 너도나도 거리로 쏟아져 나오는 것이다.

이제는 더 두고 볼 수 없는 참담한 지경이었다. 대통령이 학살자라고 불리는 치욕을 감수하고라도 버르장머리를 고치겠다고 나선 것은 엄청난 희생정신이 배경에 있기에 가능한 것이었다.

이제 한강을 지나 여의도가 서서히 눈앞에 모습을 드러내고 있었다. 곳곳에서 피어오르는 검은 연기가 격전이 벌어지고 있음을 말 해 주었다.

헬기가 여의도에 접어들자 무수한 총탄이 날아왔다. 자세히 살펴보니 여의도 고등학교 건물에서 군중들이 무차별로 사격을 해 오고 있었다. 나용선은 조종사에게 그쪽으로 기수를 틀라고 지시한 후, 부대원들에게 외쳤다.

"저 곳부터 청소하고 가자!"

부대원들은 일제히 알겠다고 대답한 후 사격 자세를 취했다. 헬기가 여의도 고등학교 상공에 이르자 군중들의 사격이 더욱 거세졌다. 나용선은 바로 옆에 앉은 장하사에게 스팅거를 발사하도록 지시를 내렸다. 장하사는 스팅거의 미사일을 장착하고 여의도 고등학교 건물을 조준해서 방아쇠를 당겼다. 스팅거 미사일이 검은 꼬리를 그으며 곧장 여의도 고등학교로 날아가서 학교 건물의 정중앙에 명중했다. 여의도 고등학교는 순식간에 검은 연기에 휩싸였다. 장하사는 두 발을 더 발사했고, 스팅거 미사일을 세 발 맞은 여의도 고등학교는 상층부가 완전히 파괴된 우스꽝스러운 모습으로 변했다.

건물이 불에 타자 군중들이 운동장으로 쏟아져 나왔다. 나용선은 그들을 뒤쫓도록 지시한 후 사격 명령을 내렸다. 부대원들은 일제히 사격을 시작했고, 도주하던 시위대는 머리와 등에 총을 맞고 쓰러졌다. 헬기는 골목으로 숨어들어간 시위대를 끝까지 추격해서 사살했고, 건물에 숨어든 시위대를 몰살시키기 위해 스팅거 미사일을 발사했다. 그 외에 개별적으로 이동하는 시위대는 M16으로 조준 사격해서 처리했다.

나용선의 지시로 헬기는 최종 목표인 MBC 방송국을 향해 날아갔다. MBC의 유리창은 햇빛에 반사되어 눈부시게 빛을 발하고 있었다. 옥상과 정문 쪽에서 무수한 총탄이 날아왔지만 헬기는 방향을 조금도 흐트러트리지 않고 일직선으로 날아갔다. 다른 3대의 헬기 역시 나란히 보조를 맞춰서 MBC 앞에 정지하고 잡아먹을 듯 한 기세로 노려보았다.

그때 쌍안경으로 전방을 주시하던 최하사가 보고했다.

"중대장님! 옥상에 민간인이 있습니다!"

나용선은 쌍안경을 건네받아서 MBC의 옥상을 살펴보았다. 무장하지 않은 사람들 수 십 명이 똑바로 서서 손을 흔들고 있었다. 그리고 그 주변에는 시민군 백 여 명이 헬기를 향해 사격을 계속해 왔다. 한쪽에서는 도움을 요청하고 다른 쪽에서는 사격을 계속해 오는 이상한 상황이었다.

최하사가 자신의 생각을 이야기 했다.

"제 생각에는 저들이 선전용으로 비무장 민간인의 학살 장면을 전국에 생중계 하려는 것 같습니다."

일리 있는 말이었다. 나용선은 일단 공격을 중지 시키고 강인걸 소장에게 무전으로 눈앞의 상황을 보고했다. 선전용으로 이용될 수 있다는 자신의 판단도 덧붙였다. 그러자 강인걸 소장은 짧게 대답했다.

"상관없어. 무시하고 신속히 진압하도록!"

"알겠습니다."

나용선은 우선 장하사로 하여금 스팅거 미사일을 발사하도록 명령을 내렸다. 장하사는 MBC 옥상을 조준하고 방아쇠를 당겼다. 스팅거 미사일은 직선으로 날아가서 옥상 정중앙에 폭발했다. 육안으로도 시민군 몇 명이 붕 떠올라서 산산조각 나는 게 보였다. 다른 헬기에서도 각각 한 발씩의 스팅거 미사일이 발사되어 MBC 옥상은 철 구조물만 앙상하게 남은 형태가 되었다. 그러나 시민군 여럿이 옥상 이곳저곳에 산개해서 사격을 가 해 오고 있었다.

아직은 병력을 투입할 만한 상황이 아니라고 판단을 내린 나용선은 헬기를 MBC 옥상 정중앙으로 이동시켰다. 아래를 내려다보니 시민군이 필사적으로 사격을 해 오는 모습이 보였다. 부대원들은 헬기 밖으로 M16을 내민 후 자동 사격을 시작했다. 10분이 약간 넘는 동안 사격을 계속하자 시민군의 반응이 잠잠해졌다.

적기라고 판단을 내린 나용선은 침투 명령을 내렸다. 부대원들은 로프를 타고 MBC 옥상으로 내려가서 사주 경계를 했다. 나용선은 맨 마지막으로 내려가서 사방을 둘러보았다. 시민군 수 백 명이 형체를 알아 볼 수 없는 모습으로 여기저기 죽어 있었다. 인질이었던 시민들도 절반 이상이 사망한 상태였다. 그들은 아직 무너지지 않은 공간에 모두 납작하게 엎드려 있었다. 박하사와 양하사로 하여금 그들을 맡도록 지지한 후 나용선은 MBC 내부로 진입했다.

MBC 건물 안은 스팅거 미사일이 폭발하면서 발생한 연기로 자욱했다. 복도는 텅 비어 있었고, 수상한 기미도 없었다. 나용선은 6층이 국민 운동 본부의 상황실임을 알고 있었기 때문에 재빨리 4명의 부대원들을 이끌고 6층으로 내려갔다.

6층 상황실 앞에는 두 명의 시민군이 엎드려서 사격 자세를 취하고 있었다. 수류탄을 던져서 그들을 폭사 시킨 나용선은 상황실 안에 귀를 기울였다. 아무 소리도 들리지 않았다. 나용선은 수류탄 3발을 까 넣었다. 폭음이 잦아들자 난사를 하며 상황실로 뛰어 들었을 때 오른팔과 두 다리가 잘려나간 군복 차림의 남자가 왼손으로 권총을 겨누고 있었다. 나용선은 그가 방아쇠를 당기기 전에 M16을 난사했다. 이마에서부터 배까지 총알구멍으로 벌집이 된 채 군복의 남자는 뒤로 넘어갔다. 나용선은 무전기에 대고 국민 운동 본부 상황실을 접수했음을 상부에 보고했다.

MBC 건물 내부의 소탕 임무를 맡은 최하사는 12층 복도에서 한 남자를 발견했다. 그는 두 손을 머리에 얹고 쏘지 말라고 되풀이해서 외쳤다. 최하사는 순간 쏴 버릴까 하다가 어딘가에서 카메라로 촬영되고 있을지 모른다는 생각에 M16을 조준하며 그에게 다가갔다. 나머지 부대원 3명도 원 모양으로 그를 조준했다.

최하사가 물었다.

"방송국 직원인가?"

그는 고개를 저었다.

"아니요."

"그럼?"

"내 이름은 이윤기고, 현 정부와 협상을 위해 입국한 외국 금융 회사 직원이오."

"그런데 여기서 뭐하시오?"

"사람을 찾고 있소."

최하사가 신분증을 요구하자 윤기는 여권을 내밀었다. 최하사는 상부에 무전을 걸어서 신분 조회를 했다. 상부에서는 그를 보호하라는 명령을 내렸다. 최하사는 총을 거두고 말했다.

"옥상으로 가 계십시오."

윤기는 부대원 한 명과 함께 옥상으로 향했다. 그의 심장 박동이 거세졌다. 상황은 예상했던 것보다 더 나쁘게 흘러갔다. 군은 잠시도 지체하지 않고 옥상 침투를 강행했다. 미사일이 옥상을 폭파하면서 생긴 진동이 12층 화장실에 숨어있던 윤기에게까지 전달될 정도였다. 이런 마당에 예희가 목숨을 부지했을 가능성은 거의 없었다.

윤기는 부대원을 따라서 옥상으로 나아갔다. 옥상은 형체가 거의 남아있지 않았다. 방송국 중계 탑은 가운데서부터 부러져 있었고, 바닥은 거의 무너진 채 철 구조물만 남아 있었다. 여기저기 시민군의 주검이 널려 있었는데, 대부분 조각조각 잘려나간 처참한 모습이었다.

무너지지 않은 공간에 살아남은 출연자들이 엎드려 있었다. 윤기는 그들 가운데 예희가 있는지 찾아보았으나 눈에 띄지 않았다. 윤기는 철 구조물을 밟고 그들 쪽으로 건너갔다. 여자 출연자 모두가 엎드린 상태였고, 예희가 무슨 옷을 입고 있는지 몰라서 윤기는 그들 사이를 걸으며 일일이 얼굴을 확인했다. 역시 죽은 건가, 하고 윤기가 포기하려는데, 여자 출연자 한 명이 고개를 들었다.

"윤기씨."

그 낯익은 목소리를 듣는 순간 윤기는 울어버리고 말았다. 예희는 맨 뒷줄에 엎드려 있다가 윤기를 발견하고 상체를 들었다.

"예희!"

윤기는 그녀에게 달려가서 손을 잡았다. 예희의 얼굴에는 핏물이 엉겨 붙어 있었고. 옷은 갈기갈기 찢겨서 맨 살이 드러나 있었다. 그녀는 무어라고 말을 하려다가 그만두고 윤기의 가슴에 얼굴을 묻으며 울기 시작했다.

"미안해, 너무 늦게 와서."

윤기는 그렇게 말하며 예희를 포옹했다. 예희는 고개를 저으며 계속 울기만 했다. 윤기는 이것이 꿈일지 모른다는 생각에 예희의 등을 어루만지며 그녀가 살아있는 것이 현실임을 확인하려고 했다.

예희가 말했다.

"죽더라도, 당신을 마지막으로 한 번만 더 보고 싶었어요."

"나도 예희를 살려달라고 신에게 기도했어."

"이렇게 추한 모습으로 있지만, 당신의 사랑을 확인해서 가슴이 터질 것처럼 기뻐요."

"나도 예희가 내 인생에서 가장 소중한 사람이라는 걸 확인했어."

"이제 헤어지지 말아요."

"그럴게."

윤기는 점퍼를 벗어서 예희에게 씌워주었다. 예희는 웅크리고 앉아서 윤기의 품에 몸을 기댔다.

그 순간 커다란 폭음과 함께 건물이 흔들렸다. 탱크가 정문 쪽의 시민군을 포격하는 것 같았다. 하지만 윤기는 두렵지 않았다. 예희와 함께라면 어떤 충격적인 사고가 발생해도 신의 보호를 받을 수 있으리라는 막연한 낙관이 생겼다. 모든 것이 파괴되더라도 이 여자만은 지켜주고 싶다는 강렬한 의지가 윤기의 내부에서 꿈틀거렸다.

29. 천국에서 가장 가까운 섬

2012년 5월 12일이었다.

절기상으로는 봄이었지만 날씨는 여름에 가까웠다. 청와대 녹지원에는 대통령을 포함한 모든 청와대 직원이 참석해서 운동회를 하고 있었다. 정태의 제안에 의한 것이었다. 원래는 비서실의 몇 몇 친분 있는 직원들 끼리 외부의 운동장에서 열려고 했던 것인데, 소식을 들은 비서실장이 대통령에게 건의해서 전 직원이 참여하는 대규모로 바뀐 것이다.

대통령은 주로 관람만 했으나 발야구 게임에는 직접 참여도 했다. 대통령이 찬 공은 포물선을 그리며 멀리까지 날아갔고, 직원들은 함성과 함께 박수를 쳤다.

대통령이 활짝 웃는 모습은 아마도 집권이후 처음인 것 같았다. 시국이 안정을 되찾았다는 반증이었다.

4월 6일 군의 투입으로 여의도에서의 폭동은 완벽하게 진압이 되었다. 총 2만 4천여명의 사망자가 발생했고 5만에 가까운 부상자가 생겼으나 장기적으로는 한국에 긍정적인 영향을 끼치리라는 것이 국제 사회의 시각이었다. 때마침 러시아와 터키에서도 대규모의 시위가 발발 했는데, 그들 역시 한국을 벤치마킹해서 특수 부대를 투입, 강경 진압을 했다.

군의 진압 작전이 MBC 채널을 통해 전국에 생중계 되었으나 우려했던 폭동의 전국화는 일어나지 않았다. 부산과 광주에서 국민 운동 본부 주최의 규탄 대회가 일어났으나 워낙 소규모여서 경찰이 1시간 만에 진압할 수 있었다.

국제 금융은 한국 정부의 결단력 있는 리더십을 높이 평가해서 IMF와 IBRD를 통해 1천억불의 추가 금융 지원을 해 주었다.

정부는 경기 활성화를 위해 모든 국민에게 수 십 만원에서 수백 만원까지 특별 지원을 했다. 정부에 대한 지지도는 집권이후 최고치를 기록했고, 매스컴도 현 정부에 대해 호의적인 논조를 계속 실었다.

이러한 여세를 몰아 경찰은 국민 운동 본부 지도부를 대부분 체포해서 구속시켰다. 체포된 국민 운동 본부 지도부는 한결같이 MBC 점거 사태와 자신들은 무관하다고 밝혔다.

서울 시내는 활력이 넘쳤다. 경기 회복과 시국 안정으로 국민들은 여가를 즐길 여유를 되찾았다. 공원에는 나들이 나온 시민들의 웃음소리가 끊이지 않았고 중심가에도 쇼핑을 하는 시민들로 붐볐다. 무엇보다 중요한 점은 국민들의 의식 수준이 월등하게 향상되었다는 사실이다.

목소리 큰 사람이 대접받는 시대가 아니라는 걸 눈으로 목격한 국민들은 그저 자기 일에 충실하며 하루하루에 만족하려 노력했다. 가끔 떼쓰기의 관습이 남아서 법을 어기고 억지를 부리면 주변 사람들이 나서서 그들의 집단행동을 규탄했다.

경기도 광명에서는 시위를 하는 군중과 이를 규탄 하는 군중이 충돌해서 시위 군중이 피범벅이 되도록 얻어터지는 사고도 일어났다. 시위 군중의 코뼈가 부러지고 눈이 실명됐지만, 아무도 그들을 변호하지 않았고, 오히려 맞을 짓을 했다고 나무라는 분위기였다.

전직 미국 대사는 한국인은 들쥐의 습성을 지녔다고 고백했고, 예전의 일본인은 한국인을 일컬어서 때려야 말을 듣는 비열한 민족이라고 비하한 것이 사실이지만, 이제는 그 오명에서 벗어날 수 있다는 희망이 국민 모두에게 확산된 것이다.

어떤 사람들은 대통령을 학살자라고 부르기도 할 것이고, 어떤 사람은 독재자라고도 부를 것이다. 그러나 좋은 대통령으로 보이기 위해 적당히 타협한 결과가 과거의 한국 모습이었다. 그 배경에는 대부분 돈이 개입되어 있었다. 민주주의라는 이름으로 파이를 나눠 먹는 것에만 혈안이 되었던 과거의 악습으로 한국은 붕괴 직전의 위기에 내몰렸던 것이다.

현재의 대통령은 자신이 옳다는 강철 같은 신념을 꺾지 않았고, 오히려 저들에게 총공격을 가했다. 그 결과 2만 4천명을 희생시켜 4천만을 구하는 대 승리를 거두게 되었던 것이다.

올바르게 살아라.

그것이 바로 대통령이 추구하는 유일한 이념이었다. 올바르게 살지 않는 자는 때려서라도 버르장머리를 고치겠다는 의지의 저변에는, 국민들에 대한 헤아릴 수 없이 깊은 사랑이 담겨 있었다.

운동회가 끝나고 간단한 다과회가 시작되었다. 긴 테이블이 준비되었고, 간단한 다과와 음료수, 낮은 도수의 주류가 차려졌다. 대통령을 중심으로 도열한 청와대 직원들은 서로 대화를 주고받았다. 모두가 수렁을 빠져나온 듯 한 홀가분한 얼굴이었다.

대통령은 발야구 시합에서 자신이 홈런 볼을 찬 것을 화제로 이야기 했고, 직원들 역시 오늘 운동회의 에피소드를 화제로 삼았다.

대통령이 테이블을 돌아서 오른쪽 끝에 서 있는 정태에게 걸어왔다. 정태가 묵례를 하자 대통령은 정태의 잔과 자신의 잔에 와인을 따른 후 건배를 청했다. 와인을 한 모금 삼킨 후 대통령이 말했다.

"윤 팀장, 그동안 고생 많이 했소."

"아닙니다. 대통령께서 그동안 마음고생을 많이 하셨습니다."

"윤 팀장이 음으로 양으로 애를 많이 쓴 것을 잘 알고 있소. 잊지 않을 것이오."

정태는 다시 한 번 고개를 숙이며 대답했다.

"감사합니다."

대통령은 와인 잔을 든 채 팔짱을 끼고 먼 산을 바라보며 말했다.

"내가 갖가지 어려움을 극복할 수 있었던 원동력이 뭔지 아시오?"

"잘 모르겠습니다."

사실 정태도 늘 그게 궁금했다. 집권이후 사회 혼란이 끊이지 않았음에도 대통령은 늘 여유로웠다.

그러한 여유는 청와대 전 직원들에게 퍼져서 서울 시내가 전쟁터로 변한 극도의 혼란 속에서도 자신들의 일에 전념할 수 있었다.

대통령이 설명했다.

"그것은 경험이오. 만일 내가 유복한 환경에서 별 어려움 없이 이 자리에 섰다면 인간에 대한 이해 부족으로 섣부른 결정을 내렸을 것이오. 하지만 나는 가난한 자의 입장도 알고 있고, 부유한 자의 입장도 잘 알고 있소. 또 민주주의를 말하는 사람들의 이중성도 잘 알고 있소."

"쉽게 말하면 삶의 원리를 이해하고 계신 거군요."

정태의 말에 대통령은 고개를 끄덕였다.

"세상은 톱니바퀴처럼 정교한 법칙에 의해 움직인다고 생각해요. 지배당하는 자에게는 그럴만한 부정적 요인이 반드시 있는 것이지요. 그것을 이해하지 못하면 많은 것을 빼앗깁니다."

정태는 지식이 곧 힘이라는 격언을 떠올렸다. 적당히 타협하려다가 된통 당하는 권력자는 대부분 지식의 깊이가 낮아서이다. 진정한 지식이란 단지 책을 많이 읽어서 생기는 것이 아니라 삶의 원리를 꿰뚫어 보는 혜안에서 생긴다고 정태는 늘 생각해왔다.

비서실장이 노래를 한 곡씩 부르자고 제안했다. 직원들은 박수를 치며 대통령을 쳐다보았다. 대통령은 빙그레 웃으며 와인잔을 내려놓고 노래를 부르기 시작했다.

울려고 내가 왔던가. 웃으려고 왔던가,
비린내 나는 부둣가엔 이슬 맺힌 백일홍,
그대와 둘이서 꽃씨를 심던 그날도,
지금은 어디로 갔나 찬비만 내린다,

가수처럼 잘 부르는 건 아니었지만 감정이 실린 목소리였다. 2절이 시작되자 청와대 직원들 모두가 약속이나 한 듯이 노래를 따라 부르기 시작했다. 어느새 노래는 합창으로 바뀌어서 어둠이 내려앉기 시작한 청와대 마당을 흔들었다.

남태평양의 뉴칼레도니아 제도에 속해 있는 일데팡 섬의 바닷가에서 윤기는 21살 때의 기억을 떠올렸다. 부자들의 휴양지로 널리 알려진 이 아름다운 섬에서 왜 그때의 일화가 생각났는지는 설명 할 수 없다. 눈을 지그시 감자 최면에 걸렸을 때처럼 그때의 영상들이 밀려왔을 뿐이다.

군 입대를 앞 둔 윤기는 출판사에서 아르바이트를 했다. 갓 인쇄된 책에 띠지라고 불리는 테두리 종이를 씌우는 일이었다. 정확한 기억은 없지만 '드라마로 방영되고 있는 화제의 소설' 그런 내용이 칼라로 인쇄된 종이였다.

윤기는 20살의 여자 한 명과 나란히 서서 그 일을 했다. 출판사는 소규모여서 40대의 사장 한 사람만 있었는데, 그도 점심 무렵 외출을 해서 돌아오지 않았다.

처음에 윤기와 그녀는 어색하기 그지없었으나 시간이 지나며 일 관계로 띄엄띄엄 대화가 오고 갔고, 나중에는 서로의 사생활까지 털어 놓는 대화로 이어졌다. 그녀는 준수한 외모였고, 특별히 모나지 않는 옷차림을 하고 있었는데, 어째서인지 윤기는 그녀가 가난한 환경에서 성장했을 것 같다고 생각했다.

그녀는 일이 끝나자 윤기에게 저녁을 사 주겠다고 제안했다. 삼겹살에 소주 한 병을 나누어 마셨는데, 그녀는 윤기가 묻지도 않은 이야기를 털어놓았다.

"난 고등학교 중퇴했어요. 엄마가 여자는 공부 많이 할 필요 없다고 해서."

그런 말을 하는 그녀에게서 배우지 못한 자의 세상에 대한 적의 같은 건 발견할 수 없었다. 단지 자신의 처지를 윤기에게 털어놓고 싶다는 단순한 심리 상태였을 뿐인 듯 했다.

"그래서 그쪽처럼 대학생 남자를 만나면 기가 죽어요.

그 무렵만 하더라도 아직은 대학생이 무슨 귀족 자제들처럼 여겨지는 분위기가 많이 남아 있었다. 여러 여자에게 접근해

봤다가 상처를 받았던 경험이 있는 윤기는 그녀의 자신에 대한 호감이 싫지 않았다. 그 이틀 후 윤기는 그녀에게 춘천에 놀러 가자고 했고, 그녀는 흔쾌히 응했다. 춘천에 도착하자마자 윤기는 그녀와 간절히 섹스를 하고 싶었다. 그래서 여관에 들어가자고 끈질기게 유혹해서 욕구를 달성했다.

그런데 섹스를 나눈 후에는 그녀에게 관심이 없어져 버렸다. 얼마 동안 그녀와 섹스를 나누었지만 윤기는 그녀에게 마음을 주지 않다가 그해 겨울 입대하기 전에 결별을 통보 했다.그 후 윤기는 근사한 여자와 사귀려 무수한 시도를 했으나 성공한 적은 한 번도 없었다.

어쩌면 흔하디흔한 이야기일지도 모르겠다. 그런 시시콜콜한 과거를 기억하는 사람도 드물 것이다. 윤기가 그때의 기억을 이따금 떠올리는 이유는 그 시절 윤기에게 주어진 이성은 그녀뿐이었다는 현실 인식이 생겨서였다. 윤기 자신이 그 정도로 볼품이 없어서라기보다는, 한국 사회가 그물망처럼 촘촘히 짜여서 그중의 하나가 되지 않으면 아무 것도 소유할 수 없다는 것을 훗날에야 이해했기 때문이었다.

그것을 다른 말로 바꾸어 설명하면 윤기는 그때부터 이미 이방인의 길을 걷기 시작했다는 것을 의미한다. 그것을 조금 더 빨리 알았더라면 자신에게 유일하게 마음을 열었던 그녀를 훨씬 더 소중하게 생각했을 것이다.

점심 무렵이 되자 햇볕이 따가워졌다. 윤기는 비치 의자에 누운 채 바다 저편에 시선을 두었다. 특별히 바다의 아름다움에

미혹되어서는 아니었다. 윤기는 지금 인생의 공백 상태에 있었다. 한국에서의 업무를 모두 끝낸 그는 새로운 지시가 내려올 때 까지 자유의 몸이었다. 아무 것도 하지 않고, 아무 생각도 하지 않는 일은, 익숙해지면 최고의 취미 생활이었다. 그저 바닷바람과 따가운 햇살에 몸을 맡기고 자연을 음미하는 것이 그가 하는 일의 대부분이었다.

"식사 준비되어 있습니다."

잠깐 졸음에 빠져있던 윤기는 남자의 목소리에 고개를 들었다. 티나의 수행원인 듀런이 곁에 서 있었다. 듀런은 다시 한 번 알려주었다.

"식사 준비되어 있습니다."

윤기는 알겠다고 대답한 후 일어서서 백사장을 걸었다. 뜨겁게 달구어진 모래밭을 걷자니 어릴 때 맨발로 여름의 모래밭을 뛰어다니던 기억이 났다. 그때는 언제까지고 모래밭을 맨 발로 달리는 유쾌한 삶이 계속될 줄만 알았었다.

방갈로 스타일의 리조트 야외 거실에 점심 테이블이 차려져 있었다. 먼저 자리를 잡고 앉아 있던 티나는 윤기가 들어오자 포크를 빙글빙글 돌리며 반가움을 표시했다. 윤기는 그녀를 가볍게 안고 이마에 키스한 후 맞은 편 의자에 앉았다.

"이곳 어때?"

티나가 바닷가재의 껍질을 부수며 물었다.

윤기는 엄지손가락을 세우며 대답했다.

"최고에요.

“좋아할 줄 알았어. 나도 여러 곳을 다녀봤지만 이곳만큼 평화로운 곳은 발견 못했어. 어느 작가는 이곳 일대팡을 천국에서 가장 가까운 섬이라고 표현했어.”

“그럼 이 근처에 천국이 있겠군요.”

“아마 그럴테지. 잘 한 번 찾아봐. 찾는데 성공하면 나에게도 알려주고.”

“물론이죠.”

윤기와 티나는 서로를 마주보고 유쾌한 웃음을 터트렸다.

티나가 말했다.

“한국은 잘 됐더군.”

“정부도 국민도 모두 제 자리를 찾았다고 봐야죠.”

“국제 금융의 지원은 미스터 리가 작성한 보고서를 바탕으로 이루어질 거야.”

“감사합니다. 제 보고서를 바탕으로 진행하신 다면 큰 무리는 없을 것입니다.”

윤기는 여의도 폭동이 군에 의해 진압된 직후 개혁과 지원을 병행해야 한다는 내용의 보고서를 티나에게 올렸었다.

“이제 어떤 업무를 맡고 싶어? 본사에서의 근무 경험을 쌓는 건 어때?”

“사장님………”

티나의 제안에 윤기는 잠시 머뭇거렸다. 티나는 손을 내려놓고 의아한 얼굴로 윤기를 쳐다보았다. 윤기는 지금이 적절한 시기라는 생각에 용기를 내서 입을 열었다.

"저, 결혼하게 될 것 같습니다."

티나는 말없이 윤기를 응시했다. 윤기는 뭐라고 설명을 하고 싶었지만 구차스럽게 느껴져서 잠자코 있었다.

티나가 물었다.

"어떤 여자야?"

"한국인이고, 가수에요."

티나는 고개를 설레설레 흔들었다.

"그럴 줄 알았어. 한국에 있는 동안 늘 조마조마 했거든."

"저도 예상하지 못한 일이었어요."

"사랑이란 대개 그렇지."

예희와 처음 섹스를 했을 때만 하더라도 관계가 이렇게 깊어질 줄은 몰랐던 윤기였다. MBC 방송국 옥상에서 해우한 후 이제 윤기는 그녀가 없는 삶은 생각할 수도 없었다. 난생 처음 그녀와 정착하고 싶어진 것이다.

윤기가 조심스럽게 말했다.

"제 미래는 티나 사장님의 결정에 맡기겠습니다. 저를 내보내셔도 좋고, 다른 업무를 맡겨도 좋습니다."

"미스터 리처럼 유능한 사람을 내 보낼 수는 없지."

"그렇다면……"

"이곳에서 당분간 쉬도록 해. 그럼 새 임무가 주어질 테니까."

"감사합니다."

"오늘은 입맛이 별로 없군."

티나는 포크와 나이프를 내려놓고 일어섰다. 윤기는 가만히 그녀의 뒷모습을 지켜보기만 했다. 마음이 흔들렸지만, 다른 한 편으로는 어려운 숙제를 끝낸 듯한 홀가분함도 느껴졌다.

윤기는 다시 바닷가로 나아갔다. 바다위에 관광객을 태운 요트가 떠 있었고, 그 위로 갈매기들이 선회했다. 모래밭 위에서는 가족 동반의 관광객들이 즐겁게 뛰어놀고 있었다. 천국에서 가장 가까운 섬 다운 풍경이었다.

윤기는 신을 믿지 않지만 천국에 대한 환상은 있었다. 아마도 그곳은 인간이 상상할 수 있는 범위 밖의 모습일 것이었다. 어째서인지 윤기는 자신이 천국으로 이어지는 첫 번째 계단을 막 밟고 선 듯한 기분이 되었다. 이대로 멈추지 않고 걸으면 언젠가는 천국에 닿을 것 같았다. 이제야 제 길로 접어들었다, 라는 강한 확신이 윤기의 내부에서 고개를 들었다. 그것을 축복하듯 바닷물이 밀려와 그의 발을 시원하게 적셔주었다.